CELLE QUI N'AVAIT PAS PEUR DE CTHULHU

Du même auteur
aux Éditions J'ai lu

Le club des punks contre l'apocalypse zombie, *J'ai lu* 11859
Fées, weed et guillotines, *J'ai lu* 12086

KARIM BERROUKA

CELLE QUI N'AVAIT PAS PEUR DE CTHULHU

ROMAN

Collection dirigée par Thibaud Eliroff

Retrouvez-nous sur Facebook :
www.facebook.com/jailu.collection.imaginaire

© Éditions Actu SF, 2018

*À Cthulhu,
qui en a fait baver plus d'un.*

1

Au commencement était Ingrid

Elle s'appelle Ingrid Planck, elle a eu trente ans il y a un peu plus de trois mois. Elle habite Paris, 12e arrondissement, dans un studio un peu minable qu'elle loue pour un prix bien inférieur à celui du marché. Ce qui est une aubaine quand on considère les excès du marché en matière de spéculation locative dans la capitale et l'incapacité d'Ingrid à s'inscrire durablement dans le merveilleux monde du travail. Car si elle travaille, ce n'est que par intermittence, quand la nécessité lui intime qu'il est l'heure de combler son découvert ou tout simplement de remplir son frigo. Et si elle se contente de peu, le mode de vie consumériste qui colle le vertige au monde ne l'atteignant qu'en de rares circonstances, elle apprécie de pouvoir s'offrir quelques frugaux plaisirs – cinoche, soirée dans un bar, week-end n'importe où mais loin de Paris et, quand c'est possible, un billet d'avion pour une contrée inconnue peu prisée par les hordes de touristes. Des livres aussi, mais la bibliothèque pallie avec efficacité son déficit budgétaire culturel.

Peut-être quelques remarques quant à son physique ?

Pas très grande, pas très petite, un peu blonde mais elle préfère aujourd'hui se ranger dans la catégorie des rousses tendance doré chatoyant, ce qui n'était pas le cas à l'école, au collège et au lycée, où elle s'affirmait blonde, parce qu'il était plus facile de se fondre dans la masse plutôt qu'être affublée de l'étiquette de fille du diable, ou autre stupidité analogue – même si blonde avait aussi ses désavantages, mais c'est une autre histoire qui intéresse surtout les crétins et les coiffeurs. Elle a eu le visage fin, il y a quelques années, elle a des bonnes joues aujourd'hui, sûrement cinq kilos à perdre, elle s'en moque, les canons de beauté contemporains l'excèdent, et puis elle sait qu'elle serait passée pour anorexique à la cour de Versailles, donc tout est relatif. Et Lisa lui a toujours confirmé qu'elle était magnifique – Lisa n'y connaît pas grand-chose en filles mais elle est plutôt calée en mecs, et elle peut lui assurer qu'elle, Ingrid, retient les regards assez régulièrement. Même quand elle est fringuée comme un sac. Même quand elle tire la tronche.

Tout cela est sans grande importance, il faut le reconnaître. Mais ainsi en est-il d'Ingrid, et puisque c'est d'Ingrid que nous allons parler, que c'est Ingrid qui va sauver l'humanité, il était de bon ton de s'attarder quelques lignes sur ce qu'elle est. Ou pense être.

Samedi 9 mars, vers 9 h 30. Elle se dirige d'un pas tranquille vers la station Porte de Vincennes puis plonge dans les abysses du métro parisien. Direction l'opéra Garnier. Une mission d'un jour, bien payée, à vendre des billets, à renseigner avec civilité les mélomanes passionnés, à prendre avec les pincettes de la désinvolture professionnelle les clients mal embouchés.

Toutefois, alors qu'elle entre dans la rame, sa vie bascule. Ou plutôt, commence à basculer. Car c'est un processus lent, encore imperceptible (bien qu'irréversible). Le monde n'est pas régi par des basculements intempestifs. Le monde est patient, il respecte la logique des tensions, une sorte de loi universelle qui veut que l'élastique de la réalité ait une résistance accrue, et qu'avant qu'il ne pète, il faut qu'il enregistre une puissante tension. Ainsi va le monde, comme les hommes. Ils endurent, ils subissent. Puis, un jour, c'est le chaos.

2

Premiers pas du chaos

Ingrid est assise sur un strapontin, l'air détaché, l'esprit ailleurs. La rame vient de quitter la station Reuilly-Diderot. Un homme s'installe sur sa gauche et lève aussitôt un journal à hauteur de son visage. Ingrid n'y prête aucune attention. Le métro n'est qu'un monde transitionnel. Rien n'y existe réellement. Elle n'y entretient aucun rapport. Elle ne s'intéresse à personne.

— Ingrid Planck.

L'homme s'est adressé à elle. Elle sursaute, se tourne pour le dévisager.

— Ne me regardez pas. Faites semblant de ne pas m'avoir vu. Répondez-moi à voix basse, comme si vous ne vous adressiez pas à moi.

Elle continue à fixer le type en tentant de l'identifier. Une quarantaine d'années ou plus, brun, mal rasé, une calvitie naissante mais des cheveux subsistant en bataille, ce qui lui donne une coupe assez disgracieuse. Un jean, un blouson vert et une paire de lunettes à l'armature noire. Rien de bien original.

Elle en est certaine, elle ne l'a jamais vu. Ou alors elle l'a complètement oublié...

— Vous êtes qui ?

— S'il vous plaît, restez discrète. Il en va de l'avenir de l'humanité.

Ah, se dit-elle, s'il en va de l'avenir de l'humanité...

Elle devrait se lever et changer de wagon. Elle ne connaît pas ce type. Il l'importune. Et l'humanité n'a pas besoin d'elle, c'est une certitude. Mais elle ne bouge pas. Elle a toujours été curieuse. Et un peu joueuse. Après tout, s'il lui arrive de se faire aborder par des inconnus, ils ne connaissent jamais ses nom et prénom. Il y a un mystère à éclaircir, petit, très probablement sans intérêt, mais qui mérite d'y consacrer quelques minutes. Au moins le temps qu'il faudra à la rame pour rejoindre la station Pyramide, où elle abandonnera le type, mystère résolu ou non. Et s'il la suit, elle lui enverra un coup de genou dans les bijoux de famille, elle s'y est exercée avec Lisa sur un mannequin qui manquait cruellement de couilles.

— Qu'est-ce que vous me voulez ?

— Je vous en prie, soyez plus discrète. Il est possible que j'aie été suivi...

— Par qui ?

— Je n'ai pas le temps de vous expliquer. Sachez seulement qu'il va se passer des choses. Des gens vont vous approcher. Ils vous paraîtront étranges, intrusifs. Écoutez-les, ne les rejetez pas. Soyez laconique dans vos réponses. Ne leur révélez rien.

— Qu'est-ce que je pourrais leur révéler ?

— Ne vous dévoilez pas encore, nous ne savons pas comment ils vont réagir. Certains pourraient adopter des comportements soupçonneux. Voire même vous déconsidérer. N'y prêtez aucune attention.

Ingrid ne répond rien. Il n'y a rien à répondre. C'est juste l'illuminé de la semaine qui a jeté son dévolu sur elle, comme il aurait pu choisir n'importe quel autre passager.

— Ne révélez rien de vos rêves. Encore moins de vos fulgurances !

— J'ai des fulgurances, moi ?

Pas de réponse. L'homme, visiblement nerveux, vient de jeter un coup d'œil par-dessus son journal.

— Et puis vous allez avoir une visite de la police d'ici peu. Aujourd'hui, peut-être.

— La police ?

— La police. Ou l'armée. Je ne suis pas encore certain. Mais, rassurez-vous, ils n'ont aucune idée de ce qui se trame dans le Cosmos et dans l'Ailleurs. Contentez-vous de répondre des plus candidement. Pas la peine de faire du zèle. De toute façon, ils ne comprendraient pas.

— Ils ne comprendraient pas quoi ?

— Que vous êtes le Centre du pentacle.

Ingrid souffle. Et hausse les sourcils.

Tungdal a fait des émules, se murmure-t-elle... Ou c'est une blague de Lisa, mais elle n'y croit pas trop.

Parce que cette expression, *le Centre du pentacle*, elle la connaît. Elle l'a déjà entendue, il y a quatre mois environ. Un des nombreux délires de cet abruti de Tungdal. Son ex. Enfin, son dernier ex en date.

À la base, une rencontre au musée du Louvre. Ils se rentrent dedans, légère collision épaule contre épaule, leurs regards se croisent, ils s'excusent en même temps, rient de leur maladresse et de leurs réponses simultanées, ils engagent la conversation. Elle trouve que la Joconde a quand même un air vicelard, elle ne respire pas la sainteté, elle a une sale idée en tête. Il est plus intéressé par le paysage en arrière-plan, cette étrangeté qui se cache dans ces perspectives magiques, on pourrait croire à un autre monde... Ils se promènent dans le musée, à la recherche d'un tableau intitulé « La Caravane » d'Alexandre-Gabriel Decamps – Tungdal a une passion pour les orientalistes – qui n'est malheureusement pas visible, puis ils arpentent les rues de la capitale, se réfugient dans un resto quand la pluie se met à tomber, y passent la soirée. Et finissent dans le lit d'Ingrid.

Ingrid ne va jamais au musée du Louvre, mais ce jour-là, elle y était. Tungdal dira quelques semaines plus tard que ce n'était ni un hasard ni une coïncidence. Ce genre de choses arrivent parce qu'elles doivent arriver, parce que des forces qu'on ne peut ni appréhender ni nommer engendrent de tels événements.

Ingrid s'était dit, oui, c'est ça, la puissance de l'amour... Mais elle l'avait gardé pour elle. L'amour ne figurait pas sur la partition de sa vie, jamais. Alors que Tungdal se soit épris d'elle, ça avait peut-être un côté romantique, mais ça ne lui plaisait pas plus que ça.

Depuis, elle a pris conscience qu'il ne parlait pas d'amour.

Le premier mois avait été merveilleux. Tungdal était plein de vie, radieux comme les soleils dansants qui semblaient pétiller dans ses yeux sombres. Il débordait de projets. Des projets absurdes, certes, et auxquels elle ne comprenait pas grand-chose (et qu'elle ne faisait d'ailleurs aucun effort pour comprendre) mais le fourmillement d'envies, d'attentions, conférait à leurs moments partagés une désinvolture euphorique. C'était plaisant. Lisa le trouvait attachant, même s'il était sacrément bizarre. Et c'est certainement ça qu'Ingrid aimait chez lui, en plus de son accent exotique : sa bizarrerie.

Mais le second mois, son côté extravagant avait commencé à prendre le dessus. Ou peut-être que l'euphorie des premières semaines, en s'atténuant, laissait apparaître une réalité moins séduisante qu'elle n'était parue de prime abord. Tungdal s'était lancé dans des discours énigmatiques sur des concepts abstraits qui lui passaient complètement au-dessus de la tête. Et, entre autres excentricités, il lui avait annoncé qu'ils devaient dorénavant réduire la fréquence de leurs relations sexuelles. Il pensait avoir outrepassé son rôle en permettant cette relation trop intime – il aurait dû se contenter de rester proche d'elle, en veillant sur elle, en l'orientant quand cela était nécessaire. Et il existait le risque de réveiller l'hypersensibilité psychique d'Ingrid. Pas que l'amour ou le sexe en soient spécialement des catalyseurs, mais ils étaient spéciaux, tous les deux, et lui avait emmagasiné, lors de ses voyages et de quelques expériences qu'il ne pouvait lui relater, une forme d'énergie assez particulière dont il ignorait les effets, et il craignait qu'elle puisse activer ce qu'il s'était évertué à désactiver. Il reconnaissait que c'était dommage, il appréciait leur relation. Trop. Il s'était laissé charmer alors qu'il aurait dû, sentimentalement, garder ses distances.

Les parties de jambes en l'air s'étaient espacées. Les grands discours sur la vraie raison de l'humanité, du cosmos, avaient remplacé les nuits torrides. Il parlait d'un temps à venir, proche, il ne savait pas exactement quand, où elle serait amenée à accepter d'abord, à comprendre ensuite et, enfin, à affronter des forces qui dépassaient l'entendement. Il y avait des choses dans l'univers que l'humanité ne connaissait pas, ou refusait de connaître. Mais ni l'ignorance ni le déni n'étaient suffisants pour altérer le Grand Schéma Cosmique. Ingrid l'avait laissé délirer, sans porter aucune attention à son charabia. Elle n'avait jamais eu pour projet d'établir une relation durable. Elle profitait des dernières lumières de leur liaison, emportée par la dynamique de facilité qui parfois maintient les couples des années alors qu'ils n'étaient faits que pour durer quelques mois.

Le troisième mois, l'abstinence. Et la constatation que le peu qu'il subsistait de leur relation se délitait jour après jour. C'est alors que Tungdal avait commencé à réagir avec une certaine forme d'irrationalité envahissante. Il voulait savoir de quoi elle rêvait. Elle lui répondait n'importe quoi, ce qui avait tendance à l'agacer. Il lui montrait des gravures et des photos de lieux exotiques, en attendant qu'elle les nomme. Il lui demandait de lire des textes dans des langues qu'elle ne comprenait pas. Il voulait tout savoir de ses rencontres, de ses fréquentations. Si des organisations avaient tenté d'entrer en contact avec elle. Si elle prenait conscience du rôle crucial qu'elle allait être amenée à jouer dans les événements à venir. Et, entre autres absurdités, il lui avait révélé qu'elle était *le Centre du pentacle*. Ce à quoi elle avait répondu qu'elle n'avait même pas idée qu'un pentacle pût avoir un centre. Mais ses affinités avec la géométrie se limitaient à quelques vagues notions acquises lors de sa période feng shui (qui n'avait d'ailleurs duré que le temps qu'elle s'aperçoive qu'elle se compliquait la vie en voulant se la simplifier). Elle s'était encore un peu accrochée, parce qu'elle gardait le souvenir du premier mois, le sourire sardonique de la Joconde en tête, qu'il y avait eu des bons moments, beaucoup, qu'elle aurait bien encore profité de ces derniers, qu'il traversait sûrement une mauvaise passe, ou qu'elle avait peut-être juste besoin qu'on s'occupe d'elle, qu'on la considère, et qu'elle n'était peut-être pas encore prête à reprendre sa vie de solitaire. Jusqu'à cette nuit, où elle s'était réveillée avec Tungdal au-dessus d'elle, un genou de chaque côté de son corps, psalmodiant des inanités dans une langue inexistante. Pour son bien, lui avait-il dit…

La bizarrerie avait perdu tous ses charmes et avait laissé place à la névrose obsessionnelle.

Le lendemain, Ingrid lui avait dit de prendre ses affaires et de déguerpir. Et lui avait claqué la porte au nez.

Pendant deux mois, il ne l'avait plus lâchée. Une nuit à frapper à sa porte, trois à tourner en bas de l'appartement. Et les semaines qui avaient suivi : coups de téléphone en rafale, emails par dizaines. Il était important qu'elle l'écoute. Leur relation était impossible, il le regrettait, mais ils devaient rester en contact. Il en allait du futur de l'humanité.

Finalement, il avait cessé de la harceler. Subitement. Plus d'emails, plus de coups de téléphone, plus aucune nouvelle. Rien. Silence radio.

Ingrid avait supposé qu'il s'était trouvé un autre centre pour son pentacle. Elle avait pu reprendre une vie normale et ranger ces quelques mois dans le tiroir bien rempli de ses relations amoureuses hasardeuses.

Jusqu'à ce qu'elle reçoive cinq lettres de lui, il y a environ trois semaines. Une tous les deux jours. Elles contenaient le même texte, rédigé d'une écriture appliquée. Seule différence : une utilisation très insolite de la ponctuation, qui variait d'une lettre à l'autre. Une confirmation des doutes qu'elle avait concernant sa santé mentale.

Lui rappeler ces souvenirs est assurément la meilleure manière de s'attirer son courroux. Elle ne sait pas qui est ce type qui s'est assis à côté d'elle, ce qu'il lui veut. À vrai dire, elle s'en fout.

Tout ce qu'elle souhaite savoir, c'est 1, s'il a comme projet de la harceler avec autant d'opiniâtreté que son ex, et 2, s'ils sont nombreux dans leur club d'illuminés à lui courir après. Mais elle n'a pas l'occasion de poser ces deux questions. L'homme s'est déjà levé. Il plie son journal et, toujours sans la regarder, lui lâche :

— Soyez prudente. Nous nous reverrons.

Elle a là un début de réponse à sa première question. C'est déjà ça.

3

Au nom de la loi

À six heures précises, Ingrid est sortie du lit par le bruit répétitif de la sonnette accompagné de tambourinements vigoureux contre sa porte. Elle enfile un pantalon de jogging et ouvre. Cinq hommes en costards austères, assurément des flics en civil – ils ont ce regard où autorité et arrogance se mêlent dans une harmonie toute dictatoriale.

— Ingrid Planck ?
— Oui, c'est elle…
— Direction Générale de la Sécurité Extérieure. Veuillez nous suivre.

Ingrid est à deux doigts de leur répondre d'aller se faire foutre, mais elle pressent que la réponse ne serait guère appréciée. Elle n'a aucune idée de ce qu'ils peuvent bien lui vouloir, mais elle va obtempérer. De toute façon, il est peu probable qu'une réponse négative de sa part puisse amoindrir la détermination procédurière de ces hommes qui la matraquent du regard depuis qu'elle a ouvert la porte.

— OK. Je me fringue et j'arrive.

— Non, vous nous suivez.

Deux des types la saisissent, lui collent les deux bras dans le dos et lui passent des menottes. Et, sans un mot de plus, ils l'entraînent dans l'escalier après avoir claqué la porte.

Un quart d'heure plus tard, après une traversée de Paris toutes sirènes hurlantes, on la fait asseoir dans une salle d'interrogatoire, toujours menottée, vêtue de son pantalon de jogging et d'un simple T-shirt, les pieds nus.

Un autre individu de la race costard austère, tête de flic, regard accusateur, entre dans la pièce, s'assoit en face d'elle, la dévisage puis pose un dossier peu épais sur le bureau.

Après quelques questions d'usage, qui se bornent à vérifier son identité, sa date de naissance, sa situation professionnelle (c'est bien, Ingrid se croirait à un rendez-vous Pôle Emploi), et auxquelles elle ne répond que par *oui* vu que le type a déjà toutes les informations dans son dossier, il passe aux choses sérieuses.

— Yanis Lamini ?

— C'est une question ?

Le type affermit son regard plein de menaces.

— Ne commencez pas à jouer à la plus fine.

— OK. Mais Yanis Machinchose, quoi ?

— Tout ce que vous savez sur lui.

— Oh là, ça va être simple : rien. Jamais entendu ce nom.

L'inspecteur soupire mais ne répond rien. Il ouvre le dossier et lui tend une photo. Tungdal et elle. Un selfie à la con qu'il avait pris avec, en fond, le château de la Belle au bois dormant. Période premier mois de leur courte relation, l'âge d'or, une virée à Disneyland. Tungdal avait des places gratuites. Même si elle n'avait jamais éprouvé une quelconque attirance pour ce parc d'attractions où le monde merveilleux de la fantaisie prenait réalité entre un hot-dog infect et un hamburger cuit par des adeptes du tartare de lombric, elle avait accepté la virée : Tungdal voulait découvrir l'ersatz hollywoodien de château oriental qu'on y avait bâti, qu'il avait trouvé fort amusant mais complètement artificiel. Un bon souvenir, assurément.

— Vous avez eu ça où ?
— Nous posons les questions. Donc, Yanis Lamini.

Ingrid se retient de lever les yeux au ciel. L'amabilité est une valeur qui doit être proscrite dans ce service.

— Je ne comprends pas ce que vous voulez. Je ne connais pas ce type. Et quel rapport avec la photo ?

Le flic la fixe durant une bonne trentaine de secondes. Il doit être persuadé qu'il a un super-pouvoir qui lui permet de lire dans les pensées, ou du moins de déceler, en observant les mouvements des pupilles de son interlocuteur, les signes qui confirment ou infirment le mensonge.

Finalement, il pose un doigt sur Tungdal et répète :
— Yanis Lamini.
— Non, Tungdal Ouard…
— De son véritable nom, Yanis Lamini.
— Vous êtes certain ?

Le type hausse les épaules. C'est bien, se dit Ingrid, les types qui haussent les épaules. Ça donne de la profondeur à leur personnage, de la nuance et de la subtilité. On a envie de les aimer, car ils ont tout compris, même l'inutilité de partager leur savoir immémorial avec ceux qu'ils plongent éternellement dans d'épaisses ténèbres.

— Bah, il m'a toujours dit qu'il s'appelait Tungdal.
— Et vous n'avez jamais vérifié ?
— Vérifié quoi ? Vous faites des enquêtes auprès de l'état civil pour vous assurer de l'identité de toutes les personnes avec qui vous vous envoyez en l'air ?

Petit silence à nouveau. Le flic doit traiter l'information, ou considérer la débilité de sa question.

— Admettons. Que savez-vous de lui ?
— Pas grand-chose. Un peu bizarre comme type. Sympa, attentionné et aimant dans un premier temps. Un peu obsessionnel ensuite. Peut-être pas très stable psychiquement au final…
— Vous pouvez détailler un peu plus ?

Ingrid fait un résumé plus substantiel de ses trois mois passés avec Tungdal, tout en se demandant ce que ce couillon a pu bien faire, ou prévoyait de faire, pour mériter autant d'attention de la part de la

DGSE. L'inspecteur écoute sans broncher, le regard toujours suspicieux. Puis, après un court silence, il repart à l'assaut.

— Il préparait un attentat ?

— Ah non, il était plutôt sur une dynamique de salvation.

— Expliquez-vous.

— Il voulait sauver l'humanité.

— Comment ?

— Houlà, vous m'en demandez trop. Je n'ai jamais vraiment écouté ses délires ésotériques.

— Il vous a demandé de vous convertir ?

— À quoi ?

— À l'islam…

— Euh, non. Il n'était pas trop porté sur les monothéismes. Plutôt sur les trucs occultes.

— Quels trucs occultes ?

— Je vous l'ai déjà dit, je n'ai pas trop fait attention. Des cités perdues, des sombres secrets, des extraterrestres, des adorateurs d'idoles cosmiques, des choses corrompues et impies… Et probablement une ou deux conspirations, mais je ne peux pas vous l'affirmer avec certitude.

— Si je comprends bien, vous ne savez pas grand-chose de lui.

— On est restés ensemble trois mois.

— Je connais tout de ma femme.

— Vous êtes ensemble depuis combien de temps ?

Ingrid s'attend à ce que l'inspecteur lui rétorque sèchement que ça ne la concerne pas, mais il répond des plus sérieusement, avec une certaine forme de fierté – comme si le sujet ne pouvait être éludé.

— Douze ans.

— Voilà… En tout cas, vous ne savez pas qu'elle s'envoie en l'air avec son prof de kung-fu.

Pourquoi j'ai dit ça ? se dit Ingrid. C'est sorti tout seul, comme si c'était évident.

Le flic ne va pas apprécier la provocation. Elle ferait mieux de se calmer, d'arrêter de faire la mariolle parce que ce n'est vraiment pas le lieu idéal pour une partie de joute verbale, chose qu'elle maîtrise avec talent et qui s'avère en général efficace. Mais là, la mettre en veilleuse ne serait pas un luxe.

Elle s'attend à être remise vertement à sa place.

Contre toute attente, le type perd une partie de son impassibilité et de sa frigidité faciale. Ses yeux s'agrandissent une fraction de seconde, comme sous l'effet d'une colère profonde qu'il peine à maîtriser. Quelques très discrets signes de tension crispent son visage. Puis, il reprend son attitude figée.

— Vous vous trouvez drôle ?

— Pardon. J'ai pas pu m'en empêcher.

Il la fusille du regard un instant puis se lève et se dirige vers la porte.

— Vous pourriez me rapporter une paire de chaussures ? Et un soutif ?

Le flic ne répond pas.

Après deux heures à la laisser expier son intolérable impertinence, l'inspecteur revient et reprend sa place. Deuxième séance d'interrogatoire.

— Que savez-vous de ses activités terroristes ?
— Rien.
— Des voyages en Syrie ? Au Proche-Orient ?
— Pas que je sache.
— Ses amis, ses fréquentations ?
— Néant. À part de la famille qui doit habiter près de Mont-de-Marsan. Je ne les ai jamais vus. Mais comme il m'a menti sur son identité, il y a de grandes chances que ça tienne aussi de l'affabulation.
— Affirmatif. Votre dernier contact avec lui ?

Ingrid, qui commence à trouver le temps long, et qui n'a pas apprécié le fait qu'on la tire de son lit, qu'on la trimballe dans Paris menottée et à peine fringuée pour lui poser des questions alors qu'il aurait suffi de la convoquer en journée (sans compter qu'elle vient de planter la billetterie de l'Opéra de Paris et que l'agence d'intérim va lui passer un savon), décide qu'elle va omettre de citer les lettres reçues il y a moins d'un mois. On n'avait qu'à la traiter avec plus d'égards. Et puis, considérant leur contenu, elles ne feront guère avancer leurs investigations.

— Il y a quatre mois. Quand je l'ai plaqué. Enfin, il est passé plusieurs fois pour essayer de parlementer et a traîné en bas de mon appartement la semaine qui a suivi, puis il m'a bombardée de coups de téléphone et de mails pendant encore un mois et demi. Mais je suppose que vous savez déjà tout ça.

Pas de réponse.

— Plus de signes de vie depuis. Rien. Disparu dans la nature, ce qui est plutôt normal, vu que je lui avais bien fait comprendre que je ne voulais plus le revoir. Je ne sais pas ce que ce couillon a fait, mais il n'était pas du genre violent. Allumé, oui, mais il n'entrait pas vraiment dans la catégorie des fous sanguinaires.

— Nous ne vous demandons pas votre avis.
— Ça, j'avais bien compris.
— A-t-il évoqué un voyage dans le Pacifique ?
— Non.
— Des sous-marins nucléaires ?
— Non. Il a volé un sous-marin ?
— Nous posons les questions. Avait-il quelques notions de navigation ?
— Sous-marine ?
— En général.
— Aucune idée. Il savait conduire une voiture... On peut conduire un sous-marin nucléaire tout seul ?
— Ces coordonnées géographiques, ça vous évoque quoi ?

Il pose une feuille sur le bureau. Dessus, quelques chiffres et deux lettres majuscules : 47° 9' S 126° 43' O.

Aussitôt, elle pense *océan Pacifique*. Elle ne sait pas trop pourquoi. Probablement par association avec les questions posées précédemment, mais elle a l'impression que ce n'est pas la véritable raison. C'est étrange.

— Euh. Rien... C'est où ?

— Qu'importe. Lamini ne vous les a jamais communiquées.

— Nous ne parlions jamais de géographie...

Le flic acquiesce d'un mouvement de tête, un geste auquel il est difficile de donner une signification et qui pourrait autant vouloir dire qu'il a enregistré la réponse, ou qu'il doute de la sincérité de cette dernière. Il range la feuille et en sort une seconde, manuscrite. C'est l'écriture de Tungdal, Ingrid en est certaine. Elle reconnaît le tracé des lettres, cette calligraphie en arabesques et en longues lignes.

— Vous avez déjà vu ça ?

— L'écriture ? Oui, c'est celle de Tungd... Yanis Machintruc.

— Je parlais du texte.

Elle lit.

Ô vous, Profonds
Pour qui la vase est un nectar
Et les sons sourds de l'océan
Un vieil hymne tentaculaire
Ô vous, frai de l'effroi
Aux rires de coraux cariés
Les ombreux abysses vous tissent
Un linceul d'infectes dentelles

— C'est un poème...

— Nous avons déduit ça par nous-mêmes...

— C'est joli. Mais c'est la première fois que je le vois.

— Lamini écrivait des poèmes ?

— Non. Enfin, si, une fois ou deux. Mais c'était très mauvais.
— Quel en était le sujet ?
— C'était de la fan fiction…
— De la quoi ? Soyez plus claire.
— Des poèmes d'amour. Sur moi. Je les ai foutus à la poubelle.
— Hum… Et ces Profonds ? Il les a déjà mentionnés ?
— Non. C'est quoi ?
— Ça ne vous regarde pas.

Ingrid n'insiste pas. Le flic n'en sait pas plus qu'elle. Et, très certainement, il ne sait pas grand-chose non plus de Tungdal.

— Je suis désolée, mais vous pouvez m'interroger des heures, me passer à la question, m'électrocuter, m'arracher les yeux à la petite cuiller, je ne sais rien de plus.
— On va voir ça.

Finalement, il n'y aura pas de séance de torture. Ni même de détecteur de mensonges. Après deux autres interrogatoires, Ingrid est collée dans une cellule où elle passe la nuit. Le lendemain, on la libère après quelques signatures sur de la paperasse administrative, en lui ordonnant de ne pas quitter la ville et de rester à la disposition de la DGSE, et cela pour un temps indéfini. Elle se retrouve pieds nus, en jogging et en T-shirt, sans son téléphone, sans ses clefs, sans un centime en poche, au milieu de Paris. On n'a pas daigné la raccompagner, ni appeler un taxi. Elle apprécie le geste.

Elle se dirige vers le métro. Direction l'appartement de Lisa, qui heureusement possède un double des clefs. Elle lui racontera ses mésaventures et se fera prêter un pull et des chaussures.

En chemin, elle a la désagréable impression d'être suivie. Mais elle a beau regarder à gauche, à droite, derrière, devant, elle ne repère personne. Elle se dit qu'elle se fait des films. Pourtant, à mesure que le temps passe, l'impression se transforme en certitude. La DGSE l'a prise en filature ? Des fois qu'elle aurait omis quelques détails, ou qu'elle prévoirait de retrouver le fameux Yanis Lamini ? Ils vont être déçus.

4

Déjeuner sur l'herbe

Le lendemain, mardi donc, Ingrid profite de la fin de matinée pour aller se promener dans le bois de Vincennes. Avec l'idée qu'elle pourra repérer plus facilement son suiveur : le temps est couvert, les températures basses pour la saison. Il n'y aura donc pas foule dans les grandes allées. Et, effectivement, ce n'est pas l'affluence. Mais elle ne repère personne. Et cette impression devenue certitude a disparu. Elle s'apprête à faire demi-tour quand elle croise un individu coiffé d'une casquette dont la visière lui cache le haut du visage et les yeux, le col de son blouson remonté au-dessus de la bouche. Rien de bien singulier. Sauf qu'il s'adresse à elle, sans ralentir son allure, sans la regarder.

— C'est moi. Suivez-moi, nous avons à parler.

Ingrid l'a reconnu à sa voix. C'est le type du métro.

Elle se demande s'il est bien sage de lui emboîter le pas. Il vient de quitter l'allée et de s'enfoncer dans les sous-bois. Non pas qu'il ait l'air dangereux, mais elle se doute que les personnes malintentionnées apprennent parfois à bien cacher leur jeu. Elle hésite quelques secondes, puis décide de le suivre. S'il tente quoi que ce soit de déplacé, elle mettra en pratique la technique du coup de genou dans les roustons.

Après une cinquantaine de mètres, le type s'arrête dans une clairière et désigne un tronc d'arbre couché qui fera un excellent banc. Elle s'assoit à ses côtés.

— Parfait, ici nous sommes plus tranquilles. Personne ne nous entendra. Vous avez été approchée par des gens ?

— Les services secrets.

— Oui, ça je le sais. Et je vous avais prévenue.

— C'est sympa de votre part. Comment le saviez-vous ?

— Je sais beaucoup de choses. D'autres rencontres, à part les services secrets ?

— Non. J'ai été suivie hier matin, mais je pense que c'est un de leurs agents qui m'avait prise en filature.

— Mais vous n'en êtes pas certaine.

— Non.

— Soyez prête, ils ne vont plus tarder à vous contacter.

— Qui ça, ils ? Et si vous pouviez parler de façon moins énigmatique, ça m'éclairerait un peu.

— Chaque chose en son temps.

— Ah… Et là, c'est le temps de quoi ?

Le type pose son sac à dos sur ses cuisses, l'ouvre et en sort une grosse pochette cartonnée, un Tupperware et un sac plastique.

— Vous avez faim ?

— Euh, pas vraiment… En fait si… Mais…

Il lui tend le sac plastique.

— Tenez.

Ingrid ouvre le sac. Dedans, un pot de caviar d'esturgeon, provenance la Russie lointaine – l'écriture cyrillique présente sur le couvercle est un indicateur infaillible. 250 g. Elle observe le pot sous toutes les coutures.

— C'est du vrai ?

— Pourquoi il serait faux ?

— Parce que ça coûte une fortune, ce truc.

— L'argent n'est pas un problème.

Ah, se dit-elle… Dans ce cas…

Elle ouvre le pot, colle le doigt dedans vu que la petite cuiller, ou la louche, venait en option, goûte.

— Putain, c'est bon…

Elle recolle le doigt dans le pot, savoure l'instant, ferme les yeux, rêve de contrées molletonnées par une neige vierge et traversées par de grandes rivières où s'ébattent de longs poissons à la morphologie un peu monstrueuse, perçoit l'odeur subtile des flots cascadant sur des roches minérales, du vent chargé des effluves d'une forêt mystérieuse… Le pied.

— Et vous, vous mangez quoi ?

L'homme ouvre le Tupperware et lui montre son contenu. Dedans, une quantité impressionnante de petits insectes avec des carapaces aux reflets azur et une ribambelle de pattes poilues qui s'agitent en tous sens. C'est très grouillant, et pas appétissant du tout. Le type en saisit une poignée qu'il colle dans sa bouche, puis mâchonne une bonne minute.

Ingrid commence à se demander ce qu'elle fait ici avec cet homme, qui partage quand même certains traits de caractère avec Tungdal – du moins en ce qui concerne le côté dérangé de la cervelle, parce que Tungdal avait des pratiques culinaires quand même plus conventionnelles. Elle se gratte la nuque, regarde le pot de caviar… Après tout…

— C'est bon ?
— Ça va. Les shoggoths en élevaient de bien meilleurs, mais ils sont tous morts.
— Les quoi ?
— Les shoggoths.
— Connais pas.

Le type referme le couvercle de sa boîte et range le Tupperware dans son sac à dos.

— Je peux le garder ? demande Ingrid, en désignant son pot de caviar du regard.
— Évidemment.
— Merci.

Le type dodeline un moment de la tête, comme si la conversation commençait à manquer d'intérêt.

— Les choses sérieuses, maintenant. Il est passé à l'action.
— Qui ça ?
— Celui qui se fait appeler Yanis Lamini.

Et hop, se dit Ingrid. Voilà que lui aussi sort l'épouvantail Tungdal. Apparemment, ce dernier a le don d'attirer les projecteurs sur lui. Et de rejaillir dans sa vie alors qu'elle l'en avait sorti avec fracas. Par contre, il va falloir qu'on s'accorde sur son véritable patronyme…

— Yanis Lamini ? Ce n'est pas son véritable nom ?

— Non.

— Tungdal, donc.

— Non plus. Mais ça n'a que peu d'importance. Appelons-le Tungdal, ce sera très bien.

Sur ce, il ouvre la pochette cartonnée et en sort un document. Une feuille imprimée qui affiche en en-tête « Ministère de la Marine ».

— Vous avez entendu parler du tremblement de terre, dans le Pacifique, il y a une quinzaine de jours ?

— Non.

— En fait, ce n'était pas un tremblement de terre. Une ogive nucléaire a été tirée depuis un sous-marin vers les fonds abyssaux, ce qui a mis en émoi certains gouvernements. L'affaire a été étouffée.

— Laissez-moi deviner. 47° 9' S 126° 43' O ?

— Bien ! Je suppose que vous avez glané cette information lors de votre interrogatoire.

— Affirmatif. Et je présume que ce couillon de Tungdal, qui a piqué un sous-marin à Tahiti, s'est amusé à faire des cartons sur les moules par trois mille mètres de fond ?

— Non, pas à Tahiti.

Merde, se dit Ingrid. Elle disait ça pour plaisanter. Tungdal n'est pas capable de voler un sous-marin. Encore moins de le conduire seul. Et, malgré ses idées bizarres, son amour pour l'occultisme d'opérette, il n'est pas assez dérangé pour tirer un missile nucléaire, fût-il dirigé vers un banc de crevettes ou l'arrière-petit-fils de Moby Dick.

— Tungdal n'aurait jamais pu faire ça…
— Il s'est fait aider.
— Par qui ?
— Une des cinq factions. Ce qui a l'avantage d'éclairer un peu le jeu. Nous savons maintenant où celle-là se positionne.
— Euh, je vous suis moyennement, là. C'est quoi cette faction ?
— Il est trop tôt pour vous le révéler. Vous connaissez Cthulhu ?
— Pas personnellement.
— Je m'en doute… Il va falloir vous initier.

L'homme fouille dans son sac et sort un livre de poche. *Le Mythe de Cthulhu*, par H. P. Lovecraft.

Ingrid affiche sa déception. Après le caviar, les bestioles frétillantes et le mot *initier*, elle était en droit de s'attendre à quelque chose de plus ésotérique. Son élection au titre de partenaire privilégiée d'un Grand Gourou, son invitation à un pèlerinage jusqu'au mont du Destin, ou au moins à quelques révélations mystiques et prophéties apocalyptiques. Non, juste un livre de science-fiction. Elle connaît l'auteur de nom, le titre aussi. Elle ne l'a jamais lu.

— C'est ça mon initiation ?

— Oui. Ça vous donnera une idée générale de la situation, même si c'est bourré d'approximations et d'erreurs. Nous affinerons en temps voulu. Autre chose : vous avez fait des rêves récemment ?

— C'est pour une psychanalyse ?

— Non. Mais ça pourrait être important.

— Alors, oui. Comme quasiment toutes les nuits.

— Je veux dire : des rêves plus étranges que les autres.

— Le matin où j'ai été réveillée par la DGSE, je rêvais que je faisais du ski avec des castors dans un casino à Monaco.

— Non, étrange dans ses ambiances, dans son illusion de réalité. Des voyages dans des mondes inconnus, des villes à l'architecture corrompue, des rencontres avec des créatures impies. L'impression d'être guidée par un autre.

— Euh… non…

— Et des fulgurances ?

— Vous entendez quoi au juste par fulgurance ?

— Des intuitions fulgurantes, des révélations, des pans de savoir qui apparaissent subitement, des signes abscons décodés, des langues inconnues qui deviennent intelligibles…

— Franchement pas…

Ingrid ne va pas évoquer l'histoire de la femme du flic et du prof de kung-fu. Ou cette certitude qu'elle avait eue que les coordonnées communiquées par l'inspecteur désignaient un point dans le Pacifique. Elle préfère ne pas lancer le type sur ce genre de piste qu'il transformerait sans le moindre doute en autoroute vers les mondes magiques de la fantasmagorie.

— À mon tour de poser une question. Vous me voulez quoi, exactement ?

— Que du bien.

Réponse évasive, se dit Ingrid. Je vais le laisser s'en tirer avec ça cette fois-ci. Mais s'il planifie un troisième rendez-vous, ce dont elle ne doute pas un instant, elle exigera de véritables informations dès les premiers échanges. C'est indubitablement une manière de faire durer le suspense, elle en a conscience, et elle en éprouve une certaine forme de plaisir.

— Bien, je vais rentrer.

— Je vous contacterai pour notre prochaine rencontre.

Sourire d'Ingrid.

— Pas dans l'immédiat. Il faut que je trouve un nouveau travail vu ma piètre prestation samedi dernier à la billetterie de l'Opéra. C'est dommage, c'était un boulot tranquille, qui tombait assez régulièrement. Là, je vais devoir faire mon *mea culpa* auprès de l'agence d'intérim, qui va sans doute me refiler un boulot pourri, en lointaine banlieue, avec des horaires indécents, de longs trajets dans les transports en commun, mal payé. Leur manière de me faire expier mon manque d'assiduité. Si vous m'aviez prévenue de l'heure de passage de la DGSE, j'aurais pu annuler, en invoquant une indisponibilité.

— Je ne connaissais pas l'heure exacte de votre interpellation.

— Vous auriez dû. Nous nous reverrons d'ici un mois ou deux.

Le type se redresse aussitôt, les yeux grand ouverts.

— Un ou deux mois ! C'est impossible !
— Il faut bien que je gagne ma vie…
— L'argent, c'est un problème ?
— Le manque d'argent plutôt.
— Ah… Si c'est ça.

Il plonge la main dans la poche intérieure droite de son manteau et en sort une liasse de billets.

— Ça suffira ? Sinon, je peux aller en chercher plus. Il faut que vous soyez réactive.

Ingrid regarde l'épaisseur de la liasse, la feuillette brièvement. Que des billets de cent euros.

— Oui, ça suffira. Vous venez d'acheter ma réactivité.

— Comme je vous l'ai dit, je ne vous veux que du bien.

Elle sourit à nouveau. Cet homme est plein d'attentions, plein de surprises. Il lui rappelle de plus en plus Tungdal, bien que sa bizarrerie soit plus catalysée, plus méthodique. S'il est un schéma commun aux allumés qui la prennent pour le Centre du pentacle, elle est partie pour un mois d'euphorie, puis un deuxième en demi-teinte, pour conclure par un troisième catastrophique. L'expérience apportant la sagesse, elle ne se fera pas avoir deux fois. De plus, elle n'a aucune attirance pour lui – il n'est ni beau ni charmant, il a l'humour d'une palourde et le charisme d'une moule. Mais le petit mystère qu'il représente est un élément séduisant. Et puis le caviar... Et les billets... Toutefois, elle ne va pas se priver de lui faire savoir qu'on ne gagne pas la confiance d'une personne en lui disant qu'on lui veut du bien, en lui donnant une liasse de billets et en la conviant à un pique-nique caviar. En tous les cas, pas la sienne.

— Notre rencontre me rappelle l'histoire d'une femme, Jeanne Cuchet. Un jour, elle croise un type barbu, propre sur lui, bien de sa personne, qui lui propose de le suivre dans sa villa, parce qu'il lui veut du bien, qu'il peut subvenir à ses besoins, lui offrir une belle vie. Elle accepte.

— Et il se passe quoi ?
— Elle finit au four.

5

L'art, le vide, le vent

Sans être certaine que le type du métro ait compris la parabole, ou même qu'il ait connaissance de ce grand moment de l'histoire de France, Ingrid se rend chez Lisa. Après un bref résumé de l'étrange rencontre dans le bois, Ingrid sort son petit trésor. Elles étalent les billets sur le lit, et se mettent à les compter tout en se goinfrant de caviar.

Soixante en tout. Soit six mille euros… De quoi s'éviter quelques mois d'intérim.

Ingrid divise le pactole en deux et tend une moitié à Lisa, qui refuse. Mais Ingrid insiste. Combien de fois Lisa l'a-t-elle dépannée quand elle était à sec, combien de fois lui a-t-elle payé ses consommations dans les bars, combien de fois a-t-elle rempli son frigo ? Elles n'en ont pas fait le compte, ce n'est le genre de la maison, mais il y a un sacré déficit du côté d'Ingrid. C'est vrai que Lisa n'a pas trop de problèmes de liquidités. Lisa est une artiste. Une vraie. Elle vend du vent. Mais du vent de très grande qualité. Cette année, elle est dans sa période balles de ping-pong. Elle vient de vendre sa quatrième œuvre. Quand on sait qu'elle touche entre cinq et dix mille euros pour chacune… L'année dernière avait été une année faste. Sa période fusibles. Bien plus porteur que sa période lacets. Sans pour autant faire partie des grands artistes de l'art contemporain, elle a une petite cote qui se maintient. Probablement parce qu'elle excelle dans l'abstraction linguistique et la vente du concept. Parce que, prosaïquement, ce qu'elle fait, c'est de la merde – c'est elle qui le soutient. Ce qui en fait la valeur, c'est son aptitude à convaincre, à émerveiller l'intellect et à flatter l'immodestie de clients qui n'ont d'yeux que pour la valeur marchande de l'œuvre, jamais pour l'œuvre elle-même. Ingrid a toujours trouvé que Lisa exagérait. Ce qu'elle crée avec des balles de ping-pong, des fusibles, des lacets, des potentiomètres, possède toujours une forme de beauté. Elle a un truc. Comparativement aux autres artistes, qui sont capables de faire de la merde avec tout, Lisa sait faire de l'art avec de la merde. Mais cette dernière n'y accorde aucun crédit. Pour elle, une *œuvre* qu'elle réalise en quelques heures, sans aucune intentionnalité, sans aucune passion (dans tous les sens du terme), ça ne vaut rien. Toutefois, c'est une façon peu contraignante de s'assurer un confort financier, et qui lui laisse de longues périodes de temps libre qu'elle occupe en fumant des pétards, en regardant des séries TV, en traînant dans les musées, les bars, et, une fois par an, en peignant. Cette fois-ci avec passion ! De grandes et magnifiques toiles où des nuées difficilement définissables enlacent des ouragans monstrueux, où des entités multiples, informes et mouvantes incarnent des existences incompréhensibles, où l'invention chromatique se joue des conventions artistiques et où l'inspiration n'a aucune bride esthétique ou morale. Une par an, pas plus. Et ce depuis cinq ans. Elle consacre plusieurs mois à leur gestation. Croquis par centaines, préparation de pigments, études de couleurs, de lumières, des contrastes, essais sur de petits supports, etc. Jour après jour, elle laisse mûrir l'œuvre, sa vraie œuvre. Puis, quand cette dernière est prête à naître, elle s'isole du monde et s'abandonne totalement à sa création. Et, une dizaine de jours plus tard, elle range la toile achevée dans un coffrage qu'elle scelle et envoie chez ses parents. Avec une interdiction qu'elle s'est fixée : ne pas l'ouvrir avant vingt ans. Il n'y avait aucun concept dans le processus. Personne ne savait qu'elle peignait ces toiles, personne ne les avait jamais vues. À part Ingrid, parce que, comme disait Lisa, elle participe à l'œuvre, à sa gestation, à sa maturation. Comme muse inconsciente de son rôle de muse. Mais l'histoire a été éventée, très certainement par Lisa elle-même un jour où elle était fin saoule. Conséquemment, un intérêt grandissant pour ce projet a fait surface. Ce qui énerve Lisa au plus haut point. Mais plus elle refuse de s'ouvrir sur ce projet, plus l'intérêt grandit. Elle a commencé à recevoir des propositions pour l'acquisition des toiles, une fois les vingt ans de quarantaine passés.

Propositions qui prennent des proportions assez démesurées ces derniers temps. Lisa est victime de son non-concept. À force de vendre du vent à ses clients, elle a attisé en eux le désir de la tempête.

Fin de digression artistique, retour au présent de caviar et de billets de cent euros.

Ingrid raconte comment elle a récupéré ce pactole. Lisa ne trouve rien à redire – après tout, si le type énigmatique est plein aux as et se sent des prédispositions à jouer les mécènes, il serait idiot de refuser. Mais elle craint qu'il n'exige, à un moment ou à un autre, des contreparties. Et comme il paraît évident qu'il n'est pas en phase avec la réalité, elle redoute la teneur de ces contreparties. Ingrid l'a rassurée. Elle va être prudente.

Vers deux heures du matin, alors qu'elle est rentrée dans son studio depuis moins d'une demi-heure, elle est prise d'un mal de crâne aigu. Rien de préoccupant – elle est habituée. C'est extrêmement désagréable, mais ça ne dure en général que quelques minutes. Bien que la longueur comme la fréquence de ces maux de tête aient tendance à augmenter ces derniers temps. Il n'y a rien à faire. S'allonger, dans le noir si c'est possible, et attendre en souffrant. Elle a toujours eu ces migraines, depuis son plus jeune âge. Elles revenaient régulièrement, une ou deux fois par an. Les aspirines, les dolipranes, les ibuprofènes ou autres inventions pharmaceutiques présentées comme la panacée contre les douleurs encéphaliques n'y faisaient rien. Le yoga non plus. Les examens médicaux n'avaient rien révélé d'anormal. Lisa lui avait conseillé de fumer un pétard quand ça arrivait, une idée qui avait failli être la bonne. Car, effectivement, les céphalées disparaissaient dès la première bouffée. Le seul souci, c'est qu'elles réapparaissaient plusieurs heures plus tard, probablement quand l'effet du THC s'était dissipé. Et leur intensité était décuplée. La bonne idée n'en était pas une. Ingrid n'avait trouvé aucune solution efficace.

Dix minutes et le mal de crâne s'évanouit.

Elle souffle, se détend, et s'endort dans la seconde qui suit.

Elle fait un rêve étrange. Une prairie verte, plane, uniforme, qui s'étend à perte de vue. Rien d'autre. Dans le ciel d'un bleu ferreux, cinq étoiles. Pas un son, pas une odeur. Elle est là, au milieu de la prairie, ou n'est pas là, juste sa conscience, et il ne se passe rien. Elle a l'impression que le rêve dure longtemps, très longtemps. Puis, graduellement, les étoiles s'éteignent, le ciel s'assombrit, la nuit s'installe. Et, très loin, des murmures. Nombreux. Des milliers de voix quasiment imperceptibles qui chuchotent, encore et toujours, qui essayent de franchir une barrière invisible pour lui délivrer un message, en vain, toujours en vain. Puis, plus rien.

6

Les Buttes-Chaumont hallucinées

Au petit matin, Ingrid décide de passer à l'agence d'intérim pour s'expliquer. Elle évoquera une urgence dans la famille. On écoutera ses excuses et on croira ou non le motif de son absence. Il vaut mieux ne pas se griller : les trois mille euros ne dureront pas éternellement.

Dans le métro, alors qu'elle s'engage dans les couloirs qui permettent la correspondance entre les lignes 1 et 8, station Reuilly-Diderot, elle a une nouvelle fois la certitude qu'on la suit. Elle ralentit l'allure puis, soudainement, se retourne et remonte à grande allure le flux des voyageurs que la rame vient de déverser. Elle repère une femme à l'autre bout du couloir qui, après l'avoir fixée avec un air un peu surpris, fait demi-tour et détale. Ingrid se lance à sa poursuite. Malheureusement, il y a foule et, le temps qu'elle parvienne au quai, la femme s'est volatilisée.

Toutefois, la manœuvre n'est pas un échec complet. Elle a vu sa suiveuse. Elle a aperçu son visage, même si ce qui a surtout retenu son attention, c'est son accoutrement. Une robe longue et ample tye and dye, des sandales, une longue chevelure noire ébouriffée et, à son oreille, émergeant des cheveux… une grosse fleur – sans doute une marguerite. Elle a du mal à croire que la DGSE emploie des hippies. À moins qu'on ait jugé que c'était une couverture efficace. Peu crédible…

Après la visite à l'agence d'intérim, qui s'est plutôt bien passée – on apprécie ses services, elle est sérieuse d'habitude, c'est son premier faux pas, on peut comprendre l'absence, surtout si c'est pour la famille, mais il faut prévenir, on va passer l'éponge mais cela ne devra pas se reproduire –, Ingrid décide d'aller s'aérer les idées en s'anesthésiant les neurones. Un bon film de super héros, ou une comédie française pas drôle, ça ne va pas trop faire travailler ses connexions synaptiques. Elle se dirige vers le cinéma le plus proche puis change d'avis. Il fait bon aujourd'hui. Le ciel s'est dégagé ce matin, et la température est bien plus clémente qu'hier. S'écrouler sur une pelouse et ne plus penser à rien… Voilà une excellente idée. Elle prend la direction des Buttes-Chaumont, c'est ce qu'il y a de plus proche en matière d'espace vert. Elle aurait, en temps normal, favorisé le bois de Vincennes, mais elle n'a aucune envie de croiser le type du métro.

Sur place, malgré la présence de quelques mômes qui profitent du mercredi pour partir en exploration entre deux brins d'herbe, c'est calme. Elle s'allonge, somnole, se dit qu'elle aurait dû amener le bouquin que lui a confié l'autre tordu, regarde les oiseaux qui entrecroisent leurs vols dans les cieux où traînassent quelques nuages.

— Bonjour madame, je vous dérange ?

Une voix à l'intonation étrange, peut-être un défaut de prononciation qui rend les sons un peu approximatifs... Ronds ? Ou bulleux ? Et un fort accent. Américain, il lui semble.

Elle tourne la tête.

Un homme, habillé d'un costume sobre, vert bouteille, pas aussi austère que ceux des membres de la DGSE, de meilleure facture. Et, chose rassurante, qui ne possède pas cette ampleur au niveau du torse qui permet de cacher une arme de poing.

L'homme s'est accroupi à environ un mètre d'elle.

— Ça dépend de ce que vous voulez.

— Oh, pas grand-chose. Quelques minutes de votre temps.

— Vous êtes mormon ?

— Pas du tout, madame. Nous faisons partie d'une société dont les activités sont bien moins portées sur l'amour du Christ. Et dont les buts sont autrement plus nobles et importants pour l'humanité, le cosmos et l'univers tout entier.

Hum, se dit Ingrid, ça fait beaucoup de choses tout ça. Elle se gratte la tête, le fixe dans les yeux.

— Nous ?

L'homme pivote sur ses talons et désigne deux autres personnes, un homme et une femme, qui attendent sur le chemin, quelque dix mètres plus loin, les mains jointes devant eux au niveau du bas-ventre, un sourire benêt accroché au visage. Un visage qui présente quelques particularités communes avec celui de l'homme qui vient de s'adresser à elle. Un teint de peau qui tend vers le jaune, des yeux globuleux et une bouche anormalement large qui leur confère une physionomie un peu… batracienne ?

— Ça ne m'intéresse pas, merci.
— Nous venons d'Innsmouth.
— Je connais très mal l'Angleterre.
— C'est en Nouvelle-Angleterre.
— Ça change tout.
— C'est aux États-Unis d'Amérique.
— C'est gentil, j'avais compris.
— Nous souhaiterions vous inviter à une soirée de présentation, afin de vous familiariser avec notre organisation. Vous y découvririez comment elle fonctionne, ce qu'elle défend, ce qu'elle projette. Vous y êtes la bienvenue puisqu'une place vous y est réservée.
— En tant que quoi ?
— Vous n'avez pas une petite idée ?

Ingrid se demande si c'est une secte du genre scientologie qui essaye de la recruter ou juste un trio de cinglés qui vient compléter le lot de boulets qu'elle attire en ce moment.

— Vous avez besoin d'une guichetière ?

L'homme reste silencieux. Apparemment, la réponse d'Ingrid l'a pris au dépourvu.

— Je vous remercie, mais je suis en pause. Pendant au moins un mois. Au revoir.

— Nous… Nous… Euh… Prenez au moins cette carte de visite. Quand vous aurez pris conscience de la nature de notre Ordre, et du rôle que nous sommes appelés à tenir, vous et nous, appelez.

Ingrid se saisit de la carte. Ce n'est pas la curiosité qui motive son geste. C'est juste le meilleur moyen de se débarrasser de cet importun.

Elle suit l'homme du regard alors qu'il se relève. Ses deux collègues le fixent, attendant une réponse qu'ils appellent de toute leur impatience faciale. Il leur adresse un geste de la tête. Un geste affirmatif. Puis il les rejoint.

Ingrid ne comprend pas. Elle lui a bien signifié qu'elle n'était pas intéressée. Elle aurait peut-être dû être plus claire, l'envoyer bouler sèchement. Les types risquent de revenir à la charge chaque fois qu'elle viendra buller sur l'herbe verte.

C'est ma journée, grogne-t-elle. Après la hippie du métro, les mormons des Buttes-Chaumont.

Elle regarde la carte de visite en soupirant.

American Dagon Scuba Diving Society.

Elle la range dans sa poche. Uniquement parce qu'il n'est pas envisageable de la balancer là, sur la pelouse.

7

Confession

De retour chez elle, Ingrid pense en avoir fini avec le monde extérieur pour le reste de la journée. L'isolation lui est toujours bénéfique après avoir fréquenté la vaste ville et ses habitants hyperactifs – elle veut bien être sociable, mais il y a une limite à ce qu'elle peut encaisser quotidiennement. Toutefois, il va lui falloir attendre encore un peu avant de pouvoir profiter de la solitude.

Vers dix-neuf heures, la sonnette retentit. D'un pas nonchalant, elle se dirige vers la porte, espérant que derrière se tient Lisa, une bouteille de champagne dans une main, un pétard prêt à être allumé dans l'autre. Ce serait une belle surprise. Intuitivement, elle sait que ce n'est pas elle.

Elle ouvre.

Ce n'est pas elle.

Le flic qui l'a interrogée… Toujours le même costard, mais le regard a perdu de son assurance et les traits du visage sont moins stricts. Il a un beau cocard à l'œil droit et sa lèvre supérieure est salement amochée.

Aussitôt, Ingrid prend les devants.

— Je chope un soutif, une paire de pompes et je vous suis.

— Non, ce n'est pas une visite officielle. Je peux entrer ?

Ingrid ne comprend pas trop ce que l'homme fait ici si ce n'est pas une visite officielle. Ils n'ont pas tissé la moindre relation lors de l'interrogatoire, elle n'a jamais évoqué une invitation, il n'a jamais fait montre d'un quelconque intérêt pour elle, en dehors des faits liés à l'affaire Tungdal / Yanis Machintruc. Il a même été imbuvable dans sa maniaquerie procédurale, dictatorial dans son approche professionnelle. Pour résumer, il n'a rien à foutre ici, et il n'est pas le bienvenu. Mais Ingrid a bon cœur. En plus d'être toujours trop curieuse.

— Oui… Si vous voulez…
— Je suis désolé. Je sais que je vous dérange.
— Vous faites ça très bien.
— Quoi ?
— Déranger les gens.
— Vous êtes cynique…
— Vous l'avez un peu cherché, non ? Vous êtes allé voir le prof de kung-fu ?
— Comment vous savez ça ?

Elle lui montre du doigt sa lèvre tuméfiée et son œil au beurre noir.

— Simple déduction.

— Vous êtes bonne en déduction... Comment vous saviez, pour ma femme ?

Elle est tentée de lui répondre qu'avec sa tête de croque-mort et son sens de l'humour hérité d'un des membres des escadrons de la mort chiliens, pas difficile de deviner que sa femme ait eu besoin d'un peu de dépaysement.

— Je ne sais pas, c'est sorti comme ça. Ça me paraissait être une évidence.

— Vous êtes médium ?

— Ça doit être ça. Il y a du nouveau dans l'affaire de mon ex ?

— Désolé, je n'ai pas le droit d'aborder ce sujet.

— Je comprends.

— Il se passe des choses étranges dans le monde en ce moment.

— Le monde est fait de choses étranges. N'en voulez pas à votre femme. Un petit dérapage au bout de douze ans de vie maritale, ça ne sort pas de la sphère de la normalité. On a tous des moments d'égarement, ou des envies de liberté. Ça n'est pas forcément un mauvais signe. Vous vous en remettrez. Parlez-en tous les deux, ça permettra peut-être de ressouder votre couple.

— Je ne parlais pas de ma femme. Je parlais du monde, en général. Mais peut-être que... Vu que vous êtes médium... Vous pouvez me dire où elle se trouve ?

— Chez sa mère.

C'est sorti tout seul. Comme pour le prof de kung-fu.

— J'ai appelé. Sa mère m'a dit qu'elle n'était pas là.

— Allez vérifier. Les mères, ça ment parfois. Je vous offre un truc à boire ?

— C'est gentil.

Ingrid passe à la cuisine et revient avec un pack de bière. Elle n'arrive toujours pas à comprendre la raison de la visite de l'inspecteur. Il n'est quand même pas venu ici juste pour pleurer sur son épaule. Peut-être est-ce un stratagème de la DGSE, une sorte d'approche douce, une tentative de gagner sa confiance, de pénétrer son intimité pour aller à la pêche aux informations, ou pour mieux la surveiller ? Elle a du mal à y croire. Ça manquerait de finesse, de discrétion. On aurait choisi un agent qu'elle n'a jamais vu. Il l'aurait abordée moins frontalement. Mais elle n'y connaît rien aux méthodes de la DGSE, donc méfiance. Toutefois, elle a bien remarqué que l'inspecteur sentait l'alcool. Elle va continuer à le saouler. Ça lui fera du bien.

Elle ouvre deux bouteilles. Le flic s'enfile aussitôt la sienne. Bien, se dit-elle. Elle en ouvre une troisième.

— Merci.

— Je vous en prie. Si ça peut vous remonter le moral.

— Peut-être.

— Parler peut aider aussi. Je comprends que la nature de votre désarroi ne rend pas facile la communication, surtout avec des proches qui sont certainement aussi des proches de votre femme, ou des amis du service, qui eux n'ont pas besoin de savoir ce qui coince dans votre vie privée, ni de vous voir dans un tel état d'abattement. Mais je suis une quasi-inconnue pour vous. Je ne vous juge pas, je ne le peux pas. Je peux juste être une oreille attentive, vous suggérer quelques conseils…

Le flic acquiesce. Il est donc venu pour ça, sans le savoir vraiment, n'ayant nulle part où aller déverser ses baquets de larmes. Ou alors c'est un grand acteur.

— Inspecteur Paulin.
— Votre nom ?
— Oui, Stéphane Paulin.

Pendant une vingtaine de minutes, il s'épanche sur sa vie de couple, ses erreurs, la monotonie qui s'était installée dans leur relation, l'habitude et le confort qui avaient chassé l'émerveillement et la passion de leur vie, le travail qui le consumait, les signes précurseurs de la catastrophe qu'il n'avait su déceler. Ingrid le rassure, tout ça est habituel, tout cela est normal, rien n'est irrémédiable.

Enfin, après une quatrième bière, il bifurque de lui-même sur un sujet qui intéresse bien plus Ingrid. Parce que, confidente des cœurs, elle peut le concevoir pour deux-trois amis proches. Mais pour un couillon comme lui, même pas en rêve…

— Vous savez, j'ai rapidement su que vous n'étiez pas impliquée dans l'affaire Lamini. J'ai l'habitude des interrogatoires. Mais comme vous avez côtoyé le suspect pendant plusieurs mois, il était impensable de ne pas vous entendre comme témoin. Vous auriez pu détenir des informations d'importance sur ses habitudes, ses fréquentations, ses réseaux... Des éléments qui auraient fait avancer l'enquête.

— Et j'aurais très bien pu être complice. Ou du moins, avoir su qu'il allait piquer un sous-marin et n'en avoir jamais informé la police.

— Oui, mais je crois que vous ne savez rien. On n'a rien retrouvé chez lui qui porte à le penser. Ni dans votre ordinateur.

— Vous avez fouillé mon ordi ?

— Entre autres.

— Vous auriez pu me demander l'autorisation !

— Nous ne fonctionnons pas comme ça.

Ingrid n'insiste pas. C'est logique. Elle peut toujours se dire que, de cette manière, elle a été innocentée, même si le procédé manque de délicatesse. D'ailleurs, tout manque de délicatesse dans leur putain de service.

— Je sais pas si vous devriez me dire tout ça, vous avez sûrement collé des micros partout dans l'appartement.

— Non, juste votre téléphone qui est sur écoute. Et votre ordinateur. Toute votre navigation internet est suivie.

Parfait, se dit-elle, alors qu'il vient d'entamer sa cinquième bière. Il est à point. Il va falloir aller chercher le deuxième pack pour ne pas briser la dynamique.

— Vous avez découvert pourquoi Yanis Lamini a piqué un sous-marin ?

— Je sais pas si nous pouvons parler de ça.

— Nous avons bien parlé de votre femme pendant une demi-heure.

— Ce n'est pas la même chose.

— Un peu, si. Yanis Lamini, ça a été *ma femme*, d'une certaine manière. Bon, seulement pendant trois mois. Mais j'aimerais comprendre son geste. Et aussi me rassurer. Comment un type avec qui je passais mes nuits a pu préparer une opération tordue de cette envergure sans que je ne m'aperçoive de rien ?

— Il cherchait peut-être à vous protéger.

— Sans doute. Mais quand même…

— Il avait des complices. Le problème, c'est que nous n'arrivons pas à les identifier. Pas plus que nous n'avons mis à jour une organisation terroriste pour laquelle il aurait agi. Pas de revendication, aucun signe venant du Proche-Orient. Nos agents sur place sont catégoriques : les excités de la ceinture explosive ne sont même pas au courant du vol.

— Encore moins du tir de missile nucléaire, je suppose ?

Paulin s'étrangle à moitié avec la gorgée de bière qu'il était en train d'avaler.

— Comment vous savez ça ?

Ingrid prend note mentalement : l'info du livreur de caviar est bien confirmée. Tungdal a vraiment joué au tir au pigeon atomique dans les fonds abyssaux.

— J'ai eu une vision.

— Vous avez eu… une vision ?

— Oui, comme pour le prof de kung-fu.

Là, se dit Ingrid, je tente un énorme coup de bluff. Soit ça passe et elle marque mille points-confiance avec monsieur l'inspecteur, soit c'est le retour dans la salle d'interrogatoire et elle est bonne pour un mois de questions et de cellule qui pue la pisse.

— Vous êtes vraiment médium !
— Oui, mais ce n'est pas une science exacte.
— Qu'est-ce que vous voulez dire ?
— J'ai des visions, des intuitions extrêmement puissantes. Mais pas sur commande. Ça arrive un peu n'importe quand et, dans la grande majorité des cas, ça n'a aucun intérêt.
— Vous avez vu d'autres choses en rapport avec le sous-marin ?
— Malheureusement non.
— C'est dommage. On aurait pu avancer...

Ingrid s'envoie une rasade de bière. Elle souffle intérieurement. Bien joué : pas de retour case interrogatoire en vue.

— Vous en êtes où dans l'enquête ?
— Secret défense.
— C'est con.
— Pourquoi ? Vous pourriez avoir d'autres visions ?
— On ne sait jamais.

L'inspecteur cesse tout mouvement, son attention focalisée sur un cas de conscience fondamental : révéler ou non quelques pans de l'affaire ?

Enfin, il relève la tête.

— OK, mais juste les grandes lignes. Et vous n'allez rien balancer à la presse.

— Ils me prendraient pour une dingue.
— Ce n'est pas un critère disqualifiant pour eux…
— Juré.
— En gros, un sous-marin nucléaire, *L'Indicible*, a été arraisonné il y a quinze jours environ au large de Mururoa alors qu'il était en surface. La moitié de l'équipage a survécu. Les témoignages ne sont pas très cohérents. Certains marins parlent d'un commando d'hommes-grenouilles sorti de l'océan, d'autres d'hommes qui paraissaient pouvoir respirer sous l'eau, d'autres encore de créatures monstrueuses à la silhouette pisciforme et à la peau squameuse. On suppose qu'un gaz hallucinogène a été utilisé, même si on n'en a trouvé aucune trace dans les analyses sanguines. Puis le sous-marin disparaît. Impossible de le repérer. Il reste silencieux, totalement, jusqu'à balancer un missile au fond de l'océan. Puis il disparaît à nouveau. Depuis, plus le moindre signe. Le seul assaillant qu'on a pu identifier, c'est Yanis Lamini.

— Il était dans vos fichiers ?

— Oui. Mais c'est coup de bol. Les gendarmes de Tahiti l'avaient fiché une semaine avant les événements, suite à une échauffourée avec des membres d'une secte locale.

— Et c'est quoi l'idée de ce tir de missile ? Pourquoi vers le fond de l'océan ?

— Très certainement une erreur. Les terroristes devaient réviser les procédures de mise à feu. Notre plus grand espoir, c'est qu'ils se soient fait sauter lors de l'explosion. Pour le moment, on ne peut le confirmer. Mais je ne vous cache pas qu'on est en mode alerte maximum. Si ces couillons décident de tirer une ogive sur une des villes des États-Unis, du Japon ou de Chine, on va moins rigoler. Là on est dans la gestion de la crise. Au niveau international.

— Ils ne le feront pas.

Pof ! c'est sorti comme ça. Ingrid le sait. Comme elle sait que le sous-marin n'a pas explosé lors du tir. Et que Tungdal alias Lamini est encore bien vivant. Pourquoi ? Elle n'en a aucune idée. Elle le sait, c'est tout.

— Vous avez eu une vision ?

— Non. Une certitude. C'est encore mieux qu'une vision – pas nécessaire d'interpréter ou de décoder le message. Comme pour votre femme.

L'inspecteur Paulin dodeline de la tête.

— Je ne demande qu'à vous croire. Mais je ne vais convaincre personne en disant que je tiens l'info de vous.

— Le contraire serait inquiétant pour le pays.

La conversation continue quelques dizaines de minutes puis Ingrid, jugeant qu'elle a appris ce qu'il y avait à apprendre et qu'elle a assez fait de soutien émotionnel, congédie l'inspecteur qui commence à être passablement saoul. Elle n'a aucune envie de le voir s'écrouler sur son canapé et y passer la nuit. Ce qu'elle lui fait savoir en y mettant les formes.

Il se redresse, titubant, encore assez lucide pour comprendre qu'une nuit passée dans cet appartement, même sur le canapé, serait considérée comme un grave manquement à ses prérogatives professionnelles, et vu qu'il les a déjà bien secouées en passant la soirée ici, autant ne pas enfoncer le clou.

— Je vous remercie pour la soirée. Je passe demain chez ma belle-mère.

— Vous me tiendrez au courant. Bonne chance.

Alors qu'elle referme la porte, Ingrid croise les doigts. Pourvu qu'elle ne se soit pas plantée avec cette histoire de mère.

Il est bientôt vingt-trois heures. La journée a été bien remplie. Une hippie en mode filature, une secte tendance mormon et un inspecteur bourré bavard comme une concierge.

C'est bon, se dit Ingrid, fin des programmes.

Elle éteint la lumière. Et dort d'une traite pendant douze heures.

Céphalée : néant.

Rêves : néant.

Jeudi sera un jour tranquille.

8

Here be Dagon

Début d'après-midi. Ingrid passe voir Lisa à l'atelier. Une visite de routine pour rassurer sa copine. Elle lui résume brièvement la journée précédente. Tout va bien, elle s'amuse, c'est essentiel pour la bonne humeur, la santé, la vie. Sa vie est un peu mouvementée en ce moment, ce qui n'est pas sans lui déplaire. À croire qu'elle aurait un penchant pour le chaos et les situations rocambolesques. Ou qu'elle attire l'un et l'autre. Lisa est habituée. À ses frasques comme à sa curiosité intarissable. Même si l'épisode DSGE l'inquiète quand même un peu. Enfin, l'important c'est qu'elle le vive bien, qu'elle s'amuse, c'est essentiel pour la bonne humeur, la santé…

Elle ne reste pas plus d'une heure. Ingrid n'aime pas s'éterniser dans l'atelier, même si Lisa lui a toujours assuré qu'elle ne dérangeait pas – au contraire, même. Mais c'est son domaine, son havre de création, et Ingrid s'y sent un peu étrangère. Elle a l'impression de ne pas être à sa place alors que

Lisa s'éloigne du monde, de la réalité, comme possédée par une sorte de transe créatrice. La création, l'art, ce n'est pas son truc. Elle n'y comprend pas grand-chose, elle n'est pas douée pour la peinture, encore moins pour la sculpture. Ses conseils sont sans intérêt, elle n'a pas l'œil averti. Tout au plus se permet-elle de dire ce qu'elle ressent, ce qui se résume à des qualificatifs banals. Ce que crée Lisa est étourdissant, démentiel, fabuleux... Elle ferait une très mauvaise artiste : son vocabulaire ne connaît pas le concept. Ce qui plaît à Lisa, c'est sûr. Probablement en raison du contraste avec le discours dont l'abreuvent ses clients et les directeurs de galeries.

Depuis environ un mois, Lisa est entrée dans la phase de gestation de sa toile annuelle. Toile qui promet d'être tout aussi inspirée que les cinq précédentes. Elle accumule les croquis, les esquisses : beaucoup de fourmillements tentaculaires, d'entrelacements inhumains, d'essais à base de bleu sombre et de vert glauque. L'œuvre prend difficilement forme. C'est une bonne chose, lui a toujours dit Lisa, la difficulté dans la création. L'acte doit être douloureux, long, jamais confortable, jamais intuitif. Pour le moment, elle est partagée entre deux tendances : résurrection et mort. Elle essaye de mêler les deux idées, de les unifier, mais il y a toujours un côté qui domine. Il lui faudra peut-être favoriser à un moment l'une des deux notions. Elle ne sait pas encore. La création telle qu'elle la conçoit se moque de l'urgence comme des certitudes.

Ingrid n'a qu'un souvenir vague des cinq précédents tableaux. Il y avait tant de détails, tant de mouvement, de folie, de fureur baroque qui s'y ébattaient, s'y mêlaient, y fleurissaient. Elle ne conserve qu'une impression générale, forte, de chaque toile. Et la certitude que, malgré leurs évidentes différences, elles tendent vers une même idée. Si elle a suivi, par intermittence, le processus de création durant la longue gestation des œuvres, elle n'a vu les toiles terminées qu'une seule fois, quand Lisa la convoque pour admirer l'œuvre achevée, juste avant de l'enfermer pour vingt ans.

Après sa visite à l'atelier, elle part flâner sur les quais de Seine, et décide de se mettre à la lecture. Elle a le bouquin de Lovecraft en poche, et comme il est certain que le type du métro ne tardera pas à faire sa réapparition, il serait de bon aloi d'y jeter un coup d'œil. Vu le salaire mirobolant qu'il lui a versé, ne pas s'y plier passerait pour de l'irrespect.

Elle ouvre le bouquin. Page titre. *Le Mythe de Cthulhu*. Tout un programme...

Sur la page de gauche, une liste d'autres livres :

Du même auteur
aux Éditions J'ai lu

L'affaire Charles Dexter Ward, *J'ai lu* 410
Dagon, *J'ai lu* 459
...

Dagon ? Ça lui rappelle quelque chose. Elle fouille dans sa poche, et en sort la carte de visite que lui avait laissée le mormon des Buttes-Chaumont.
American Dagon Scuba Diving Society.
Il y a un numéro de téléphone, pas d'adresse.
Elle sort son portable et compose le numéro. Le type du métro l'avait prévenue : d'autres entreraient en contact avec elle. Assurément, les potes de Dagon sont les premiers à s'être manifestés.
Une voix répond, un peu fébrile. Toujours cette intonation étrange, un peu moins prononcée, et un accent américain à couper au couteau. Mais c'est une voix féminine.
— Nous attendions votre appel avec impatience !
Ingrid marque un temps d'arrêt. Elle s'attendait à tomber sur une personne qui lui aurait fait l'article pour cette secte inconnue, en tentant de la convaincre par un discours enflammé de la nécessité de venir à leur siège pour passer un test de personnalité ou un entretien avec le gourou recruteur. Elle s'attendait à un peu n'importe quoi. Sauf à ça.
— Vous attendiez *mon* appel ?
— Bien sûr ! Nous savions que vous alliez appeler. Nous sommes heureux que vous l'ayez fait si promptement.
— Personne d'autre n'avait ce numéro de téléphone ?
— Non. Ça servirait à quoi ?
Bien, se dit Ingrid. C'est inattendu. Et quelque peu insolite…

— Nous vous attendons. Vous nous rejoignez quand ?

— Maintenant, si vous voulez.

— Bien sûr que nous le voulons !

Le ton est euphorique. L'interlocutrice communique ensuite une adresse, qu'Ingrid fait répéter trois fois – c'est lâché avec tant de ferveur que ça en est difficilement compréhensible.

Direction les abords du Bassin de l'Arsenal, à deux pas de la Seine. C'est à une demi-heure de marche. Ce qui lui permettra de réfléchir à ce qu'elle va raconter à ses hôtes une fois arrivée.

Trente-cinq minutes plus tard, elle se retrouve devant un hôtel particulier. Une grande porte à double battant d'un bois noir en ferme l'accès, entourée de deux larges colonnes et surmontée d'un fronton vaguement triangulaire où s'ébat une pléiade de statues tendance classicisme gréco-romain, inspiration Poséidon, ses copines néréides et ses copains tritons, avec une pointe inattendue de grotesque flamand dans les expressions faciales. Très joli. Et sacrément cossu pour un club de plongée.

Ingrid enfonce le bouton de l'unique sonnette, qui jouxte une plaque où figure l'acronyme ADSDS.

La porte s'ouvre. L'homme qui l'avait abordée au parc des Buttes-Chaumont apparaît, même costume, même sourire benêt. Derrière lui, un amalgame de visages qui s'affairent à saisir un aperçu de leur nouvelle hôte. Tous ont les mêmes particularités physiques étranges que l'homme qui vient d'ouvrir, à des degrés différents. Des yeux globuleux, un teint jaunâtre, une large bouche dont les commissures remontent vers les oreilles. Et certains semblent être atteints d'une maladie de peau, un estampage papuleux qui leur couvre parfois les mains, parfois une partie du cou ou du visage.

Sacré comité d'accueil… se dit Ingrid.

On lui fait signe d'entrer. Elle pénètre dans l'édifice, avançant entre deux haies de regards bienveillants qui la suivent avec une passion incompréhensible. On ne l'applaudit pas, mais c'est certainement parce qu'on sait se tenir en société.

La porte massive s'ouvre sur une très grande cour, entourée d'un déambulatoire ouvert où de sobres colonnes s'alignent pour délimiter l'espace. Au milieu, un bassin de forme carrée aux eaux sombres, de taille considérable. Ingrid peine à en distinguer le fond.

— C'est de l'eau douce, donc pas ce qu'il y a de plus idéal, lui annonce son hôte. Par contre, le bassin communique avec le canal, ce qui nous permet de savoureuses promenades dans les eaux de la Seine.

Le paradis des plongeurs parisiens, se dit Ingrid, sans plus s'interroger.

L'homme l'invite ensuite à pénétrer dans la grande salle de réception qui se trouve à l'opposé de l'entrée et se livre aussitôt à une présentation du patrimoine. Ingrid écoute attentivement, malgré la forte odeur de poisson pourri qui imprègne le lieu et qui l'oblige à respirer par la bouche.

— L'hôtel a été racheté et redécoré en 1933, lors de notre implantation dans la capitale. Les colonnes, frontons, ornements, sculptures, qui font l'authenticité et la beauté du lieu, datent de cette époque, bien évidemment. Les appartements sont situés au second étage. Les bureaux et les pièces où sont entreposées les archives au premier. Au rez-de-chaussée, outre cette salle de réception, on trouve dans les deux ailes des salles de réunions et d'exposition, d'autres bureaux ainsi qu'un réfectoire. Bien sûr, le temple et sa chapelle se situent au sous-sol. Avec d'autres lieux sur la nature desquels, vous pouvez le comprendre, ne nous étendrons point. C'est magnifique, non ?

Magnifique n'est assurément pas le bon mot, se dit Ingrid alors qu'elle observe la salle d'un œil consterné. Le jour y pénètre avec difficulté et l'on n'a pas jugé bon d'y implanter l'installation électrique nécessaire. De nombreux chandeliers diffusent une lumière qui se perd dans les circonvolutions architecturales des ornements qui dégueulent des murs. De fausses colonnes, des bas-reliefs de chorégraphies sous-marines aberrantes, des sculptures d'êtres difformes aquatiques ou amphibiens à la malignité répugnante, tous en stuc, peints de nuances de bleu sombre et de vert ténébreux. Du plafond dégoulinent des entrelacs d'algues monstrueuses qui enlacent des êtres dont la nature reste à définir, entre homme et poisson, même s'ils ne sont assurément ni l'un ni l'autre. Peut-être les dieux tutélaires du lieu ou des divinités du mauvais goût ?

Quant au sol, il est recouvert d'une mosaïque qui a probablement tenté d'imiter le style romain, mais s'est perdue dans un chromatisme déprimant et une surabondance de motifs déplorables. Sur le mur qui fait face à l'entrée de la salle, un tableau de très grandes proportions représente une cité sous-marine, perdue dans de noirs abîmes. Un nombre incalculable de colonnades entourent un enchevêtrement de bâtiments massifs, qui ne semblent se soucier ni d'esthétique ni de vraisemblance géométrique.

— Y'ha-nthlei. Avant sa destruction en 1928. Sombre année...

Ingrid acquiesce d'un bref mouvement de tête. Elle va brider sa curiosité naturelle, et éviter de poser des questions. La bande d'allumés qui ne la quitte pas du regard a certainement plein d'autres légendes extravagantes à raconter, mais elle n'est pas venue pour une visite du musée du grand macabre sous-marin. D'ailleurs, elle commence à se demander pourquoi elle est venue. Et si elle a bien fait de venir.

— D'une autre manière, 1928 a été l'année de la renaissance. Un mal pour un bien. Venez, je vais vous montrer à quoi ressemble Y'ha-nthlei la Nouvelle.

Son hôte la guide vers la pièce qui s'ouvre sur la droite. Il y fait moins sombre et la décoration y est plus sobre, même si on reste loin des lignes épurées de l'art déco.

Des photos encadrées, ainsi que quelques documents, tapissent les murs. Au centre de la salle, protégée par un haut parallélépipède de plexiglas, ou de verre, une large maquette d'une ville, tout aussi tarabiscotée, mais qui reste plus humaine dans ses proportions comme dans ses excès. Plus moderne aussi, même si moderne n'est pas le mot le mieux adapté.

— Voyez. Ce n'est pas aussi cyclopéen, architecturalement. Nous ne sommes pas d'aussi fébriles bâtisseurs que les Profonds, et ils ont eu des millénaires pour construire la première version de la cité. Mais, peu à peu, elle se relève.

— Les Profonds ? Comme dans « Ô vous Profonds, pour qui la vase est un nectar… » ?

L'homme sourit, saisit Ingrid par le bras, la guide vers un des murs puis lui désigne un parchemin sous verre.

— Vous connaissez vos classiques, ça fait plaisir.

Sur le parchemin, qui semble accuser quelques siècles d'ancienneté, une écriture manuscrite qui ne ressemble pas à grand-chose. Du moins à rien de ce que connaît Ingrid – certes, elle n'est pas spécialiste en langues mortes et pictogrammes à la géométrie marine exotique.

— Hum…

— C'est une copie, bien sûr. La version originale est conservée à Innsmouth. Mais elle date tout de même de l'âge d'or de la colonie de Ponape, il y a sept ou huit siècles.

Elle hésite à demander ce qu'elle doit comprendre dans cet amoncellement de caractères indéchiffrables quand son hôte, suivi dans l'instant par la vingtaine d'autres membres de la secte, se met à psalmodier, d'une voix qu'elle qualifierait de globuleusement basse et d'un ton fervent, le poème retrouvé dans les affaires de Tungdal.

Bien, se dit-elle. Elle en est maintenant convaincue : elle vient de mettre à jour un réseau de secoués de la cervelle. Tungdal, le type du métro, et maintenant la secte des plongeurs.

Tandis que le chœur continue ses incantations nautiques, elle se permet de jeter un coup d'œil aux autres photos et documents accrochés aux murs, ainsi qu'aux quelques babioles exposées sur des piédestaux.

Elle peut remarquer un grand nombre de portraits de membres de la société, chronologiquement ordonnés, ainsi que des gravures et des peintures de lieux exotiques qui rappellent les îles du Pacifique. Il y a aussi des vues détaillées de fonds marins anormalement grouillants, de nombreuses représentations des deux cités subaquatiques, une photo d'un paquebot en train de couler puis reposant dans les abysses (et qui ressemble un peu trop au *Titanic*), des peintures et illustrations d'hommes et d'êtres poissons à l'aspect huileux et au regard vaporeux nageant dans des eaux abominablement sombres. Plus loin, une copie de l'acte officiel de création de l'*American Dagon Scuba Diving Society* daté de 1928, et quelques parchemins couverts des pictogrammes marins déjà vus précédemment. Puis une photo attire son regard. Elle s'arrête devant. Rien de très spécifique à première vue. Une grande pièce qui ressemble peu ou prou à la salle de réunion dans laquelle elle a été accueillie, plus vaste et moins chargée niveau décoration, avec une trentaine d'hommes et femmes au globulisme oculaire et au sourire de clown plus prononcés qui posent, en trois rangs, comme sur une photo de classe. Devant eux, un piédestal surmonté d'un cube de verre qui protège une tiare de forme ellipsoïdale, faite d'or ou d'un métal mystérieux à l'éclat lumineux, et qui repose sur un coussin de velours violet. En apercevant la photo, Ingrid a la sensation qu'il y a là une chose qui lui appartient. C'est même plus qu'une sensation. Une certitude. Comme avec l'histoire du prof de kung-fu. Elle ne sait pas quoi exactement. La tiare ? Non. Elle s'avance pour détailler la photo, mais son hôte reprend la parole.

— Notre siège principal se trouve à Innsmouth. Avec les vingt-sept membres du bureau directeur. Alwynn Marsh, Désiré-Watson Marsh, Coriande Marsh, Emily Marsh…

Il finit son énumération, ressaisit Ingrid par le bras et la guide sans brusquerie vers une nouvelle salle, qui continue l'aile droite du bâtiment, et où l'odeur n'est pas moins insupportable.

— Il est temps de passer aux choses sérieuses.

Ingrid grimace. Le ton sentencieux de la phrase comme l'adjectif *sérieux* n'est pas des plus rassurant.

Hommes et femmes prennent place dans de confortables fauteuils disposés en demi-cercle, qui entourent deux autres fauteuils plus luxueux où elle est invitée à s'asseoir, aux côtés de son hôte.

Un silence religieux emplit la salle. Ingrid attend que son interlocuteur prenne la parole. Il va sans doute faire une annonce. Ou l'abreuver de questions auxquelles elle n'aura aucune réponse. Mais il ne se passe rien. Ingrid parcourt du regard les visages tendus vers elle.

— Alors ? lâche son hôte.

Merde, se dit-elle. Ils attendent que je parle…

Mais elle n'a pas la moindre idée de ce qu'elle doit dire… Elle improvise.

— Euh… Vous… Vous n'êtes pas vraiment une société de plongée sous-marine ?

Rires dans l'audience.

— Vous êtes drôle ! Mais passons aux choses vraiment sérieuses. Quelle a été la réponse des quatre autres factions ?

La réponse des quatre autres factions ? Qu'est-ce qu'elle leur raconte ? Qu'elle n'en sait foutre rien, qu'elle n'a même pas idée de ce que sont ces factions ? Elle tente un coup de bluff ? Elle esquive la question en lâchant une autre ânerie ?

— Vous ne le savez pas avec certitude ? reprend son hôte.

— Non, ils sont indécis… répond-elle en désespoir de cause.

Aussitôt, une légère déception s'affiche sur les visages.

— Mais ils ne sauraient tarder à se prononcer, continue-t-elle, en se demandant si elle ne ferait pas mieux de se taire plutôt que de lancer des assertions aussi vagues que saugrenues. C'est une question de jours.

— Voilà qui est fâcheux. Vous comprendrez que nous ne pouvons nous prononcer avant de connaître leur décision.

— Je comprends, bien sûr.

Elle ne comprend rien, bien entendu. D'ailleurs, si on pouvait lui expliquer, une bonne fois pour toutes, ce qu'on attend d'elle... Ces illuminés ne l'ont pas choisie par hasard. Par erreur, peut-être. Ce petit jeu commence à l'agacer. Elle maudit mentalement Tungdal qui, sans aucun doute, est à la source de ce quiproquo.

Bien, se dit-elle. On ne va pas tourner autour du pot pendant des heures.

— Je suis honorée par votre accueil. Mais, très franchement, qu'est-ce que je peux faire pour vous ?

— Qu'est-ce que vous pouvez faire pour nous !!?? Cthulhu !?

— Quoi Cthulhu ?

— Vous ne savez pas ?

— Non...

Ce coup-ci, ce n'est plus de la déception qu'elle lit sur les visages, mais une forme prononcée de confusion.

— Nous allons devoir patienter un peu, alors. Nous vous pensions plus avancée dans le processus. Il est indispensable que vous acquériez une plus large connaissance des forces cosmiques qui sont à l'œuvre.

— Je commence ça ce soir, répond Ingrid. J'ai déjà le livre !

La confusion s'efface, laissant place à une vive inquiétude.

— Le Livre !!! lâche son hôte d'un ton anxieux. Comment est-il possible que vous soyez déjà en possession du Livre ?

Elle se retient de hausser les épaules. Elle aurait pu le trouver dans n'importe quelle librairie. Bien, se dit-elle. Puisqu'elle a affaire à des cinglés, autant se mettre à leur niveau. De toute façon, ils ne lui révéleront rien – s'il y a quelque chose à révéler. Autant les brosser dans le sens du poil et qu'elle en finisse au plus vite avec cette réunion absurde.

Elle ouvre grand les yeux, regarde le plafond qui, ici, est juste décoré de scènes nautiques plutôt acceptables, et adopte un ton extatique.

— Le rêve... Le rêve ! Le rêve m'a guidée. Le rêve m'a instruite.

Étonnement, son petit numéro de composition semble satisfaire tout le monde. Les traits se détendent, les sourires réapparaissent. Un murmure unanime monte de l'audience.

— *Iä, Iä, Cthulhu fhtagn !*

Puis le chef de cérémonie, après avoir posé sa main sur son avant-bras, se tourne vers elle et la regarde dans les yeux.

— Surtout gardez-vous d'essayer d'en déchiffrer le contenu. Il est trop tôt. Son pouvoir ne sera efficace que lors du Jugement.

— J'en suis consciente. N'ayez crainte. Après, tout, je suis le Centre du pentacle.

Reprise de la monodie, avec plus d'intensité sonore, une octave au-dessus.

— *Iä, Iä, Cthulhu fhtagn ! Iä, Iä, Cthulhu fhtagn !*

9

HPL et la puissance de l'amour

En quittant le bâtiment, Ingrid conclut qu'elle s'est finalement bien tirée de cette situation abracadabrante. Si elle doit croiser à nouveau le chemin de ces illuminés, ou celui d'une des autres factions, il serait bienvenu d'être un peu mieux renseignée, histoire de ne pas s'empêtrer de la même manière dans ses réponses et d'avoir à éviter de jouer les exaltées pour qu'ils lui lâchent la grappe. En bref, il va falloir qu'elle se mette à la page.

Arrivée dans son studio, elle ouvre le fameux livre et en commence la lecture.

Vers dix-huit heures, elle est interrompue par un coup de téléphone. L'inspecteur Paulin est fou de joie. Sa femme était bien chez sa mère. Ils ont passé la matinée et l'après-midi à parler, à mettre les choses à plat, ils vont aller voir un conseiller marital, ça va beaucoup mieux, merci pour tout, vos visions c'est super. En raccrochant, Ingrid se dit qu'elle vient de se faire un ami dans les services secrets. Ça ne servira probablement jamais à rien. Peut-être un jour à faire sauter une prune de stationnement...

Elle reprend sa lecture studieuse, un crayon à la main pour annoter les passages dignes d'intérêt. Pas très longtemps, puisqu'une heure plus tard, la sonnette retentit. Peu probable que ce soit l'inspecteur qui lui apporte des fleurs.

Elle ouvre la porte, en soufflant – si on pouvait lui foutre la paix, ne serait-ce que jusqu'à demain matin...

La fille qui la suivait dans le métro.

Ingrid n'a pas le temps d'exprimer sa surprise que cette dernière, qui a opté ce soir pour une robe violette, une couronne de vigne autour de la tête et un collier composé de mini phallus orange et pourpres, se jette à son cou. Ingrid fait un pas en arrière et la repousse des deux mains.

— Vous êtes celle qui me suivait dans le métro !
— Je suis celle qui vous suivait dans le métro.
— Et vous me suiviez pourquoi ?
— Nous devions être certains.
— Et vous êtes certains, maintenant ?
— Nous sommes certains, maintenant ! Gloire & happiness, luxure, love & amour !

Ingrid ne va pas l'interroger sur la nature de ses certitudes. Elle a une idée très précise de ce que sera sa réponse. Une histoire de dynamique généralisée qui tend à tout ramener vers elle ces derniers temps.

— C'est donc moi...
— C'est donc vous.

— Vous pouvez arrêter de répondre en reprenant mes phrases.

— Je le peux.

— Alors, faites-le…

— Qu'il en soit ainsi, car c'est la volonté du Centre du pentacle !

Voilà, se dit Ingrid. On y est. Le Centre du pentacle…

— Et je peux faire quoi pour vous ?

— Nous vous offrons un week-end en Crète. Tout gratuit !

Cette fois-ci, Ingrid ne peut contenir sa surprise. Elle ouvre grand les yeux. C'est qu'elle avait toute une palette d'hypothèses en tête pour expliquer la présence de la jeune femme sur son pas de porte, toutes aussi incongrues les unes que les autres. Là, elle avoue qu'elle a été battue.

— Débauche & luxure, amour, concupiscence & love, ô Cosmic love, puissance impie des générations dégénérées !

— Vous êtes défoncée ?

— Non, c'est la puissance de l'amour !

Une nouvelle fois, Ingrid est prise au dépourvu. Même si l'accoutrement de la jeune femme était un indice qu'elle a lamentablement omis de prendre en compte, elle s'attendait plus à des révélations lovecraftiennes qu'à un panégyrique sur la puissance de l'amour. Elle n'a jusqu'à présent rien lu dans le livre qui pouvait faire penser que Lovecraft ait pu, à un moment de sa vie, partager les idées du mouvement hippie. Quant à l'amour, quel que soit le sens du mot, il semblait l'avoir en dégoût.

— Et Cthulhu dans tout ça ? Ça ne vous intéresse pas ?

— Cthulhu ! Fuck Cthulhu ! La puissance de l'amour est supérieure à tout !

Au moins, voilà qui est clair, se dit Ingrid. Si cette malade sous acide fait partie d'une des quatre autres factions, ce qu'il faudra confirmer mais qui paraît quasiment acquis, Cthulhu n'est pas en odeur de sainteté dans l'organisation ou secte à laquelle elle appartient. D'après ce qu'elle est train d'apprendre sur la chose, c'est rassurant – l'abomination cosmique ne semble en effet pas vouer un amour sans partage à l'humanité, c'est le moins qu'on puisse dire.

— Alors, reprend la fille en trépignant. Vous venez ? Vous venez ?

— Bien sûr, une orgie en Crête, ça ne se refuse jamais.

— Amour ! Stupre ! Miasmes de la perversion cosmique. Nous danserons sous le regard anémié de la lune. Que la putréfaction dégoulinante nous féconde ! Nous irons avec les mille chevreaux capricants dans les bois sombres sous la lune mourante !

L'enthousiasme de la jeune fille fait sourire Ingrid. Il y a du niveau, là, se dit-elle.

— On peut partir maintenant !

— Maintenant ?

— Oui, il y a un vol pour Héraklion qui décolle d'Orly à 20 h 30.

— Houlà, vous êtes à fond, vous !

— C'est que le temps est proche !

— Hum... C'est un peu précipité. Il faut que je fasse mes bagages et...

— Pas besoin de bagages. Nous avons des pagnes et des tuniques sur place. Et puis presque tout le monde se balade à poil dans le domaine.

— Hum... Je vais quand même prendre le temps de faire ma valise.

— Ah... Alors, demain ?

— Demain, en soirée. Même heure ?

— Oui, même heure ! C'est magnifique !

Ingrid lâche un large sourire, un peu trop artificiel mais la fille ne relève pas – son âme n'est qu'amour – puis commence à refermer la porte.

— À demain donc.

La fille, toujours hilare, avance la tête.

— Autre chose ? demande Ingrid.

— Vous voulez baiser ?

— Euh... Là ? Maintenant ?

— Oui. Ici, si vous voulez. Ou dans votre appartement.

— Non merci, ça va aller. J'ai des devoirs à finir.

Ingrid referme la porte. La puissance de l'amour est indubitablement une source de surcharge neuronale handicapante...

Il est cinq heures du matin quand elle finit le livre.

Elle n'a jamais eu beaucoup d'affinités avec la science-fiction. Elle ne souhaite pas plus que ça savoir ce qui se passera dans les étoiles, ou ce qui adviendra de la terre, de la société, de la vie dans les années à venir. Le présent suffit à lui coller des migraines. Mais le livre ne relève pas vraiment de la science-fiction. Du fantastique plutôt. Un fantastique baroque. Un peu daté, agréable à lire, plein d'horreurs pas très horribles mais qui ont dû l'être il y a un siècle. En d'autres circonstances, elle aurait pu apprécier l'originalité, la tension mystérieuse que l'auteur prend plaisir à insuffler dans ses récits, sa mythologie originale, et le décalage complet par rapport la réalité, la sienne comme celle du monde où vivait l'auteur. Mais voilà. Avec la horde de tordus qui ont décidé de faire d'elle leur centre du monde, et cela en s'inspirant de ces récits étranges, elle a eu beaucoup de mal à se laisser imprégner par le récit.

Elle s'est fait une rapide analyse personnelle de ces textes, les thèmes principaux, les orientations, résumant les grandes lignes dans un cahier. Au final, elle en conclut qu'il n'y a pas grand-chose qui pourrait l'éclairer sur sa situation actuelle, si ce n'est la présence du grand Cthulhu aux coordonnées exactes où cet abruti de Tungdal a tiré son missile balistique. Cthulhu qui, s'il avait eu la moindre prétention à l'existence, serait en ce moment répandu en charpie de tentacules broyés et de bouillis de flegmons calcinés.

L'idée qu'une fiction qui date d'un siècle puisse aujourd'hui déclencher des réactions aussi déraisonnables la laisse pantoise. Elle sait que l'humanité aime s'inventer des dieux, entretenir des cultes, s'écrire des dogmes pour le plaisir d'aller défendre le plus inhumainement possible ses certitudes, qu'elle entretient le mystère non pas parce que sa confrontation est grisante, mais parce que l'impossibilité de sa résolution est une source féconde pour transformer peurs et doutes en des systèmes statiques et ordonnés de croyances – et même si c'est bien l'imagination qui les fait naître, l'éducation et la morale se chargent rapidement d'encager cette dernière. Toutefois, elle n'a jamais entendu parler de quiconque ayant pris au sérieux les écrits de Lovecraft. Elle en déduit que ses lecteurs et éventuels fans ont été jusqu'alors assez intelligents pour ne pas confondre les sentes idéalisées de la fiction avec les chemins attestés de la réalité.

Elle en conclut que Tungdal a dû complètement péter les plombs. Et que malheureusement, il n'est pas le seul. Elle peut espérer que l'épisode de l'explosion nucléaire sous-marine aura calmé les ardeurs des fanatiques, en mettant fin à l'existence de la créature (d'un point de vue fictif, il s'entend – mais la fiction des fanatiques est leur vérité la plus pure). Une évidence : dans la nouvelle « L'Appel de Cthulhu », le dénommé Johansen n'a besoin que de diriger son yacht dans la créature pour qu'elle explose et se répande en un liquide immonde et une nuée verdâtre. Alors une bombe atomique, quand un simple coup de proue avait suffi... Un final qui, d'ailleurs, n'est pas sans lui rappeler la mort d'Ursula dans *La Petite Sirène* version

Disneyland, dont les scénaristes ont dû piquer l'idée à Lovecraft. Cthulhu, Ursula, même combat. Horribles à rendre fou, résistants comme un ballon de baudruche trop gonflé.

Quant au Centre du Pentacle, rien. Néant. Pas la moindre mention…

Une chose a toutefois retenu son attention. Alors qu'elle commençait la lecture du recueil, elle a eu la franche impression d'en avoir déjà lu les premières lignes. La sensation s'est dissipée après le premier ou deuxième paragraphe. Pourtant, elle est certaine de n'avoir jamais eu ce livre en main. Jamais. C'est étrange.

10

Dans un bois solitaire et sombre

À dix heures, elle est tirée d'un rêve aussi étrange que troublant par la sonnerie de son téléphone. Elle émerge doucement, laissant la mélodie agaçante se répéter.

La sonnerie cesse. Elle regarde le nom du correspondant : l'agence d'intérim. Elle rappelle une dizaine de minutes plus tard. Un client a besoin de ses services aujourd'hui même. Le salaire est engageant et le client a spécifié qu'il ne voulait qu'elle comme intérimaire. Une mission d'une demi-journée. Cinq cents euros net.

C'est tentant, mais Ingrid décide de faire l'impasse. Elle a de quoi tenir trois, voire quatre mois, et elle doit préparer sa valise. Elle prétexte un enterrement, le fameux problème familial qui l'a obligée à planter la billetterie de l'opéra la semaine dernière. Elle ne sera pas de retour avant mardi, début d'après-midi.

Vingt minutes plus tard, l'agence rappelle. Le client peut attendre mardi. Ingrid accepte. Elle n'a plus d'excuse crédible en réserve.

Avant de faire sa valise et de s'envoler pour la Crête, elle décide d'aller faire un tour dans le bois de Vincennes. Sa première rencontre avec une des factions a été exemplaire en termes d'approximation. Certes, elle a depuis lu le livre qui devait la renseigner, mais elle aimerait posséder quelques arguments concrets pour la seconde rencontre, histoire de ne pas passer pour une cruche cette fois, et d'être capable de répondre à peu près intelligemment. On n'est jamais trop prudent.

Une heure plus tard, elle rejoint le bois. Les chances d'y retrouver le type du métro sont grandes. Et si elle ne le retrouve pas, elle aura au moins profité de la balade pour se dégourdir les jambes.

La promenade ne dure pas bien longtemps. Un quart d'heure plus tard, le type du métro arrive en face d'elle. Même jeu ridicule que lors de leur dernière rencontre.

Elle a un peu envie de lui dire que c'est bon, pas la peine d'en rajouter, ils sont les seuls sur le chemin, tout le monde se fout de savoir s'il lui adresse la parole, ils ne sont pas dans un film d'espionnage des années soixante, un inspecteur de la Stasi ou du KGB ne va pas soudainement surgir d'un bosquet, mais elle lui fait un signe de la tête et le suit en silence, jusqu'à la même clairière. Ce coup-ci, le type ne prend pas le temps de s'asseoir.

— Ça fait trois jours que je fais les cent pas dans le bois ! Vous étiez où ?

— À gauche, à droite, chez moi, ailleurs…

— Vous avez raté notre rendez-vous. J'ai cru qu'il vous était arrivé quelque chose.

— Quel rendez-vous ?

Le type semble réfléchir. Puis il grimace.

— J'avais cru que c'était entendu.

Ingrid lève les yeux au ciel, ce qui la dispense de donner une réponse plus détaillée. Le type désigne le tronc d'arbre, où tous deux s'assoient. Avant qu'il ait le temps d'engager la conversation, Ingrid se lance.

— Je voudrais savoir votre nom.

— Ça ne vous servirait pas à grand-chose.

— Déjà à éviter de vous appeler *le type du métro*.

— D'accord. Bob Dylan.

— Vous vous payez ma tronche ?

— Non… Mais je ne peux vraiment pas vous révéler ma véritable identité. Question de sécurité. La vôtre.

— Soit… Mais pas Bob Dylan. Trouvez autre chose. Ou je choisis.

— Choisissez.

— Francis Wayland Thurston.

— Je ne crois pas que ce soit le meilleur choix…

— C'est mieux que Bob Dylan, en tout cas.

— Soit.

— Donc, avant que vous me bombardiez de questions, puisque c'est bien pour cela que nous sommes ici, j'aimerais profiter du préinterrogatoire pour, moi aussi, vous en poser quelques-unes. Qu'est-ce que c'est cette histoire de Centre du pentacle ? Quel rapport avec le bouquin de Lovecraft ?

Et par quel hasard je me retrouve catapultée dans ce bordel sans queue ni tête ?

Thurston, puisqu'à défaut d'information crédible c'est dorénavant son nom, grimace.

— Il est encore trop tôt pour tout vous révéler.

— Il va falloir faire un effort. Je veux bien servir de pion dans votre jeu délirant, mais si vous persistez à me faire avancer avec une cagoule sur la tête, je vais prendre congé avant de me manger un mur.

— Très bien. C'est peut-être une erreur, mais je vais tenter de vous expliquer. Promettez-moi cependant de faire preuve d'une ouverture d'esprit au-delà de ce que la rationalité admet. Ce qui va suivre n'est pas facile à accepter, j'en conviens. Mais le sort de l'humanité en dépend.

— Raison de plus pour ne pas faire dans la rétention d'information.

— C'est un argument valable, j'en conviens. Voyez-vous, j'ai découvert Lovecraft il y a une trentaine d'années. Je n'y ai, au début, pas porté d'autre intérêt que celui d'amateur de fictions décalées. Sa lecture me procurait un grand plaisir, trop grand peut-être. J'ai cru y déceler des parts de vérité. Cette passion pour cette horreur baroque, pour ce panthéon monstrueux, n'aurait pas dû dépasser le stade de la marotte. Pourtant, à mesure que je m'immergeais dans ce monde qui me paraissait alors délirant, des indices troublants sont apparus. Non pas dans la fiction de l'auteur, mais bien dans la réalité. Il m'a fallu plus de vingt-cinq années de voyages et d'expéditions autour du globe, des heures incalculables à m'isoler dans les nombreuses bibliothèques du vieux comme du nouveau continent, de l'Asie aussi, à enquêter dans les lieux les plus improbables, les moins accueillants, à recueillir des témoignages de plus en plus hallucinants, pour découvrir la terrible vérité. Je ne vais pas vous faire un résumé de mon travail. Encore moins des péripéties et difficultés qui ont émaillé mon parcours. Ce serait long, bien que passionnant. Sachez seulement qu'il y a plusieurs millénaires, des entités cosmiques, assimilables à ce nous appelons des dieux, même si le terme est trop restrictif pour être juste, se sont installées sur Terre – du moins sous une forme parcellaire. Et elles y sont restées jusqu'au siècle dernier. Elles ont influencé les hommes, sans se révéler à eux, même si quelques-uns ont toutefois réussi à percevoir leur présence – ce sont les ancêtres des membres des cinq factions. Vous avez lu le livre, c'en est une bonne introduction. Lapidaire, simpliste, bien sûr. La vérité est bien plus compliquée.

C'est bien, se dit Ingrid, il est en train d'écrire un nouveau texte pour le corpus lovecraftien.

— Voilà comment j'ai découvert l'existence du Centre du pentacle. Et le rôle qu'il jouera dans les événements futurs.

Thurston s'arrête de parler. Il a fini son exposé, qui bien sûr, est bien trop lacunaire pour Ingrid. À part se voir confirmer son rôle d'élue de plusieurs fan-clubs de Lovecraft, pas grand-chose à se mettre sous la dent.

— Merci de creuser un peu. Le Centre du pentacle donc.

— Vous êtes certaine de vouloir savoir ?

— Je vais l'apprendre un jour ou l'autre. Et être un peu au courant de la situation, ça me permettrait de pas passer pour une gourde lors de ma prochaine rencontre avec l'une des factions.

Aussitôt, le regard de Thurston s'éclaire.

— Vous en avez rencontré une ?

— Oui. Mais je ne vous révèle rien tant que je n'en sais pas plus.

— D'accord. Le Centre du pentacle... Vous êtes née le 11 octobre 1989 à 10 heures 40 et 18 secondes. Le jour de votre naissance, les astres étaient propices. Pas que les astres d'ailleurs. Les espaces entre le temps et les étoiles, la géométrie non euclidienne de l'univers et celle de l'Ailleurs tout autant. Le grand Schéma Cosmique s'est aligné. Ce n'était pas juste une conjonction entre quelques corps stellaires, mais entre tous les univers. Même ceux qui n'existent pas. Le jour de votre naissance, l'heure de votre naissance. La seconde même de votre naissance !

— Et paf, c'est tombé sur moi... Juste sur moi.

— Non, il y a en général quatre naissances par seconde sur Terre. Cette seconde-là, il y en a eu onze.

— C'était une bonne seconde...

— Onze possibilités. Mais un seul et unique Centre du pentacle. Impossible de connaître son identité avant que les signes n'apparaissent.

Vous pensez bien que si j'avais su avant, je n'aurais pas attendu si longtemps pour vous contacter.

— Vous avez su comment ?

— Je vous l'ai dit. Il y a eu des signes.

— Genre quoi ?

— Ce serait trop compliqué à vous expliquer. Et sans grand intérêt. Mais sachez que les cinq factions ont aussi perçu ces signes.

— Vous avez été le plus rapide. Félicitations.

— C'est que j'obéis à des prérogatives matérialistes. J'analyse et je déduis comme l'homme que je suis. Eux sont guidés par des motivations extérieures, inhumaines. Qui d'ailleurs ont tendance à leur échapper. Mais c'est un autre sujet.

— Et mon rôle dans tout ça. Je veux dire en tant que Centre du pentacle ?

— Vous êtes celle-par-qui-la-décision-est-validée.

Mazette, se dit Ingrid. Rien que ça…

— Quelle décision ?

— Je préférerais que vous le découvriez par vous-même. Ça fait partie de votre apprentissage.

— Ah, si c'est une quête…

— Ce n'est pas une quête.

— Alors quoi ?

— Je m'excuse, mais je n'en dirai pas plus pour le moment. Vous risqueriez de considérer que je ne suis pas sain d'esprit.

Ingrid ne répond rien. Il peut être rassuré, elle ne fréquente que des malsains d'esprit en ce moment. Aucune raison pour qu'elle s'effraye.

— Je peux maintenant vous bombarder de questions ? reprend Thurston.

— Allez-y, je sens que vous en mourez d'envie.

— Quelle faction vous a contactée ?

— Les tarés de la plongée en apnée.

— Pardon ?

— L'*American Dagon Scuba Diving Society*.

— Ah… Anciennement l'Ordre Ésotérique de Dagon… Dommage.

— Dommage ?

— Nous savons déjà à quel camp ils appartiennent.

— Vous êtes certain ?

— Oui. Leur attaque au sous-marin, bien qu'inutile, les a démasqués.

— C'étaient eux ? Je pensais que c'était ce malade de Tungdal ?

— Il faisait partie de l'Ordre.

— Vous en êtes certain ? Parce qu'il n'avait pas les yeux bien globuleux, et son amour de la poissonnerie macabre ne m'a pas paru très développé.

— Il a caché son jeu. Et c'était sans nul doute un converti de fraîche date. Certaines factions pratiquent avec effervescence le prosélytisme. D'autres préfèrent la discrétion et l'élitisme. Les Profonds ont toujours aimé faire des convertis.

— Les Profonds… Des précisions ?

— Ça ne va pas vous avancer à grand-chose. Lisez *Le Cauchemar d'Innsmouth*. Je corrigerai et j'affinerai ensuite.

Thurston ouvre son sac et tend un nouveau livre de poche à Ingrid.

Ah non, se dit-elle, encore de la lecture… Elle saisit le bouquin, dubitative quant à l'idée d'y apprendre quoi que ce soit, le précédent n'ayant pas beaucoup aidé.

— Ils cherchaient à faire quoi avec leur missile nucléaire ?

Thurston écarte les mains, hausse les sourcils.

— Vous avez lu le livre précédent ?
— Bien sûr.
— Vous en déduisez quoi ?
— Ils voulaient buter Cthulhu ?
— On peut le formuler comme ça.

Bizarre, se dit-elle. Les amis de Dagon avaient l'air plutôt en bons termes avec Cthulhu. Peut-être que Thurston n'est pas aussi bien renseigné qu'il le prétend.

— C'est une mauvaise chose, de détruire Cthulhu ?

Un temps d'hésitation, puis Thurston reprend.

— C'est un peu là que le bât blesse. Mes recherches achoppent sur ce point. Est-ce qu'il faut se débarrasser de Cthulhu ou non ? Je n'ai pas la réponse. Pas encore. D'où ma méfiance et ma paranoïa.

— Vu le portrait qu'en brosse Lovecraft, ça paraît assez évident ?

— C'est bien plus compliqué que ça. Lovecraft faisait dans le sensationnel. Il n'a perçu que le pendant horrifique de l'entité. Certes, elle est horrible, dans sa forme comme dans sa quintessence. Vu par l'homme, Cthulhu n'est qu'un monstre. Mais la vision qu'a l'homme de l'univers, du chaos cosmique et de l'Ailleurs est parcellaire, inadaptée, emprisonnée dans des carcans inhérents à leur nature humaine. Cthulhu est peut-être une menace. Cthulhu est peut-être une nécessité. Cthulhu est peut-être un cadeau pour l'humanité. Il n'y a qu'une certitude : Cthulhu existe. Vous comprendrez rapidement. Vous avez fait des rêves étranges ces deniers jours ?

— Oui.

— Racontez.

— Je suis dans une maison, ou juste une pièce. Complètement vide. Pas une porte, pas une fenêtre. Et le silence, toujours, toujours. Pourtant, j'ai une impression prégnante. Il y a des voix à l'extérieur, des voix que je n'entends pas. Mais j'en suis certaine, elles sont présentes. Elles luttent pour franchir la barrière que constituent les murs, s'arrachent contre la pierre, se dilapident en tentant de forcer un impossible passage. Et moi, seule dans la pièce, toujours, à ne rien faire, à attendre, à me sentir vide, inutile, prisonnière de moi-même. C'était assez perturbant, je vous le confirme.

— Hum… Pas très significatif tout ça, il va encore falloir attendre.

Ingrid ne demande même pas ce qu'il faut attendre. Elle pressent que Thurston va encore esquiver la question, et elle commence à grelotter – le temps s'est rafraîchi.

— Si on avait le Nécronomicon, on pourrait faire revivre Freud, il est bon en interprétations des rêves.

Haussement d'épaules de Thurston, qui n'est pas très sensible à son humour.

— Freud était un charlatan. Et le Nécronomicon ne servirait à rien. Lovecraft s'est laissé emporter par son imagination fertile.

— Il n'existe pas ?

— Bien sûr qu'il existe. Mais il ne nous servirait à rien. C'était un livre de cuisine.

— Un livre de cuisine !?

— Oui. L'art de cuisiner les morts.

— Cuisiner les morts… Vous voulez dire les faire parler ?

— Non, non, les cuisiner, au sens propre.

— C'est dégueulasse.

— Son auteur était un vicieux salopard.

— Je pensais qu'il était seulement fou.

— Aussi.

Ingrid retient un sourire. Un fou de plus. Avec Tungdal et Thurston, ils auraient formé un trio diabolique !

— J'ai une chose à vous montrer qui m'intrigue fortement, reprend Thurston. Je n'arrive à la relier à aucune des nombreuses autres pièces que j'ai réunies et qui s'insèrent toutes dans un même schéma. Et il y a un anachronisme évident. Cthulhu a été emprisonné vers le deuxième millénaire avant notre ère. La sculpture date de – 2500.

— C'est que c'est un faux… répond Ingrid, tout en se disant qu'un faux parmi les faux, ça doit en faire un élément authentique.

— C'est ce que j'ai d'abord cru. Mais rien ne permet de douter de son authenticité.

Thurston sort une photo d'une pochette plastifiée et la tend à Ingrid. Elle peut y voir un bas-relief aux motifs égyptiens. Pas la moindre idée de l'époque dont il date, mais aucun doute, c'est égyptien. On y voit trois personnages stylisés. Une femme qui tend un bol à un enfant. Derrière elle, un homme, plus grand, a les yeux fixés sur un parchemin qu'il tient déroulé devant lui. Au-dessous, un cartouche comportant son lot réglementaire de hiéroglyphes.

— « Le futur est mon passé, mon passé appartient au futur, Cthulhu a été et sera jugé. »

— C'est qu'il y a d'écrit ?

— Affirmatif.

Ingrid esquisse une brève moue. Il lui aurait affirmé que c'était la recette de la tarte Tatin ou le testament de Toutankhamon, elle ne l'aurait pas moins cru.

— Intrigant…

Thurston n'a pas cessé de la fixer d'un regard scrutateur. Comme s'il s'attendait à ce qu'elle ait une réaction.

— Ça n'évoque rien pour vous ? Ça n'éveille aucun souvenir ? Pas de fulgurance ?

— Non…

Ingrid rend la photo puis se relève. L'entretien est terminé pour aujourd'hui. Elle n'a pas beaucoup dormi, elle a une valise à préparer. Et elle a eu sa dose de Cthulhu.

— Bon, on se revoit mardi matin.
— Mardi ?
— Je dois m'absenter. Une grand-mère à enterrer. Mardi. Dix heures, même lieu.
— D'accord. Tenez, j'avais apporté ça pour le déjeuner.

Thurston sort deux pots de caviar.
— Merci.
— Et, pour l'argent, ça va aller ?

Ingrid est tentée de lui répondre que non, histoire de découvrir s'il est prêt à l'arroser constamment de liasses de billets. Mais elle se retient. Il ne faut jamais abuser des bonnes choses.

11

Virgules

En reprenant le chemin de son appartement, alors qu'elle essaye de comprendre quelle relation Tungdal pouvait entretenir avec les fanatiques de Dagon, elle se souvient soudain du début de la nouvelle sur Cthulhu. Ce paragraphe qu'elle était persuadée d'avoir déjà lu quelque part. Et d'un coup, la lumière se fait : les lettres bizarres que Tungdal lui avait fait parvenir après leur rupture !

Arrivée dans son studio, elle retourne ses tiroirs. Il lui faut plus d'une demi-heure pour remettre la main dessus.

Elle lit la première.

Ce qui est à mon sens pure miséricorde en ce monde c'est l'incapacité de l'esprit humain à mettre en corrélation tout ce qu'il renferme Nous vivons sur une île de placide ignorance au sein des noirs océans de l'infini et nous n'avons, pas été destinés à de longs voyages Les sciences dont chacune tend dans une direction particulière ne nous ont pas fait trop de mal jusqu'à présent mais un jour viendra où la synthèse de ces connaissances dissociées nous ouvrira des perspectives terrifiantes sur la réalité et la place effroyable que, nous y occupons alors cette révélation nous rendra fous à moins que nous ne fuyions cette clarté funeste pour nous réfugier dans la paix et la sécurité d'un nouvel âge de ténèbres

C'est bien le premier paragraphe de « L'Appel de Cthulhu ». Pourtant, Ingrid est certaine que Tungdal n'a jamais fait allusion à Lovecraft. Mais le lien est là. Après ce Centre du pentacle qui paraît exciter tout le monde, elle peut maintenant aussi relier Lovecraft aux trois acteurs : Tungdal, Thurston et l'*American Dagon Scuba Diving Society*. Ce qui ne l'avance guère, c'est certain, mais qui met un peu d'ordre dans le chaos. Reste cette histoire de ponctuation délirante.

Rapidement, Ingrid en déduit qu'il n'y a que deux explications possibles à ce massacre typographique. Soit Tungdal a véritablement perdu la raison. C'est la solution la plus rationnelle. La plus facile aussi. Soit il y a un code caché dans ces lettres. Un message qu'il lui a fait parvenir avant de passer à l'action. Peut-être l'explication de ses actes ? S'il y en a vraiment une… Parce qu'elle veut bien admettre le rôle de visionnaire qu'on a prêté à Lovecraft, le délire paranoïaque et illuminé de Thurston, voire même, avec pas mal de tolérance, la secte des cinglés des fonds sous-marins. Tout cela reste dans la sphère de la folie acceptable. Mais le missile nucléaire, c'est tout de même un sacré niveau au-dessus sur l'échelle de la débilité. Malgré tout, elle penche pour la seconde solution. Parce que la rationalité, ces derniers jours, est une valeur en baisse. Et surtout, parce qu'elle la trouve plus intrigante, plus passionnante.

Elle compare les cinq courriers. Le nombre des virgules comme leur emplacement varie de l'un à l'autre. Elle décide de relever chaque lettre qui précède une virgule, chaque lettre qui la suit. Ça ne donne absolument rien. Idem avec les mots. D'autant plus que le dernier courrier ne contient aucune virgule. Peut-être y a-t-il un rapport avec le pentacle dont elle sait, malgré son peu d'affinités avec la géométrie, qu'il possède cinq pointes ? Enfin, pointe n'est très certainement pas le bon terme. Ou avec les factions, bien que Tungdal ne les ait jamais évoquées – ou peut-être l'a-t-il fait et elle n'y a pas porté attention ? Elle continue à se creuser la cervelle, superpose les lettres devant une lampe halogène, tente des calculs, s'essaye à des interprétations de plus en plus fantaisistes. Rien… Ses lacunes en cryptologie sont flagrantes. Elle finit par rendre les armes. Il est temps de faire sa valise.

12

L'orgie tombée du ciel

20 h 30, l'avion s'arrache du sol. Sur le siège à côté d'Ingrid, la joyeuse femme qui lui a remis l'invitation expresse à domicile, et qui répond au doux nom de Célestamine, ne se dépare pas de son éternel sourire. La montée en altitude la rapproche du nirvana, du moins doit-elle le penser. Ingrid lui a signifié, dès leur entrée dans la cabine, qu'elle avait besoin de silence. Pas question de lui dévoiler les mille plaisirs de leur club de vacances avant qu'elle ne mette un pied sur la terre crétoise. Il faut savoir entretenir le désir. Et le suspense tout autant. La réelle raison, c'est qu'elle ne se voit pas passer les trois heures de vol avec une allumée de l'amour qui lui déverse des baquets torrides de propos extatiques.

Elle sombre dans un sommeil profond, sans rêves, et n'émerge que lorsque l'avion rebondit sur la piste d'atterrissage et se stabilise pour rouler vers le terminal. Célestamine est montée d'un cran niveau excitation. Le retour au pays, sûrement…

À la sortie de l'aéroport, ils sont pris en charge, non pas par un combi Volkswagen années soixante-dix décoré de sigles de paix et de marguerites comme elle l'avait craint, mais par un banal minibus. C'en est presque décevant. Deux heures de route vers le sud. Malgré la nuit et l'absence de lune qui efface le paysage dans une obscurité dense, Ingrid peut ressentir une atmosphère qui diffère en tous points de celle de la France. Elle perçoit par moments, ponctuant le silence feutré, chaleureux, qui se cache derrière le ronronnement du moteur, le chant de cigales qui s'essayent à striduler malgré la saison. Et les odeurs qui lui parviennent sont douces, apaisantes. Comme l'est la température qui doit connaître une amplitude d'au moins dix degrés entre Paris et Héraklion.

Enfin, après avoir bifurqué pour emprunter une route un peu chaotique, puis une autre, complètement défoncée, ils arrivent devant un portique en marbre, flanqué de deux murets qu'une végétation de buissons et d'arbustes a colonisés. Portique qui présente une similitude avec la salle de réception des amis de Dagon : son penchant pour la surcharge sculpturale. Si les scènes représentées ont certes peu de choses à voir avec celles de l'immeuble parisien, la quantité de circonvolutions, de détails et d'excentricités est tout aussi insupportable. On peut y voir une multitude de cornes, de pattes et de sabots, et de visages tordus par le rire, grimaçant de joie, dont s'échappent des langues démesurées. Il y a aussi, en quantité non négligeable, des verges, des vulves, des fesses et des mamelons disséminés dans les circonvolutions et reliefs du marbre. Tout est d'un blanc marmoréen, et l'éclairage, qui se limite à trois ampoules suspendues à un fil surplombant l'entrée, accentue cette idée de crudité.

La porte, d'un bois peint de scènes d'orgies sylvestres, n'est pas fermée. Ingrid y trouve une logique : probablement que ceux qui vivent là ont jeté la clef. Elle pouffe intérieurement.

Il y a un comité d'accueil. Juste une personne, un homme d'une cinquantaine d'années, assez grand, un bouc de poils blancs constituant son seul attribut capillaire. Il est vêtu d'une longue toge, blanche aussi, et même si son visage ne semble jamais avoir connu les affres du stress et que son sourire affable aurait tendance à s'interpréter comme une allégorie de la sérénité, il paraît moins halluciné que Célestamine. Cette dernière, toujours silencieuse, s'est placée en retrait d'Ingrid qui entend très distinctement ses petits bonds de cabris dans la poussière du chemin. L'homme se tourne et, d'un bras généreux, désigne l'intérieur du domaine dont Ingrid ne perçoit pas grand-chose dans la nuit.

— Bienvenue dans le domaine des Satanistes de l'amour. Je suis Sylvestre, prêtre du troisième Stupre, et responsable de votre accueil.

Oups, se dit Ingrid. Elle s'est peut-être trompée. Et si ce n'était pas l'une des cinq factions ? L'étrangeté appelant l'étrangeté, elle a peut-être juste été prise sous le radar d'une bande d'allumés lambda. Elle hausse les épaules. Cthulhu. La fille avait réagi immédiatement quand elle avait évoqué ce nom. Et le Centre du pentacle. C'était bien Célestamine qui l'avait mentionné en premier.

Ingrid avance, passe le seuil, et lance une phrase pour tester son hôte, par acquit de conscience ou pour valider ses présomptions.

— Si Cthulhu le désire.

— Le désir est une dimension que Cthulhu ne saurait jamais maîtriser ! Shub-Niggurath veille sur nous !

OK, se dit Ingrid. Shub-Niggurath, donc. Elle se souvient de ce nom, plus trop à quoi il était associé. Mais il était bien cité dans le livre. Deuxième des cinq factions.

Après avoir remonté une allée éclairée de flambeaux, elle arrive dans le cœur du domaine. C'est une agrégation de maisons blanches de plain-pied ou d'un étage, de formes rectangulaires. Aucune fantaisie si l'on excepte quelques rares scènes aux couleurs vives peintes sur une partie des murs en chaux. Ingrid détaille les maisons, les peintures, les allées et les larges espaces où pousse une herbe courte, sèche. Le portail d'entrée était donc une île d'exubérance baroque dans ce domaine tranquille, qui pourrait n'être qu'un club de vacances un peu désuet.

— Je m'attendais à plus torturé. Finalement, c'est sobre.

— La sobriété est nécessaire. Les deux états de la matière cosmique, repos et excitation, chaos et néant, doivent trouver place dans les expressions architecturales du lieu. Au même titre que l'ambivalence des émotions et des sentiments de l'humanité. Bien. Je vous amène à votre chambre. Vous pourrez y déposer vos affaires. Puis je vous montrerai la partie du domaine qui en est l'essence même : le champ du désir, le champ du plaisir, le champ de la jouissance et bien sûr le Temple de l'Astrale lubricité.

Sacré programme, se dit Ingrid, qui se doutait bien que la puissance de l'amour ne pouvait se contenter que de ce petit complexe trop sage.

— Je peux vous poser une question ?
— Je vous écoute.
— Pourquoi ce nom, les Satanistes de l'amour ?
— C'est une vieille histoire. Il fut un temps où la congrégation portait le nom de Shub-Niggurationnistes de l'amour. Qui, en français, paraît déjà incongru. En grec ancien, c'était bien pire. Nous avons l'avons changé, vers le IVe siècle, pour Satanistes de l'amour. Nos ancêtres avaient trouvé l'idée amusante : notre opposition à tout monothéisme, nos affinités avec les boucs et les chèvres… D'ailleurs, à titre d'aparté, j'aimerais souligner que le culte de la Chèvre noire est de loin antérieur à tout monothéisme. Les délires chrétiens sur le satanisme ne sont que de puérils phagocytages. L'opération n'a pas été concluante. En ce qui concerne la prononciation et l'orthographe, il y a certes eu une amélioration. Pour la discrétion, non. Mais même si l'idée n'était pas la meilleure, nous avons conservé le nom. Nous ne le prononçons plus qu'entre initiés,

ce qui évite de générer l'excitation des populations locales dès qu'une passion pour l'intolérance et le pogrom les saisit.

— La-secte-dont-on-ne-peut-pas-prononcer-le-nom...

— Nous ne sommes pas une secte. Officiellement, nous sommes la Communauté de la puissance de l'amour.

— En effet, c'est plus acceptable.

Après avoir déposé sa valise dans ses appartements, elle retrouve son hôte qui patientait à l'extérieur. À ses côtés, toujours aussi excitée, la jeune Célestamine toupille, bras écartés, cheveux volant dans l'air. Elle a eu le temps de revêtir un pagne court et une tunique plus que transparente.

— Elle est à fond... Elle est toujours comme ça ?

— Non, non. Mais c'est un grand jour. Venez, les autres condisciples vous attendent. Et ils ont bien du mal à contenir leur enthousiasme !

Ils rejoignent une allée qui les emmène hors de la zone résidentielle, puis serpente le long du versant d'une colline. Tout est calme, l'air nocturne et les lointaines cigales contribuent à installer une ambiance lénifiante. Ingrid profite de la douceur du climat, de la pureté de l'air. C'est apaisant et revigorant à la fois.

Enfin, ils arrivent au sommet de la colline. Et le chaos se déchaîne.

Sylvestre lui avait bien dit que l'univers se divisait entre repos et excitation, ce n'était pas un euphémisme. À peine apparaît-elle qu'un brouhaha hystérique s'élève de la prairie encaissée qui s'ouvre face à elle. Plusieurs centaines de personnes y sont répandues, certaines vêtues de toges ou de pagnes blancs, bien que la majorité soit complètement dénudée. Sur des pelouses d'une herbe verte, admirablement entretenue, de nombreuses statues sont disposées anarchiquement. Dans un style néo-grec extravagant, une pléiade d'êtres entrelacés aux traits monstrueux reproduisent des scènes de copulations surnaturelles. Une dizaine de monoptères aux coupoles garnies d'appendices tortueux sont disséminés parmi les statues. Et, à l'autre extrémité de la petite vallée, enchâssé dans un bois un peu trop dense pour la région, un temple monumental.

La clameur qui monte de la vallée est un mélange de hurlements, d'acclamations, d'invocations dont la superposition rend le propos incompréhensible. Seule certitude, il y a un véritable engouement, déclenché par son apparition au sommet de la colline.

— Les enfants de Shub-Niggurath vous souhaitent la bienvenue !

Sans attendre sa réponse, Sylvestre et Célestamine entament la descente vers le nirvana de la luxure.

Ingrid grimace. Elle a la nette impression de s'être fourrée dans une situation qu'elle risque de regretter. Elle peut toujours se dire qu'elle est le Centre du pentacle, et que cela lui confère une certaine immunité. Contre quoi ? Elle n'en est pas trop certaine.

Elle leur emboîte le pas. Adviendra ce qui adviendra.

Arrivée en bas de la colline, elle est entourée par la foule qui la couvre de compliments sur sa beauté, sa volupté charnelle, ses supposées prouesses sexuelles. Des mains la caressent, toujours avec légèreté, et une forme de respect très présent guide les gestes. Le chemin s'ouvre devant elle, les regards la dévorent, les mots la savourent, les expressions la déshabillent. Doucement, elle progresse à travers cette foule en extase, comme si elle était une sorte d'apparition céleste. Sylvestre, toujours placé derrière elle, veille à ce que les contacts ne s'éternisent pas. Un mot doux, un simple geste, et on s'efface, l'abandonnant à d'autres mains, à d'autres effleurements. Ingrid apprécie quand même moyennement d'être ainsi tripotée. Elle accélère le pas, tente d'éviter les contacts, ce qui est impossible.

Au bout de son chemin de croix sensuel, elle arrive aux marches du temple. C'est un vaste bâtiment d'architecture gréco-romaine tendance néo n'importe quoi : un périptère aux colonnes massives dont les chapiteaux sont ornés de pattes de chèvres qui descendent en s'enlaçant le long des fûts. L'entablement comme le fronton n'échappent pas à la débauche sculpturale : hommes, femmes, boucs, chèvres et hybrides monstrueux y sont unis dans des scènes de copulations frénétiques. Dernière touche monumentale, le haut du tympan s'interrompt en son milieu pour intégrer une coupole évasée qui porte une gigantesque forme, approximativement sphérique, constituée d'un nuage de membres humains et d'appendices caprins qui s'en échappent tels des tentacules avides, conférant à la structure une impression de fourmillement incessant.

Entre les deux colonnes centrales, une délégation de femmes et d'hommes âgés ouvrent les bras pour l'accueillir. Ils sont vêtus de toges rouges, où est brodé un semblant de forêt d'où émerge le même amalgame polymorphe qui repose sur le toit de l'édifice.

Ingrid monte seule les marches. Pour Célestamine et Sylvestre, le chemin s'arrête là. Elle est aussitôt entourée, caressée pendant quelques minutes et, quand tout le monde a eu son content de tripotage de Centre du pentacle, on l'invite révérencieusement à pénétrer l'édifice.

Dans la grande salle centrale du bâtiment, elle est conviée à prendre place sur un large fauteuil de marbre coloré entouré par deux autres fauteuils, identiques, où viennent s'asseoir sur sa gauche un homme, sur sa droite une femme.

Elle peut distinguer, dans la clarté douce que dispensent les torches accrochées aux murs, une trentaine de personnes qui la dévorent du regard, les pupilles brillant d'un désir qu'elle ne saurait identifier. Tous restent silencieux, mais leur expression est toutefois évidente. Ils attendent que le Centre du pentacle s'adresse à eux.

Ingrid se retrouve une nouvelle fois dans la délicate situation d'ouvrir le bal. Et même si elle a affiné sa culture de Cthulhu et consort depuis sa première rencontre avec une des factions, elle ne sent pas plus inspirée. Pour ne pas déroger au rituel, elle lâche une ineptie.

— C'est quoi ce lupanar ?

Aussitôt, elle regrette aussitôt son manque de délicatesse. Elle croise les doigts en espérant qu'ils ne prendront pas la mouche...

Réponse des deux maîtres de cérémonie, qui, chose insolite, s'expriment en même temps, avec un synchronisme surnaturel, ce qui crée un effet stéréo assez étrange, mezzo-soprano d'un côté, baryton de l'autre :

— Shub-Niggurath est amour ! Les mille chevreaux sont amour ! Nous sommes amour !

Ingrid respire. La puissance de l'amour est plus forte que la susceptibilité de ses deux hôtes, c'est une bonne chose.

— Le Grand conseil est heureux de vous accueillir parmi nous. Les siècles défilent et nous attendons, nous disciples de Shub-Niggurath, la Chèvre noire, les mille chevreaux. Enfin le temps est proche !

— Le temps est proche ! répète Ingrid avec autant de ferveur qu'elle est capable d'en insuffler dans sa voix.

Et l'assistance apprécie son enthousiasme : tout le monde se lève, agite les bras et scande, tête renversée :

— Iä ! Iä ! Shub-Niggurath !

L'excitation retombe progressivement.

Ingrid a profité de ce court répit pour faire un peu tourner ses neurones. Elle a trouvé une répartie qui la fera moins passer pour une béotienne.

— Je suppose que vous souhaitez savoir ce que les autres factions ont décidé ?

Petits gloussements dans la foule, les deux hôtes à ses côtés sourient.

— Nous nous moquons de ce qu'elles ont décidé, car il n'existe qu'une seule réponse acceptable ! Détruire Cthulhu ! Iä, Iä, Cthulhu htogfgal !

Et le chœur reprend avec enthousiasme.

— Iä, Iä, Cthulhu htogfgal !

— Bonne idée, détruisons Cthulhu… répond Ingrid une fois le calme revenu.

Le manque de conviction dans sa voix ne passe pas inaperçu, même si ses hôtes n'en interprètent pas correctement la raison.

— Ne soyez pas déçue, reprennent les deux archiprêtres, toujours aussi synchrones. Nous comprenons que les rêves que vous faites vous orientent vers la résurrection. C'est tout naturel, vous êtes le Centre du pentacle. Mais nous savons aussi que vous bénéficiez encore du libre arbitre – nous pouvons le lire sur votre visage. Et nous ne doutons pas un instant que cette partie qui est encore vous est convaincue que nous sommes dans la vérité. Nous aimerions que ce libre arbitre ne vous soit jamais arraché. Vous savez que, malheureusement, il n'en sera pas ainsi.

Ingrid n'en sait rien du tout. Elle se demande surtout pourquoi on porte autant d'importance à ses rêves qui n'ont rien de bien original. Quant à cette histoire de libre arbitre… A-t-on prévu de la convertir de force à elle ne sait quelle religion ?

De la lobotomiser ? Elle aimerait qu'on s'attarde un peu plus sur le sujet, mais les deux archiprêtres se lancent dans un long monologue cérémonieux, qu'elle hésite à interrompre, sentant qu'il serait peu judicieux de s'immiscer dans cette messe enfiévrée – d'abord, elle est polie, et puis elle ne voudrait pas qu'ils découvrent l'ampleur de son ignorance.

— Shub-Niggurath, sa fille la Chèvre noire, ses fils les mille chevreaux, ont quitté la Terre. Ils errent à nouveau dans les dimensions interstellaires, présents sur tous les mondes, absents dans toutes les strates de l'infini comme de l'éternité. Nous, ses disciples, nous serons son nouvel enfant. Car nous avons un destin, commun, et notre mission est de veiller à ce qu'il s'accomplisse. Et ce n'est pas en laissant Cthulhu ravager le monde, contrôler psychiquement chaque être vivant et faire de l'humanité le cheptel dont il se rassasiera jusqu'à épuisement, que nous réaliserons notre unité. Ce n'est pas en laissant Cthulhu dévaster la Terre que nous sauverons la Terre. Car oui, il sucera sa substance puis repartira vers d'autres mondes, toujours aussi avide, dévastant et dévastant encore, fouettant le vent cosmique de ses ailes ridicules, ponctionnant de ses appendices monstrueux le salaire de sa malsaine gloutonnerie. Sans Cthulhu, nous deviendrons libres ! Car l'essence de l'humanité, ce n'est rien d'autre que l'amour ! La puissance de l'amour est plus forte que les préceptes des univers, plus puissante que la physique des mondes, plus éternelle que la mort elle-même. Cthulhu doit être détruit !

— Iä, Iä, Cthulhu htogfgal ! répond l'assemblée en parfait unisson.

— Les cinq gardiens ont regagné le cosmos. Quatre d'entre eux n'ont abandonné derrière eux qu'une engeance dégénérée, vouée à l'oubli. Des fanatiques aveugles qui se nourrissent des rêves d'un âge d'or fantasmé, qui vénèrent des créatures impies tapies dans les abysses, enfouies dans les sables du désert, cachées dans les monts de la Nouvelle-Angleterre ou de l'insensible Antarctique. Ils sont appelés à disparaître avec le temps, à se diluer dans l'inutilité de l'humanité. Mais nous, enfants de Shub-Niggurath, nous savons – gloire à toi ô Shub-Niggurath insensée apparitrice, fille du cosmos, mère des fécondités ! Oui, l'humanité, telle qu'elle est, est inutile ! N'y voyez aucun défaitisme, aucune forme de pessimisme. Nous sommes pleins d'espoir. Nous débordons d'espoir. Nous sommes l'espoir incarné. L'humanité possède en elle un potentiel illimité. Un potentiel qui la grandira, qui la fera passer à un stade ultime d'existence comme de conscience. L'humanité est promise à la divinité ! Mais vous savez déjà tout cela.

Ingrid acquiesce d'un mouvement de tête qui manque certainement d'assurance, mais aucun des archiprêtres n'y prête attention. La double voix reprend aussitôt, d'un ton de plus en plus exalté.

— Et sans doute savez-vous aussi ce qu'il résultera de la destruction de Cthulhu, le renégat glutineux, le misérable larron, le parasite cosmique ? L'humanité libérée ne sera qu'amour, fornication, elle copulera nuit et jour, enfantera et enfantera toujours, portera le désir sexuel au rang de nécessité, de raison d'être. Elle se démultipliera à l'envie, elle recouvrira peu à peu la surface entière du globe d'une grande orgie, permanente, éternelle. Elle fusionnera. Et l'amalgame deviendra un rejeton de Shub-Niggurath, pareil à lui, masse indescriptible d'unification, de symbiose, de phagocytage. Elle s'affranchira de son poids, de sa matérialité, de son existence physique. La Terre ne sera plus Terre, elle sera une entité d'une brume vitale, sexuelle, fourmillante de ses pulsions et de son désir incessant. Elle ensemencera le cosmos, comme le fait sa mère depuis des éons, comme elle le fera encore pour l'éternité des éternités ! Les barrières de l'espace-temps plieront puis céderont, et nous serons, tous, uniques, divins, éternels, vivants et non-vivants, morts et non-morts ! L'un et l'unique, l'unique et le tout !

— L'un et l'unique, l'unique et le tout ! reprend l'assistance. Shub-Niggurath notre mère ! Shub-Niggurath le sexe de notre humanité éternelle !

Houlà ! se dit Ingrid alors que les membres de l'assemblée se lèvent et se mettent à tourner sur eux-mêmes. Elle est tombée sur une véritable congrégation de défoncés du bulbe. La preuve vivante que si Cthulhu existe (c'est une éventualité qu'elle ne considère que dans un cadre rhétorique), il serait bien avisé de le ressusciter et de l'encourager à détruire l'humanité. L'annihilation de la race humaine est préférable à l'absorption totale dans l'amour pur et unique.

La double voix s'est enfin interrompue. Par les entrées de la salle défilent deux colonnes de gamins, filles et garçons, vêtus d'amples tuniques noires. Ils viennent se placer le long des murs, encadrant ainsi l'assistance. Ingrid regarde le défilé, un peu éberluée. Elle a vu des jeunes gens parmi la foule mais pas d'enfants, ce qui était en un sens rassurant vu que tout ici s'articule autour de la fornication. Les gamins, dos au mur, au garde-à-vous, restent deux trois secondes muets, puis ils se mettent à psalmodier d'une voix cristalline. La mélodie est belle, les intonations feutrées. Le chant emplit doucement l'espace. C'en serait même émouvant si Ingrid ne ressentait pas ce halo omniprésent de lascivité.

Ô toi, Shub-Niggurath, ô verge de ma verge,
vagin de mon vagin
Ô toi, Shub-Niggurath, suppôt de mon désir,
héraut de mes plaisirs
Féconde les bois noirs de notre humanité
Ensemence nos corps d'une impie volupté
Ô toi, Shub-Niggurath, saveur de ma jouissance,
orgie de ma démence
Ô toi, Shub-Niggurath, calice des passions,
passion de mes délices
Nous chantons, nous bêlons, notre appétit lubrique
Abreuve nos ébats des orgasmes cosmiques

L'ode à leur déesse de chèvre et de fesses terminée, les enfants se dirigent vers la sortie du temple.

— Le Chœur céleste des chérubins de l'amour, lâchent les deux archiprêtres d'un murmure planant.

Ingrid ne veut rien savoir de plus. La séance est terminée. On l'invite à sortir du temple. Dehors, mille yeux sont braqués sur elle. La tension est à son paroxysme. Dans l'air, elle peut ressentir une nuée d'érotisme brut qui tournoie lourdement, prête à se déchaîner.

Alors, les deux archiprêtres lèvent les bras et donnent le signal de départ.

Aussitôt, un ouragan de débauche balaye la petite vallée. Hommes et femmes se jettent les uns sur les autres, s'enlacent, s'entassent, s'emmêlent, se tripotent, se pénètrent, s'échangent, grognent, ahanent, hululent de plaisir, ne formant plus qu'un amas de corps ondulant de volupté. La scène est étourdissante. Mais Ingrid n'en est qu'au début de ses surprises. Venues de nulle part, des créatures hybrides mi-hommes mi-boucs apparaissent, gambadant sur leurs sabots. Quelques bonds excités et elles plongent dans la mêlée. Immédiatement, ces dernières sont suivies par d'autres êtres difformes qui trottinent gauchement sur quatre pattes, telles des chèvres. Mais ce ne sont pas des chèvres car ils ont des visages humains. Poussés par un allant lubrique vigoureux, ils plongent dans l'orgie en poussant des braiements insupportables.

Elle se frotte les yeux, secoue la tête. Qu'est-ce que c'est que ce lupanar infernal ?! Est-elle en train de rêver ?

Aligné sur les marches du temple, le chœur des chérubins commence à égrener des chants dissonants dans une langue qui n'est définitivement pas du grec.

— J'hallucine, lâche Ingrid à haute voix.

Les deux archiprêtres, toujours à ses côtés, le visage rayonnant d'un plaisir extatique, lui répondent, toujours d'une même voix.

— C'est magnifique, n'est-ce pas ? Bien sûr, vous êtes invitée à participer à la Grande orgie.

— C'est fort urbain de votre part. Toutefois mon rôle de Centre du pentacle m'impose de conserver une certaine impartialité.

— C'est tout à votre honneur.

Ingrid n'a pas le temps de s'autocongratuler pour sa répartie impeccable. Son mal de tête périodique vient de l'assaillir. Elle se retient de porter les mains à son crâne, incapable toutefois d'empêcher un sourire crispé de contracter ses traits.

— Je crois que je vais aller me détendre quelques heures. Peut-être après…

— Fort bien, répondent les deux archiprêtres, agitant une main vers la foule.

Aussitôt, Sylvestre surgit de la mêlée lubrique, le sexe en érection, les yeux exorbités, ahanant comme s'il venait de traverser le Péloponnèse au pas de course.

— Ça va aller. Vous pouvez retourner à vos ateliers fornication. Je connais le chemin.

Un coup d'œil à ses supérieurs, qui avalisent d'un vague geste, et Sylvestre replonge dans l'amalgame de corps dont les gémissements et les râles se font plus sonores.

Ingrid, d'un mouvement de tête, remercie ses hôtes, luttant toujours pour ne rien laisser apparaître de la migraine qui lui déchire le crâne, et descend les premières marches de l'escalier.

— Bon repos. Et n'oubliez pas : Shub-Niggurath baise tout ce qui peut être baisé. Et si ça n'est pas possible, il trouve un moyen !

Elle en prend note, pour la forme. Elle n'est même plus capable de répondre. Elle ferait mieux de s'asseoir sur les marches ou de se trouver un coin tranquille dans le temple, mais l'excitation générale amplifie sa douleur. Elle traverse la bacchanale, se retient de tituber. Une nausée l'envahit et, pour arranger les choses, elle sent subitement monter en elle une bouffée intense de désir à laquelle elle serait difficilement capable de résister si ce n'était ce mal de crâne qui lui laboure la cervelle. Elle fait abstraction des scènes de débauche qui l'entourent, oublie les êtres inhumains qui s'y sont joints, ne porte aucune attention aux corps entravant le chemin qui s'essaient à de positions qui feraient passer un virtuose du Kamasutra pour un néophyte.

Arrivée en haut de la colline, elle se pose et respire. Le mal de crâne s'est estompé. Il subsiste une douleur diffuse mais acceptable.

Elle contemple la vallée et l'amas de corps qui paraît maintenant ne former qu'un seul être polymorphe, immense, agité de spasmes et de soubresauts, couvrant de ses râles les lointaines mélopées que chantent toujours les chérubins, impassibles sur leurs marches, comme s'ils appartenaient à une autre dimension.

13

Fin de Crête

Le lendemain, elle se réveille à l'aube. Elle a dormi d'une traite, après avoir déplacé son lit pour bloquer la porte, des fois qu'un ou une des excités de la quéquette et de la foufoune ait l'inconvenance de vouloir tester ses capacités sexuelles. Mais il n'y a eu aucune activité dans cette partie du domaine cette nuit. Sylvestre lui avait parlé d'opposition entre le chaos et le néant. Elle a dormi dans le néant.

Dehors, pas un bruit, pas un mouvement. Les allumés du sexe doivent cuver leur orgie derrière les volets, ou dans la petite vallée.

Elle passe rapidement sous la douche, enfile ses chaussures et saisit sa valise qu'elle n'avait même pas eu le temps d'ouvrir. Elle va filer en douce, c'est plus sage. Elle n'a pas envie d'un nouveau discours sur la puissance de l'amour, l'avenir de partouze de l'humanité et, même si elle est persuadée que son mal de crâne aigu est la cause de ses hallucinations, l'idée de se retrouver nez à nez avec une de ces créatures dégénérées la motive moyennement. Ce n'est pas une question de peur. Elle préfère juste rester dans le doute, et s'en tenir à la thèse des hallucinations.

Elle se dirige vers la grande porte qui clôt le domaine. Elle passera au-dessus du muret après avoir balancé sa valise. Mais, arrivée au portique, elle constate qu'il n'est pas verrouillé.

Une heure de marche plus tard sur un sentier rocailleux, elle rejoint une petite route défoncée. Une heure encore et une mini camionnette à la carrosserie défoncée l'embarque jusqu'à Mires, une ville située sur l'axe qui rejoint la capitale, où elle prend un bus qui l'emmène jusqu'à Héraklion.

Sur place, elle trouve un hôtel bon marché dans le centre-ville. Son vol retour n'étant pas prévu avant dix-sept heures le lendemain, elle décide de profiter de son statut de touriste, âprement gagné. Elle programme une visite du musée Archéologique d'Héraklion. Et, demain matin, elle ira arpenter les ruines de Cnossos. Lisa le lui a recommandé. Il paraît que c'est unique au monde. En plus, c'est la basse saison, elle pourra déambuler dans l'ancienne cité minoenne sans avoir à fuir les groupes de touristes excités. L'excitation, elle en a eu sa dose hier soir.

Au musée, après avoir visité les premières salles, elle s'arrête devant une vitrine cubique qui protège l'une des pièces les plus réputées. Elle reconnaît du premier coup d'œil le disque de Phaistos. L'objet, qu'elle pensait plus grand, est savamment mis en valeur : ses deux faces sont observables, bien éclairées. À sa vue, elle ressent une sorte de sensation étrange. Elle parcourt le disque du regard, suit des yeux les inscriptions qu'aucun archéologue ni linguiste n'a su, jusqu'à présent, déchiffrer. Puis, elle se met à lire.

À toi, Shub-Niggurath, lascive mère qui offre à notre engeance le plaisir de la multitude, qui offre à la multitude le…

Elle n'a pas murmuré le quart des inscriptions qui ornent la première face qu'elle sent une main sur son épaule.

— À votre place, j'éviterais de lire l'intégralité de l'incantation.

Elle se retourne pour découvrir un grand homme maigre, aux cheveux courts très clairs et au visage fin impeccablement rasé. Il est habillé d'un costume un peu austère, un peu dandy, et parle avec un fort accent allemand.

— Et que va-t-il se passer, si je la lis jusqu'au bout ?

L'homme tourne la tête, désignant du regard l'intégralité de la salle.

— Votre expérience d'hier soir…

C'était trop facile, se dit Ingrid. Ils ont lancé un de leurs émissaires à sa recherche pour la ramener au domaine. Pourtant, le style vestimentaire ne correspond pas. Il y a là un mystère.

— Je vais faire apparaître Shub-Niggurath ?

Un petit sourire discret.

— Non, tout de même pas. Mais vous transformerez le musée en lupanar. Ce qui ferait désordre, vous en conviendrez.

— J'en conviens. Vous êtes un membre des Satanistes de l'amour ?

— Certainement pas. Ces êtres sont sans manières. Nous ne nous abaissons jamais à nous vautrer dans le paganisme lubrique !

— Nous, comme qui ?

— Vous m'excuserez, je déroge à toute forme de politesse. Anton Reisende, membre de l'organisation *Die Unaussprechliche Musikalische Freundschaft*, plus communément désigné par l'acronyme DUMF.

— La troisième faction, je suppose ?

— Une des cinq factions, pour être plus juste.

— Et vous êtes aussi établis en Crète ?

— Non, à Vienne, en Autriche.

— D'où l'accent.

Ingrid se retourne vers le disque, penche la tête.

— Pourquoi j'arrive à comprendre ce qu'il y a écrit là-dessus ?

— Il comprend ces anciens langages.

— Qui ça, il ? Shub-Niggurath ?

— Non. Cthulhu.

Reisende, après avoir fait une critique acerbe des Satanistes de l'amour, propose à Ingrid de faire un détour par la capitale autrichienne. Arrivée ce soir, visite de la ville demain matin, et réunion de travail vers quinze heures. Un vol la ramènera à Paris lundi matin. Les frais sont à la charge de la DUMF, bien étendu. Ingrid n'hésite pas. Tant qu'on souhaite la promener aux frais de la princesse dans l'Europe, elle est partante. Évidemment, elle sait qu'elle risque une nouvelle déconvenue, mais Reisende est assurément moins excentrique que Célestamine. Le calme et l'assurance qu'il affiche aident probablement sa décision. Elle n'est pas contre quitter l'agitation, l'effervescence de la capitale crétoise – qu'elle aurait appréciée sans l'épisode hystérique de la veille –, pour rejoindre le calme et l'ordre de la capitale viennoise – qu'elle aurait moins appréciée sans les scènes de débauche de la veille.

Trois heures plus tard, après un passage express à l'hôtel, Ingrid embarque dans un Airbus A-320, destination Vienne.

14

Le Schöne Danube bleu

Ingrid est logée à l'Hotel Imperial, dans la ville historique. C'est très luxueux, un peu trop rococo niveau décoration, mais le lit est confortable et la chambre spacieuse.

Reisende l'y a fait déposer par un taxi à leur arrivée, puis l'a récupérée pour l'emmener dans un des meilleurs restaurants de Vienne.

À y repenser, elle préfère le côté simple et bucolique de sa chambre dans le domaine crétois. Et le déjeuner qu'elle a pris à Héraklion, salade grecque et poissons, était plus léger que son escalope panée. Elle ne s'en est pas ouverte à son hôte, ce ne serait pas très poli. L'homme est charmant. Attentionné mais retenu, passionné mais discret. Elle a un peu tâté le terrain : quelques allusions discrètes à Cthulhu et au Centre du pentacle, quelques questions posées au détour d'une conversation qui portait surtout sur l'historique de la ville. Mais Reisende a, chaque fois, éludé le sujet, répondant avec courtoisie qu'il n'était pas souhaitable de l'aborder avant la réunion du lendemain. D'abord parce qu'il n'avait pas l'intention de la soumettre à un interrogatoire alors qu'elle avait dû avoir son compte ces derniers jours puis parce que, hiérarchiquement, il n'était pas envisageable qu'il aborde le sujet. Ce n'était pas son rôle.

Ingrid en est venue à conclure que ces gens-là ont des manières. La troisième faction n'est pas composée de frappadingues. Voilà qui va la changer.

Le lendemain, Reisende l'entraîne dans une longue visite de cette ville pour laquelle il a une admiration sans limites. C'est un excellent guide, et elle commence à regretter que son retour ait été prévu pour la fin de soirée. Quelques jours de plus n'auraient pas été désagréables. La compagnie de Reisende est plaisante, et le calme ordonné qui règne ce dimanche une excellente thérapie au bordel luxurieux de l'avant-veille.

Elle découvre le Neue Burg, à l'architecture imposante. Il y a de belles lignes se dit-elle, mais elle a un certain mal à réunir l'intégralité des bâtiments dans une perspective plus globale, comme si une certaine forme de chaos avait empêché d'atteindre une sorte de perfection esthétique. C'est un peu une surprise, elle qui croyait que Vienne n'était faite que d'ordre et de symétrie. La visite se poursuit vers la Maria-Theresien-Platz. Voilà, se dit-elle, avec les deux bâtiments qui se répondent, le Naturhistorisches Museum d'un côté et le Kunsthistorisches Museum de l'autre, avec comme centre de symétrie la statue de l'impératrice Marie-Thérèse, l'ordre géométrique cosmique est respecté. Ce n'est pas qu'elle ait un penchant pour l'ordre et la symétrie mais elle doit avoir, inconsciemment, associé châteaux postmédiévaux, règnes fastueux et empires avec ces notions.

Dans le centre-ville, la visite la mène à l'église Saint-Michel. Un bâtiment sobre d'apparence, si l'on excepte la statue de Saint-Michel à l'entrée qui piétine un type, probablement le méchant Satan, et ses deux acolytes angéliques qui l'épaulent. L'intérieur est en tous points différent. L'autel principal précède une sculpture en albâtre représentant sans aucun doute la chute des anges. L'enlacement des corps des chérubins comme leurs expressions effrayées lui rappellent brièvement les abus ornementaux des salles de l'immeuble des adorateurs de Dagon et du temple des Satanistes de l'amour. Même idée de foisonnement sinistre, même inclinaison vers un grotesque de l'excès. Un détour par la crypte accentue cette idée d'un baroque du macabre. Il y a là des entassements d'ossements, des cercueils alignés, et, surtout, des corps momifiés laissés à l'air libre, le tout baigné par une lumière tamisée qui renforce le côté lugubre du lieu. C'en est fini de l'ordre, se dit Ingrid. Même la disposition des cercueils appelle l'anarchie, et l'entassement des os n'a pas cette mesure qu'on lui connaît dans les catacombes parisiennes. Comme si, à la surface de la ville, l'ordre contenait le chaos mais que le combat était abandonné sous terre, ou peut-être que l'idée de la vie appelait un agencement méthodique mais que la mort y mettait un terme définitif.

Après être passée devant la colonne de la peste du Graben, le plus morbidement expressif entrelacement de corps qu'elle ait jamais vu (et qui, une nouvelle fois, ne manque pas de lui rappeler les folies esthétiques des adorateurs de Dagon et de Shub-Niggurath), ils arrivent à la cathédrale Saint-Étienne. C'est un monument gothique magnifique, avec une tour, ou une flèche, ou un clocher, elle ne sait pas quel terme convient le mieux, qui domine l'édifice. Le foisonnement de voûtes, d'arcs brisés, de pinacles, et la coloration de l'ensemble qui tend vers des nuances sombres, rendent l'édifice menaçant dans son mystère architectural. Une impression que la verticalité gothique et le contraste entre sa forme massive et ses ornementations en dentelle renforcent. Et, à nouveau, elle éprouve ce sentiment que la symétrie s'est vu opposer à sa réalisation une certaine forme de désordre. Pas désordre dans le sens de confusion, mais dans le sens d'ordre différent et qui ne répond pas aux canons de la symétrie.

Ils prennent ensuite la direction de l'opéra puis du Wiener Musikverein. Ils n'entrent ni dans l'un ni dans l'autre, le temps leur manque malheureusement. Mais Reisende lui fait l'éloge des deux lieux, qui ont vu naître un nombre incalculable d'œuvres. Vienne est la ville de la musique.

C'est, comme Paris, d'une manière différente certes, la ville des artistes. Mais l'inspiration n'a pas la même source. La création ne suit pas ici le même processus. Il ne souhaite pas en révéler plus, mais il promet à Ingrid de plus amples explications, qui viendront lors de la réunion prévue cette après-midi. Ils achèvent leur promenade devant la façade d'un bâtiment sans grande prétention architecturale, dans une rue secondaire. Le *Theater an der Wien*.

— Vous reconnaissez ? demande son guide.

— Pas vraiment…

Ingrid se demande ce qu'elle pourrait reconnaître, là. Une façade jaune, avec un premier étage en retrait, un fronton portant en son milieu un blason doré très impérial, trois volets et trois portes vertes… Peut-être un indice dans les personnages sculptés qui surplombent la porte centrale ?

— Les sculptures ou le bâtiment ?

— Les sculptures, bien sûr.

Ingrid peut distinguer quatre personnages habillés d'étranges vêtements couverts de feuilles. Trois enfants et un adulte. Une cage de métal peinte en noir. Elle concentre son regard sur les pieds. Non, définitivement, ce ne sont pas des sabots. Elle est rassurée.

— Celui qui joue de la flûte ?

Reisende laisse échapper un soupir discret quand elle prononce le mot flûte. Clairement, l'homme a été surpris par un excès d'émotivité qu'il n'a pas su contenir. Ce qui amuse Ingrid, qui se demandait si son flegme permanent s'effaçait parfois pour laisser apparaître une facette plus sensible de son âme.

— *La Flûte enchantée*, c'est ça ?
— Oui. Vous voyez que vous reconnaissez. La *flûte*…

À nouveau, cette inclination contemplative dans la voix…

Il est l'heure de rejoindre le siège de la DUMF. Ingrid se demande quel était le but de cette promenade ? L'amour des églises, de la musique, des arts viennois, certes. Mais quel rapport avec Cthulhu et ses petits amis ? Elle ne croit pas que la visite ait été guidée par des impératifs uniquement touristiques ou culturels. Le chemin était étudié, balisé. Mais que voulait prouver Reisende ? Ingrid n'en sait rien. Elle est interrompue dans ses réflexions par son hôte qui s'est lentement tourné vers elle.

— Vous en pensez quoi ?
— De quoi ?
— De Vienne en général. De l'architecture, de l'art, de l'atmosphère.
— L'atmosphère est douce, profitable. Quant au reste… C'est touffu.
— Touffu ?
— Oui, la disparité, l'ambivalence.
— Je ne suis pas certain de comprendre.

Ingrid hésite à continuer. L'homme possède une réelle adoration pour cette ville, qu'il doit habiter depuis longtemps, si ce n'est depuis sa naissance. Il n'a pas la distanciation qu'elle peut avoir, elle n'a pas sa connaissance de la cité. Ils ne partagent pas les mêmes sensibilités, n'observent pas Vienne par le même prisme, ne la ressentent pas de la même façon. Elle répond toutefois, essayant de trouver des mots qui ne risqueraient pas de le blesser.

— Tous les bâtiments semblent relever d'une ambivalence. Peut-être même d'une opposition. Ce caractère est présent quasiment sur tous les édifices. À la fois des lignes sobres, classiques, ou pour le moins symétriques, et un étalage de moulures, bas-reliefs, cariatides et autres fantaisies architecturales qui viennent lutter contre la simplicité des lignes. Pris globalement, je vous l'ai dit : une impression de touffu… La succession de ces styles, de ces tentatives d'aimanter le regard, crée un chaos. Un chaos certes esthétique dans l'excès qu'il affiche, mais le manque d'unité est parfois déboussolant. Comme si les architectes cherchaient un moyen d'exprimer une sensation qui s'égrènerait au contact de la réalité et qu'ils n'arriveraient pas à matérialiser, et qui serait faite d'ordre et de chaos, ou d'un savant mélange des deux.

— Vous avez tout compris !

La réponse a fusé, intense, nette.

Ingrid se retient de se gratter la tête. Elle y allait sur des œufs. Elle ne s'attendait pas à une telle réaction. Et, clairement, elle est certaine qu'elle n'a pas *tout compris*.

Une dizaine de minutes plus tard, le taxi les dépose au pied d'un bâtiment de hauteur moyenne, qui ne déroge pas à la règle de l'excès luttant contre la rigueur. Cinq étages massifs ornementés d'une série de statues de marbre blanc de grande taille, qui paraissent avoir été rajoutées à la structure moderne, et qui représentent des angelots soufflant dans des syrinx. Sur la porte d'entrée en verre, l'acronyme DUMF affiché en énormes lettres. Sur le toit, une antenne parabolique d'une taille considérable qui retient l'attention d'Ingrid.

Reisende suit le regard d'Ingrid.

— Ah, ça... Nous ne nous en servons plus. Nous en avons une bien plus grande dans les Alpes tyroliennes. Venez, nous sommes attendus.

Ils pénètrent le siège de la DUMF, un hall comme celui de n'importe quelle grosse entreprise, avec une réception et des réceptionnistes, des fauteuils confortables ordonnés autour de tables basses où l'on peut attendre son rendez-vous, son taxi, etc., et des reproductions de peintures sur les murs côtoyant des portraits et des photos de musiciens. Elle reconnaît Mozart bien sûr, Beethoven, Mahler.

Ils se dirigent droit vers l'ascenseur sans avoir besoin de décliner leur identité ou d'attendre une autorisation. Reisende est un membre important de la DUMF, elle n'en a jamais douté.

Au cinquième étage, ils sont accueillis par une femme et deux hommes. Costume décontracté pour l'un de ces deux derniers, pull col roulé et jean neuf pour l'autre. La femme, elle, une petite brune au visage avenant, est habillée d'une jolie robe, ample, simple. Pas de tailleur ni de talons.

— Alma Fahrenden, annonce la femme en tendant la main.

— Ingrid Planck. Enchantée.

— Nous de même, répond Alma Fahrenden, tandis que les deux hommes baissent légèrement la tête et laissent un sobre sourire appuyer la réponse de leur supérieure.

La femme prend les devants et emmène tout le monde dans une salle de conférence qui s'ouvre à l'autre bout du couloir principal. Un auditorium où attendent une centaine de personnes, qui se lèvent alors qu'elle entre et applaudissent.

Ça y est, se dit-elle. Le moment de vérité…

Elle est invitée à s'asseoir derrière un long bureau, un micro face à elle, un verre d'eau à sa gauche, entourée des trois personnes qui viennent de l'accueillir alors que Reisende, après avoir brièvement conversé avec la maîtresse des lieux, s'installe au premier rang où un siège l'attendait.

— Bien, nous allons commencer, annonce Alma Fahrenden. Comme nous ne sommes pas tous francophones, vous verrez que certains d'entre nous portent des oreillettes. Un traducteur est dans la cabine, là-haut sur la gauche.

Elle désigne de petits trucs noirs, sans fils, posés sur le bureau.

— Ce sont les vôtres. Il est possible que certains membres interviennent en fin de séance. À moins que vous ne maîtrisiez l'allemand ?

Ingrid agite la tête. Non, elle ne comprend pas l'allemand, elle a fait anglais en première langue, espagnol ensuite, et n'a pas retenu grand-chose ni de l'un ni de l'autre.

— À ce que m'a indiqué notre dévoué Reisende, vous avez saisi la substance même de la ville. La pulsion créatrice de ses habitants.

— Oui, répond Ingrid.

Elle ne va pas la contredire. Même si elle a un doute. Elle n'a donné que des impressions de touriste néophyte. Elle n'est ni sociologue ni psychologue. Elle a compris Vienne comme on peut la comprendre en un jour. Demain, elle pourrait penser le contraire…

— C'est une chose importante. Et vous allez vite comprendre pourquoi. Sachez que ce qui nous réunit ici, c'est la création artistique. Et plus spécifiquement, la musique. Car elle est l'expression première de cette puissance qui nous a inspirés depuis des siècles. Mozart, Haydn, Gluck, Beethoven, Brahms, Bruckner, Mahler, Schubert, Berg, Schoenberg et tant d'autres. Ils sont nés ou ont vécu une partie significative de leur vie dans la cité. Ils s'en sont imprégnés, ils l'ont bâtie culturellement, sensiblement. D'autres y ont fait des séjours plus brefs. Vivaldi, Schumann, Liszt, etc. La raison est simple.

Vienne est la ville de la Mélopée, et la Mélopée, comme vous allez l'apprendre, est le plus pur catalyseur du génie.

Petit silence religieux. Ingrid se retient de froncer les sourcils. Elle n'a jamais entendu parler de la Mélopée... Aucune mention dans le livre de Lovecraft qui considérait la musique comme un procédé ritualiste barbare dont sauvages et dégénérés abusaient lors de séances d'adoration de déités malsaines. Aucune mention non plus de la capitale autrichienne, Lovecraft n'ayant pas semblé être au fait de l'existence de l'Europe, encore moins de Vienne.

— La Mélopée a guidé ces génies, parfois jusqu'à la folie, reprend Alma Fahrenden. Elle était présente en tous lieux, diffuse, indétectable. Son influence était sans conséquence sur la majorité de la population. Seule une élite y était sensible. Inconsciemment. Lovecraft, dont l'œuvre vous est certainement familière, parlait d'hypersensibilité psychique, lot des artistes, poètes, peintres, musiciens... Le terme est proche de la réalité. Mais être sensible à l'art ne suffit pas. Il faut être ouvert à l'indicible. Il faut savoir révéler le désordre qui sommeille en l'harmonie et l'ordre qui se tapit dans le chaos. Il faut savoir unir le chaos et l'ordre, en sublimant l'inconcevabilité de cette réunion. Ce n'est pas une capacité qui s'acquiert. C'est un don. Rares sont ceux qui le possèdent. Et encore plus rares ceux qui le maîtrisent – inconsciemment toujours. Nous ne pouvons dire à quand remontent les premières manifestations de la Mélopée. Très probablement à des temps ancestraux. Si son influence était moindre, elle n'était pas moins faible. Mais les esprits n'étaient pas assez ouverts, pas assez réceptifs. Le monde change perpétuellement et, avec lui, l'humain, sa conception de la vie, de la mort, de la réalité. Sa réceptivité. Cette Mélopée nous a influencés. Le chaos qu'elle véhicule, qu'elle chante, a imprégné la cité, et la cité s'est ainsi construite. D'un côté, une force cosmique qui poussait au chaos – un chaos de création toutefois, pas de destruction. De l'autre l'humanité, et l'ordre qu'elle pourchasse inlassablement, la finitude de la réalité dont elle rêve éternellement sans être capable de l'approcher. Cette opposition, ce conflit éternel, est la raison de notre aptitude à créer le sublime. Ce dernier prend une importance phénoménale, légendaire, à partir de Mozart. Sa capacité à puiser dans les ressources de la Mélopée lui permettait de porter l'ambivalence au stade du sublime. D'autres aussi ont su transcender cette opposition. Alors que les années passaient, que les esprits s'ouvraient au monde, à la réalité, l'acceptation intrinsèque de ce chaos a engendré des œuvres plus torturées. La musique cherchait de nouvelles voies. Le monde découvrait que la réalité, l'univers n'avait aucune limite. Je ne vous ferai pas un cours de musicologie. Toutefois, je ne peux m'empêcher de citer Mahler, comme Schoenberg. Le premier a poussé à bout cette ambivalence, sans céder au chaos. Chacune de ses symphonies est une lutte contre le chaos. Une lutte muselée par un génie qui en tire une substance hallucinante, qui permet à l'inhumanité qu'il percevait de s'épanouir dans l'harmonie. Personne n'a su mieux conjuguer les deux forces. Puis est venu Schoenberg, que nous considérons comme le pendant de Mozart, et qui lui, a laissé la Mélopée reconstruire sa réalité musicale, abandonnant le joug de l'harmonie traditionnelle, laissant le chaos, l'inharmonie absorber la partie la plus puissante de son génie. Ils sont tous à l'image de Vienne : inhumains. Inhumains car déchirés entre deux concepts supérieurs qu'ils réussissent à unifier. Deux concepts qui sont faits pour s'annuler, pour ne laisser que néant ou inutilité, et dont ils transcendent l'opposition, la confrontation, la réunion. La Mélopée a aussi inspiré d'autres artistes. Des peintres, des sculpteurs, des architectes. Vienne tout entière, partagée entre chaos et ordre, entre vie et mort, qui produit la luxuriance, l'excès, le baroque sublime, le macabre lumineux, pour exprimer ce qu'elle ne comprend pas, ce qui n'est pas humainement compréhensible.

Houlà, se dit Ingrid alors qu'Alma Fahrenden marque une pause. Sacré discours… Elle avait visé juste en évoquant une ambivalence. De là à en déduire une raison cosmique au chaos et humaine à l'ordre… Et elle peine à saisir la nature de ce que son interlocutrice nomme la Mélopée. Elle poserait bien quelques questions, mais elle va laisser l'exposé se dérouler. Tant qu'on ne l'interroge pas, elle reste dans sa zone de confort.

Alma Fahrenden reprend après avoir vidé d'une traite son verre d'eau, qu'un jeune assistant remplit immédiatement.

— Malheureusement, la Mélopée a disparu.

Silence dans l'assemblée. Ingrid, qui s'attendait à une nouvelle tirade sans fin, se retrouve un peu désorientée. Attend-on qu'elle prenne la parole ?

Elle se lance, un peu hésitante.

— La Mélopée… Elle a… disparu ? Comment est-ce possible ?

— Nous n'avons que des hypothèses. Certains d'entre nous pensent que le déferlement de violence et de haine qui a nourri la Deuxième Guerre mondiale en est la cause. C'est une possibilité. D'autres prétendent qu'elle n'était pas éternelle et qu'elle a fini par se tarir. Seule certitude : sa disparation remonte aux sombres années quarante.

Alma Fahrenden marque une nouvelle pause, brève. Le temps de s'assurer d'un regard qu'Ingrid a bien assimilé ses révélations. Puis, elle reprend.

— Il faut comprendre la nature de la Mélopée. Elle est une rémanence d'Azathoth – gloire à toi goinfre vorace, seigneur du chaos nucléaire cosmique ! Une partie du dieu, très fragmentaire, infinitésimale, résidait dans la Cavité lors de son séjour terrestre, et son infinie puissance a imprégné les lieux. Son influence s'est fait ressentir jusque dans les années soixante. Il y avait une sorte de dynamique naturelle, sans compter que la dernière génération qui est née sous l'influence de la Mélopée a atteint sa maturité lors de ces années. Depuis, c'est le néant créatif…

Pause à nouveau. Un court moment de silence où Ingrid croit pouvoir déceler, sur les visages, une forme diffuse de nostalgie. Voire de tristesse.

— La Mélopée n'est pas la source de toute création musicale, c'est certain. Mais elle en est l'âme divinement cosmique. Et son absence nous replonge dans une ère sans inspiration. C'est pour cela que nous faisons tout pour provoquer son retour.

OK, se dit Ingrid, qui commence à trouver la conférence un peu longuette. Et Cthulhu dans tout ça ? Parce que la Mélopée, ça ne va pas trop l'aider à découvrir la raison pour laquelle elle a été, d'un point de vue général, embringuée dans cette affaire et, plus spécifiquement, dans cet immeuble viennois. Elle a été assez patiente. Tant pis si elle déroge aux plus basales règles de la bienséance.

— Je vous comprends parfaitement. Mais je ne vois pas en quoi tout cela me concerne. Je suis un peu perdue, je m'en excuse.

Alma Fahrenden la fixe assez longuement, comme si elle tentait de percer à jour les pensées les plus profondes de son invitée.

— Cthulhu ?
— Cthulhu, oui, répond Ingrid.

— Oui, tout cela le concerne. Tout cela vous concerne. Nous ne vous aurions pas fait l'affront d'aborder le sujet sans, au préalable, vous avoir expliqué les raisons de cette puissance inspiratrice qu'est la Mélopée.

— Je vous en remercie. Mais je crois que c'est bon, maintenant. Vous pouvez y aller.

— Alors, qu'il en soit ainsi. Vos rêves sont-ils nombreux ? Expressifs ? Tangibles ? Vos visions nombreuses ? De quel ordre sont-elles ? Que ressentez-vous vis-à-vis de nous ? Sur une échelle de 1 à 10, où situeriez-vous le niveau de l'emprise cosmique ?

Raté... se dit Ingrid qui espérait juste recadrer le discours, pas se voir adresser une flopée de questions.

— Euh... Pas grand-chose à vous révéler... Je peux juste vous dire que je n'ai pas eu de visions et que mes rêves sont tout ce qu'il y a de plus banals. Pas de cauchemars, rien qui sorte vraiment de l'ordinaire. Quant à l'emprise cosmique... Pas la moindre idée de ce que cela signifie.

Alma Fahrenden se tourne vers un de ses acolytes et converse une minute en allemand.

— C'est une bonne nouvelle. Son influence sur vous est pour le moment minime. Ce qui nous laisse l'espoir que nous pourrons vous convaincre, et que, malgré la perte progressive de votre libre arbitre, il restera en vous un embryon de conscience qui vous permettra de résister. Bien sûr, ceci est une hypothèse. Mais nous espérons que vous saurez trouver la force pour rallier votre voix à la nôtre lors du Jugement.

Ingrid fronce les sourcils.

— Les adorateurs de Dagon ont aussi mentionné le fait que j'allais être… privée de mon libre arbitre… Ou quelque chose de similaire. Vous pourriez me donner quelques précisions sur ce point-là ?

— C'est un processus normal. Ne vous inquiétez pas. Continuez de résister. Soyez vous-même.

Ingrid n'a pas le temps de signifier que la réponse n'est guère satisfaisante, son interlocutrice a déjà changé de sujet. Comme si elle ne souhaitait pas l'aborder plus longuement.

— Vous êtes donc ici pour prendre connaissance de notre décision.

— Euh… Oui. Si vous l'avez déjà prise.

— Bien évidemment. Nous n'avons jamais eu la moindre hésitation. Voyez-vous, même si tout nous oppose aux adorateurs du bouc, nous nous rejoignons sur ce point.

— Détruire Cthulhu, donc ?

— Détruire Cthulhu. À l'inverse des adorateurs du poisson, que vous avez rencontrés en premier.

— Ils disaient être indécis.

— Ils ne l'ont jamais été. Ces sauvages sans cervelle lui vouent une adoration sans bornes depuis la nuit des temps.

C'est l'idée qu'en avait eue Ingrid, lors de sa rencontre. L'indécision n'était qu'une façade. Une manière de ne pas abattre leurs cartes trop rapidement. Mais pourquoi, dans ce cas, avoir participé à la tentative de destruction de Cthulhu lors de la virée en sous-marin atomique ? Elle en fait part à Alma Fahrenden qui lui répond :

— Un schisme au sein de l'organisation. Malheureusement, il y a peu de chances que cette frange soit assez influente pour faire pencher la balance du bon côté.

— Vous êtes bien renseignés.

— Nous avons des oreilles attentives dans le monde.

— Les paraboles sur le toit et dans le Tyrol ?

Petits rires dans l'assistance.

— Non, non... La parabole dans le Tyrol nous sert à écouter le cosmos. À tenter de repérer la Mélopée.

Oups, se dit Ingrid. Mauvaise question. Pas nécessaire de la relancer sur ce sujet...

— Et les deux factions restantes ?

— Les deux autres factions... Nous ne savons pas. Notre service de renseignement a ses limites. Elles sont discrètes. Nous n'avons pas jusqu'alors pu les localiser.

Ingrid ne répond rien. Elle sait pertinemment qu'elles ne tarderont pas à venir à elle...

— Il est important, reprend Alma Fahrenden, de se débarrasser de ce crapaud squameux. Son influence néfaste, même bridée par les murs dimensionnels de sa prison, brouille les ondes qui parviennent du cosmos. S'il est libéré, il ne sera plus possible d'écouter l'univers. La Mélopée sera perdue à jamais. Le chant des flûtistes informes ne bercera plus jamais la Terre. Nous serons sourds et l'humanité ne sera plus que répétition, creuse, sans âme. Elle s'ordonnera progressivement, n'aura d'autre rêve que celui d'atteindre une stase finale, parfaite et inutile. Nous devons ramener à nous Azathoth, le Chaos ultime, le Seigneur de Toutes Choses, les battements sourds et insensés de ses abominables tambours et les faibles lamentations monotones de ses exécrables flûtes. Azathoth notre muse, informe et infinie ! Gloire à toi goinfre vorace, seigneur du chaos nucléaire cosmique !

Comme Alma Fahrenden conclue son exposé, l'assistance se lève d'un mouvement unanime. Pas la moindre salve de cris, pas l'ombre d'un panégyrique hululé par la foule. Mais le calme ne trompe pas Ingrid. Le fond du discours ne souffre aucune ambiguïté. Elle commence à penser que les membres de la DUMF, bien que plus présentables que leurs confrères adorateurs de Dagon et de Shub-Niggurath, n'en sont pas moins cinglés...

La conférence est donc finie. Toutefois, elle n'est pas libérée pour autant. Car s'il était nécessaire de la mettre à niveau, il y a des choses qu'elle doit découvrir. Cela fait partie du processus qui pourrait, selon Alma Fahrenden, lui permettre de conserver une parcelle d'individualité et, le moment venu, de faire éventuellement pencher la balance du bon côté. Tout cela reste très ésotérique pour Ingrid, qui n'a finalement pas appris grand-chose, si ce n'est l'existence d'une nouvelle divinité monstrueuse et aberrante. Et qui fulmine intérieurement de constater que son hôte s'applique avec soin à éviter le sujet de la perte de son libre arbitre. Comme si tous les intervenants qu'elle croise depuis une semaine prenaient un vicieux plaisir à lui révéler au compte-gouttes le destin auquel elle semble irrémédiablement vouée.

Elle repart donc vers le rez-de-chaussée, guidée par Alma Fahrenden. Direction un autre ascenseur qui l'emmène à l'étage – 2. On lui présente des salles qui ressemblent à des studios d'enregistrement. C'est ici que sont filtrés les sons provenant de l'espace, à la recherche de la fameuse Mélopée qui est, comme on a enfin bien voulu l'expliquer à Ingrid, composée des faibles lamentations monotones d'exécrables flûtes, ce qui à première vue n'est pas très engageant comme formulation, ni trop en phase avec les vertus et les pouvoirs qu'on lui prête et le grand œuvre qu'elle permet aux hommes de réaliser. On lui a expliqué qu'il ne fallait pas se formaliser de cette expression peu honorifique. Elle était due à un dénommé Nyarlathotep, anciennement messager d'Azathoth, qui l'avait apprise aux hommes dans les temps anciens alors qu'il était commun de le voir arpenter la terre. Or, ces mots n'étaient pas à prendre au sens littéral. Nyarlathotep, alias le Chaos rampant, qui avait passé une infinitude d'éternités à servir Azathoth en tant que messager d'abord, puis comme serviteur, avait développé une haine immémoriale contre son ancien maître. Peu étonnant alors qu'il ait considéré la Mélopée comme un amalgame confus de sons méprisables et sans intérêt, et qu'il ait traduit la formulation avec une désinvolture inédite. On avait conservé l'expression, par habitude, et afin de se souvenir que le Rampant, surnommé ici la putain d'Azathoth, était un être sans aucune affinité artistique.

Un étage plus bas, Ingrid découvre d'autres studios. Ici, des ingénieurs, des acousticiens, des musiciens, essayent de recomposer cette Mélopée. Ils disposent de trois enregistrements d'exécrable qualité. Le premier, réalisé par Alban Berg en personne en 1911, est à peine audible. Le second date de 1933. Il provient d'un radio amateur curieux et ne dure que quelques secondes. Le troisième, de bien meilleure qualité, a été réalisé par hasard au début des années quarante. Les services d'écoute du Reich pensaient avoir détecté, dans cette émission de signaux étranges décrite comme un sifflement lancinant très ténu ponctué de modulations sporadiques, des échanges entre sous-marins des forces alliées. Évidemment, ce ne sont que des fragments infinitésimaux de la Mélopée, quelques rares pièces d'un puzzle à partir desquelles il est impossible d'imaginer les autres pièces, encore moins l'intégralité du tableau.

Les tentatives de recomposer quelques passages de la Mélopée, avec comme but d'envoyer ces bribes vers le chaos nucléaire de l'univers en espérant attirer l'attention du dieu, ont été jusqu'ici un échec. Et malheureusement, beaucoup de chercheurs ont payé le prix fort : en effet, une exposition répétée à ces étranges fréquences est extrêmement nocive pour la santé mentale. Nombreux sont ceux qui y ont laissé leur raison.

On fait écouter les trois enregistrements à Ingrid, qui se contente de hocher la tête avec un air attentif. Elle s'abstient de tout commentaire, pour la bonne raison qu'elle n'entend rien. Rien du tout. Pas une flûte, pas un lancinant murmure, pas un souffle. Rien…

À l'étage inférieur, Ingrid est amenée dans une immense salle. Une bibliothèque est accolée au mur gauche, prolongée par de nombreuses armoires de bois ou de métal. Sur le mur droit une collection de peintures qu'elle n'a jamais vues mais qui expriment toutes une horreur profonde. Elle reconnaît les styles de Klimt, de Kokoschka, de Schiele, mais ne pense jamais avoir vu ces œuvres. Et, contrairement aux œuvres cachées de Lisa, il n'en émane aucun espoir, aucune lucidité hallucinée de la réalité. Juste une folie profonde, irréversible. Au centre, des piédestaux supportent différents objets, tous enfermés dans des coffrages de verre ou de plexiglas. Au fond de la pièce, un coffre de fonte, d'un mètre de haut pas plus, retient immédiatement son regard. Il n'y a pourtant là rien de bien singulier.

Le lieu est nommé la Salle des trésors. Y sont conservés les plus précieuses reliques concernant Azathoth et la Mélopée, les témoignages les plus secrets – l'humanité n'étant pas prête à les accueillir, encore moins à les comprendre. Ingrid ne l'écoute que d'une oreille. Elle s'avance vers le fond de la salle, instinctivement. Alma Fahrenden la rattrape et la tire par le bras.

— Notre plus belle pièce. Et peut-être la clef de tous les mystères.

Elle désigne un coffrage de verre épais, dans lequel repose un grand livre ouvert. Il ressemble à une partition. Du moins, il comporte des portées. Pour le reste, ce n'est qu'un chaos indescriptible de signes, de gribouillis, de symboles indéchiffrables.

— La Symphonie de l'indicible maelström cosmique... L'œuvre ultime de Beethoven. Ultime autant dans le sens de dernière que de suprême.

Ingrid, alors qu'elle regarde avec attention le chaos graphique des annotations, a soudainement l'impression de pouvoir déchiffrer cette partition démentielle.

— Nous supposons que Beethoven, alors que sa surdité le coupait définitivement du monde, aurait réussi à isoler le chant diffus de la Mélopée. Et qu'il aurait tenté de retranscrire cette musique inexprimable. Le système d'annotation musicale habituel ne suffisant pas pour consigner la richesse et l'ampleur hallucinante de ce qu'il percevait, il a créé un nouveau langage musical, dont il n'a laissé la clef à personne. Peut-être sciemment. Toutefois, nous ne pouvons vérifier cette hypothèse.

Ingrid, elle, en est certaine : elle peut lire la partition. Elle peut même entendre la musique annotée – si c'est vraiment une musique. Elle parcourt la page de gauche, ligne après ligne. Et, progressivement, la Mélopée se réveille.

Une chanson incohérente s'élève d'un néant bitumeux, mille flûtes qui enlacent mille mélodies lentes, lourdes, un contrepoint fréquentiel que nul mot ne pourrait décrire, qui s'inscrit dans l'air, qui pénètre le temps, fait danser la géométrie comme si cette dernière était prise d'un vertige. Ingrid sent venir à elle une entité informe qui se contorsionne, bouillonne dans un infini dont elle est le centre et l'intégralité, entourée de danseurs amorphes, fous. Mille flûtes aux chants abominablement divins qui alternent autant de couplets, qui les unissent, qui soufflent dans l'air des spirales et des ondulations inconnues, qui fractionnent la pensée, aspirent le temps. C'est aussi inaudible que limpide, c'est un amas indissociable de sons qui sont avalés, détruits, et c'est une méta-mélodie d'une pureté et d'une évidence surnaturelle qui naît à chaque fraction de seconde. La chose est à tel point intense qu'elle commence à influer sur la réalité. Les murs se mettent à onduler, à fondre, les visages se désagrègent, se transformant en nuit bombardée d'étoiles agonisantes, les univers s'affaissent, la nuit envahit l'univers, une nuit faite de l'absence de galaxies, de l'absence de matière, d'une absence absolue, éternelle. Elle ferme les yeux, paniquée. La Mélopée, ou la partie qu'en avait retenue Beethoven, s'efface. La réalité reprend ses droits.

Ingrid, étourdie, souffle, laissant son corps se détendre.

— Oui, c'est bien ça...
— Pardon ?
— Non... Rien...

Pour éviter toute question, elle se dirige d'un pas mal assuré vers une très étrange flûte de Pan, aux longs tuyaux d'une matière inconnue, gravée de symboles cabalistiques. Mais à peine a-t-elle fait un pas en avant qu'elle oblique vers le fond de la salle et se rapproche du coffre, levant inconsciemment le bras dans sa direction. Cette fois-ci, personne ne l'arrête. Elle arrive devant, y pose la main. Elle sent une présence. Quelque chose qui l'appelle. Quelque chose qui lui appartient.

— Il y a quoi, dans ce coffre ? murmure-t-elle.

Alma Fahrenden, qui s'est rapprochée, la tire doucement vers l'arrière.

— Il est trop tôt pour que vous l'appreniez. Venez.

À regret, elle sort de la pièce, l'esprit embrumé. Et c'est dans cet état un peu second qu'elle finit la visite, un étage en dessous, où on lui révèle que lorsque la partie d'Azathoth qui a séjourné dans la Cavité a quitté la Terre, le dieu a abandonné quelques-uns de ses flûtistes amorphes. Une cinquantaine, dont la moitié est encore en vie aujourd'hui. Ils sont enfermés dans des cellules moites, puantes, dont les murs suintent une mousse jaunâtre et effervescente. Ils y restent avachis, immobiles, refusant depuis le départ de leur maître de souffler dans leurs maigres flûtes de Pan. Nul n'a pu en tirer un mot. Ils n'ont jamais réagi aux enregistrements. Les menaces, les privations, la torture les laissent de marbre…

Le soir, après avoir regagné son hôtel, Ingrid, exténuée, se demande si elle a bien vu ce qu'elle a vu. Ou si la vision déclenchée par la partition ultime de Beethoven ne lui a pas embrouillé l'esprit. Elle conserve des images peu précises des occupants du dernier étage. Des formes qui n'étaient pas humaines, qui ne semblaient pas définies dans l'espace. Une absence de morphologie définitive, comme si les créatures se métamorphosaient en permanence selon un processus lent mais constant. Elle ne pourrait les décrire autrement que comme des amas de chair nécrosée et de boursouflures, instables, d'où émergeait une paire d'yeux vitreux et une très petite bouche circulaire, qui ne semblait être faite ni pour parler ni pour avaler de la nourriture.

Ce n'étaient probablement que des hallucinations. Comme celles qu'elle avait eues dans le Domaine des Satanistes de l'amour... Est-ce le début de la folie ? Les prémices du deuil de son libre arbitre ? Peut-être a-t-elle juste besoin de dormir ? De dormir longtemps...

15

Lisa, au passage

Ingrid passe un début de nuit agité. Elle vogue dans un sommeil troublé, de ceux qui ne sont guère réparateurs et dont il ne reste, au réveil, que l'impression de ne jamais s'être réellement endormi, de s'être constamment battu avec le désir de se déconnecter du monde.

Toutefois, vers le milieu de la nuit, elle fait un rêve étrange. Elle traverse une foule nombreuse, immobile. Les visages semblent la suivre mais aucun d'eux ne possède d'yeux. Aucun d'eux n'a de bouche ni d'oreilles. Et pourtant, elle sait que chacun des êtres qui l'entourent lui parle, lui révèle des *éléments importants*. Mais les mots qui sont faits pour pénétrer en elle sont transformés en poussière avant même d'exister, et cette poussière coule de ces visages lisses, s'amalgame en tentacules qui ne se sont que des caresses de néant. Ils s'aventurent vers elles, la touchent, elle ne sent rien, ils voudraient la saisir, elle sait qu'ils ne saisiront jamais rien. Le rêve dure longtemps. Très longtemps.

Si, au début, elle se sent perdue, déboussolée, l'indifférence la gagne progressivement. Elle se laisse porter, étrangère, insensible. Et, pas une seconde, elle n'éprouve la moindre peur.

Enfin, elle s'endort profondément. Quelques heures avant que son réveil ne lui signifie qu'il est temps de rejoindre l'aéroport où son vol retour l'attend.

*
**

Elle atterrit à Paris vers midi. Un taxi la dépose chez elle. À peine entrée dans son appartement, elle balance sa valise dans un coin de la pièce et se jette sous la douche.

Le week-end a été intense. Elle irait bien se promener dans les bois mais le risque d'y rencontrer le type du métro, alias Thurston, est trop grand. Elle n'a pas la moindre envie d'être soumise à un nouvel interrogatoire, même si le caviar pourrait être un argument convaincant. Mais il reste les deux boîtes auxquelles elle n'a pas encore touché. Elle les fourre dans son sac et s'en va retrouver Lisa.

Une des choses qu'elle apprécie chez Lisa, c'est qu'elle est ouverte d'esprit et qu'on peut tout lui dire sans risquer de l'effrayer. Elle lui raconte son week-end, n'omettant aucun détail. Lisa lui répond qu'elle a un don : celui d'attirer à elle tous les malades mentaux de la planète. Elle a raison. Comme souvent. Peut-être a-t-elle une hypersensibilité qui lui permet de décoder le monde et les relations humaines, bien que là, nul besoin d'être médium pour arriver à ces constatations.

Puis elles parlent de peinture, en général, du courant de la Sécession viennoise en particulier, que Lisa révère, et des circonstances et influences qui peuvent pousser des artistes à réaliser des œuvres si inédites, si loin de ces courants académiques qui flattent plus l'ego et le porte-monnaie. Elle trouve un certain romantisme décadent à l'idée de la Mélopée, qui n'est, selon elle, qu'une sublimation, dans le sens psychanalytique, de l'horreur et de l'instabilité du monde – comme un siècle déchiré par les guerres de religion et par la peste avait pu nourrir la sensibilité nouvelle, macabre peut-être, visionnaire sûrement, d'un artiste comme Jérôme Bosch. Toutefois, elle convient que le monde est perpétuellement secoué par des catastrophes et des calamités, mais que l'addition de tous les maux et souffrances ne provoque pas toujours l'apparition du sublime artistique. Même si, elle en est certaine, le confort, la vie facile, n'engendre que la platitude, l'art académique – que cet académisme soit classique, pompier ou qualifié de *contemporain* comme aujourd'hui. Le plus amusant dans cette histoire de Mélopée, lui dit-elle pour conclure, c'est qu'elle aussi a parfois l'impression diffuse de recevoir, non pas des images, mais des sensations de chaos et d'horreur baroque, mêlées à une impression de paix et d'harmonie immuable, et que, d'une façon, cela motive sa création, cela repousse les frontières de l'art tel qu'elle peut le concevoir.

— Et tu penses que ça vient d'où ? lui demande Ingrid.

— En général, répond Lisa, de toi.

Ingrid pouffe. Lisa est drôle ; même si là, elle n'est pas certaine qu'elle fasse de l'humour.

Elles finissent les pots de caviar et Ingrid rentre chez elle. Pas question de se mettre minable ce soir, elle a promis à l'agence d'Intérim d'aller demain chez son nouvel employeur. Ce qui la recadrera un peu avec la réalité, et c'est très bien.

16

Le quantique, c'est fantastique

Mardi treize heures, Ingrid se rend dans les hauteurs de Meudon, direction un immeuble moderne tout de verre resplendissant, où les rayons du soleil se reflètent avec une ardeur implacable. Elle s'arrête devant une porte surmontée d'un panneau : *Église Évangélique Quantique*. Elle remplit ses poumons d'une bonne bouffée d'air et pousse la porte.

— Schrödinger, à nous deux !

Un hall d'accueil gigantesque, qui doit s'élever sur la hauteur de trois étages. Décoration excessivement sobre. Pas d'affiches, pas de tableaux, un mobilier réduit au strict minimum. Pas de croix non plus, ni de Jésus crucifié, ce qui peut paraître étrange dans une église, mais elle ne fréquente guère les églises évangéliques – elle suppose que les mille et une variations du protestantisme ont chacune une interprétation de la résurrection du Christ. Au-dessus du comptoir de réception, derrière lequel se tiennent trois jeunes hommes en robe jaune qui la fixent avec un certain effarement, il y a toutefois une sculpture moderne en aluminium, gigantesque, qui représente un vague cercle où sont inclus d'autres cercles, entouré d'une nuée de petits points dont la densité s'amenuise alors qu'ils s'en rapprochent ou s'en éloignent. Aucune idée de la signification de la chose. C'est juste très laid.

Elle avance vers la réception. Quelques pas et un homme en soutane bleu foncé qu'elle n'avait pas repéré auparavant jaillit de derrière le comptoir.

— Ingrid Planck ?
— Elle-même.
— Veuillez me suivre.

Elle obtempère sans poser de questions, même si l'accueil manque assurément de convivialité. Elle n'aurait pas été contre un échange plus substantiel, ou à défaut un bonjour. Voire juste un ton moins sec…

Direction un large couloir qui traverse le bâtiment jusqu'à une haute porte à double battant. Au-dessus, une représentation plus colorée de la sculpture vue dans le hall d'accueil, surmontée d'une phrase : *Il est un et il est les trois, il nous regarde et ses potentialités sont notre foi en l'incertitude.*

C'est d'une clarté remarquable…

La porte s'ouvre. Derrière, une immense chapelle, une église même. Le plafond, légèrement voûté, est d'un métal blanc. La nef, aussi large que longue, se termine en un chœur dont le mur est orné du même symbole, de taille supérieure et somptueusement orné de gemmes. Au centre du chœur, un long bureau d'un bois noir fait office d'autel.

Sept hommes y sont installés dans de gros fauteuils confortables.

Le reste de la salle est remplie d'hommes en soutanes bleues. Que des hommes. Que du bleu. Même si Ingrid peut distinguer sept nuances en tout, qui vont du plus clair (les hommes assis derrière l'autel) au plus foncé (les trois derniers rangs).

La classification hiérarchique est évidente. Plus on est important dans l'église, plus on s'approche du ciel bleu. Enfin, c'est la déduction qu'Ingrid tire de ses observations.

On lui indique le siège en plastique près de l'entrée, dissocié du double alignement de rangs, et qui semble avoir été rajouté pour l'occasion. Elle va s'en contenter. Elle ne voudrait pas déranger en demandant une place plus confortable à la table des puissants. En tant qu'unique femme dans le lieu, ça ferait désordre.

Un des sept hommes installés derrière le long bureau s'est levé. Il fixe l'assistance du regard et, d'un ton monotone, se lance dans un sermon.

— Par la nature simple du quark, par la liaison du gluon, par les intrications et les fonctions d'onde, nous t'implorons, Yog-Sothoth, toi qui es présent et qui ne l'es pas, toi l'unitaire multiplicité. Par le pouvoir que tu nous confères, toi le noyau universel du chaos liturgique, qui nous transmets, par-delà les abîmes transcosmiques et les détestables sphères, l'espoir et le courage pour livrer la grande bataille qui se profile, nous te vénérons, Yog-Sothoth. Comme disait saint Dirac : misérable est celui qui place l'incertitude dans sa foi, heureux celui qui a foi en l'incertitude. Nous, prélats, qui portons l'enseignement des évangiles, nous guiderons les hommes vers une éternité quantique. Qu'arrive enfin le règne de Jésus Higgs Dieu-Boson Yog-Sothoth, que nous devenions esprits purs d'une matérialité intangible ! Que la sainte et primordiale Particule veille sur vous !

L'assemblée se lève. Un mouvement unanime, silencieux, si ce n'est le bruit des robes qui se défroissent et celui des sièges qui grincent. Ingrid, qui est maintenant certaine qu'elle n'a pas été conviée en ce lieu pour un remplacement et qu'elle a bien devant elle la quatrième faction, se dit que c'est le bon moment pour prendre la parole. Elle a juste besoin de savoir ce que ces allumés ont comme projet pour Cthulhu et l'affaire sera réglée. Si on pouvait, cette fois-ci, lui épargner les discours, les visites guidées, les théories abracadabrantes… Elle a assez donné de sa personne ces derniers jours. Et puis elle a la nette impression que sa présence dérange.

Mais elle n'a pas le temps de poser la moindre question. L'assistance s'est mise à chanter. Très fort.

— Gloire à toi Yog-Sothoth, l'unique et triple ! Et gloire à Jésus Higgs ! Et gloire à Dieu-Boson ! Et gloire quantique aux forces fondamentales !

Le couplet fini, les membres de l'assemblée se rassoient. Seul un des hommes placés derrière l'autel reste debout. Il prend à son tour la parole, sans un regard pour Ingrid qui commence à s'interroger sur l'utilité de sa présence en ce lieu. On lui aurait envoyé un SMS pour signifier la décision de l'Église Évangélique Quantique, elle ne s'en serait pas plus mal portée.

— Que de par l'infini petit, le macroscopique et l'universel, ton nom soit répété et vénéré, Yog-Sothoth, gardien des portes incertaines. Soit accueilli en notre antre modeste. Nous te révérons. Nous te voyons sans t'observer, car t'observer serait réduire tes ondes divines à une morne matérialité. Comme disait saint Heisenberg lorsqu'il parcourait le désert des tentations déterministes, nous ne sommes ni définis ni indéfinis. Nous sommes le reflet de sa puissance et nous sommes ce qu'il veut que nous soyons, à l'instant observables, lieu ou destination. Heureux celui qui sent en son âme la décohérence car il est proche du tout en un, car il est loin de l'un en tout. Réjouissons-nous dans nos cœurs car notre âme baigne dans l'amour de toi, Jésus Higgs Dieu-Boson Yog-Sothoth, Sainte Trinité Quantique. Que la sainte et primordiale Particule veille sur vous !

Les membres de l'église se lèvent à nouveau.

Ingrid se dit qu'ils vont enfin lui consacrer quelques minutes, et lui poser les questions auxquelles elle ne saura encore une fois pas répondre. Mais pas un visage ne se tourne vers elle.

Et l'assemblée reprend son chant, un air béat illuminant le visage de chaque membre de cette église de fous.

— Gloire à toi Yog-Sothoth, l'unique et triple ! Et gloire à Jésus Higgs ! Et gloire à Dieu-Boson ! Et gloire quantique aux forces fondamentales !

Retour au silence. Ingrid retient un soupir. Combien de temps cette mascarade va-t-elle durer ?

Un troisième homme, resté debout derrière l'autel, prend à son tour la parole, tandis que le reste de l'assemblée se rassoit.

— Nous t'accueillons, Sainte Trinité : Jésus Higgs, Dieu-Boson, Yog-Sothoth. Le passé, le présent, le futur, tous sont en toi. Ouvre-nous tes portes, Yog-Sothoth. Accueille-nous en nous accordant, ô grand appariteur de l'indétermination, l'onde particulière qui nous mènera à l'intrication. Comme disait saint Schrödinger lorsqu'il voyageait à travers les dimensions, il n'y a de destination qui supporte le temps, il n'y a de lieu qui supporte le voyage, il n'y a d'état que multiple et seule la probabilité d'être est véritable…

Et ainsi de suite pendant une bonne heure, le temps que les sept hauts gradés déblatèrent leurs inepties mystico-religieuses. Pas un instant l'un d'eux ne s'est tourné vers elle. Pas un des membres de l'assistance n'a daigné aventurer son regard dans sa direction. Elle a la nette impression de n'être qu'un meuble, un objet qu'on a posé là parce qu'il fait partie de l'office et qu'on remettra dans le placard une fois la messe terminée. Elle a hésité à quitter les lieux plusieurs fois pendant la cérémonie, et ce n'est ni la politesse, ni le respect ou la tolérance pour ce culte de dégénérés qui l'ont convaincue de rester. Elle attendait qu'on lui livre le verdict, pour ou contre Cthulhu, et qu'elle soit libérée de cette corvée. Mais rien n'a filtré à travers les monologues des sept orateurs. Peut-être était-ce une épreuve ? Elle en doute.

Après quelques derniers « Gloire à Yog-Sothoth, Jésus Higgs ressuscitera, potentiel et éternel, quantique et indéterminé ! », les sept hommes se lèvent et sortent de la salle par une porte située sur la droite, derrière l'autel, qui se referme dès que le dernier en a franchi le seuil. Les six nuances de bleu restantes remontent, l'une après l'autre, les deux allées centrales qui s'ouvrent entre les alignements de bancs et disparaissent par l'entrée principale. Ingrid est restée immobile, observant la conclusion du petit manège liturgique. Alors qu'elle se lève et se dit que c'est bon, ils enverront le reste de leur propagande par mail, ainsi que la notification de leur décision pour l'affaire qui les concerne, un jeune homme vêtu d'une robe vert clair entre par une porte située à gauche de la salle, juste derrière elle.

— Ingrid Planck. Si vous voulez bien me suivre.

Le ton est plus affable et un peu mal assuré.

Ingrid dévisage le jeune homme, se demande s'il ne serait pas plus sage de prendre congé, hausse les épaules et le suit.

Elle est guidée jusqu'à une pièce qui ressemble à une salle de cours. Des tables sont alignées, faisant face à une estrade. Les murs sont vierges de tout slogan quantique. C'est d'un banal à désespérer.

Le jeune homme, après avoir tiré deux chaises, invite Ingrid à s'asseoir en face d'elle.

— Je suis Jeremiah Boerh, diacre. J'ai été désigné pour entendre votre confession.

— Ma confession ?

— Oui… Votre… Confession…

Le ton est hésitant, et l'embarras qui s'affiche sur le visage du jeune homme trahit son manque d'assurance.

— Je n'ai pas le moindre désir de me confesser ! Qu'est-ce que c'est que cette maison de ravagés de la cervelle ?

— Ne le prenez pas mal. Je peux comprendre votre…

— Non, vous ne comprenez rien ! Vous me faites venir ici en me faisant croire que c'est un boulot, vous m'infligez plus d'une heure de messe délirante et de fariboles cosmiques, et maintenant vous me collez dans une salle de classe pour que je me confesse. C'est bon, je me casse !

Le jeune homme commence à trembloter, cherche ses mots, bafouille, agite les mains. Et se met à paniquer pour de bon quand Ingrid se lève.

— Non ! Non ! Ne partez pas ! Je… Je… Pardonnez-moi… Confesser n'est sans doute pas le bon mot. J'ai été missionné pour vous… pour vous… écouter !

Ingrid lève les yeux au ciel et se rassoit.

— Vous voulez savoir quoi ? Ce qu'ont décidé les autres factions ?

— Oui, bien évidemment.

— Ils sont tous indécis.

Au ton sec d'Ingrid, Jeremiah répond d'une voix douce, contemplative.

— Le principe d'incertitude…

— Je n'ai pas parlé d'incertitude, mais d'indécision. Mais qu'importe. Pourquoi il n'y a aucune femme dans votre église ?

Le jeune homme, qui ne s'attendait certainement pas à cette question, bafouille un peu, puis se reprend.

— Il y a des femmes dans l'Église…

— Ah oui ? Et où ça ?

— Pas dans ce bâtiment… Disons que l'Église, comme la physique quantique, est une affaire d'hommes.

Ingrid soupire. Elle connaissait le faible intérêt des dévots pour les femmes, elle ne savait pas pour la physique quantique.

— Et moi, dans tout ça ? Comment expliquez-vous ma présence ici ?

— Vous êtes… L'exception qui confirme la règle.

— Et le Centre du pentacle.

— Et le Centre du pentacle…

— J'ai l'impression que ça vous pose un problème.

— C'est… C'est que la liturgie n'avait pas prévu ce cas de figure. Les sept prélats se penchent en ce moment sur les textes sacrés pour tirer ce point au clair.

Ingrid laisse filer un rire moqueur, qui déstabilise encore plus le jeune homme.

— Ils m'ont fait venir ici pourquoi ?

— Je ne sais pas trop. Peut-être pour vérifier votre degré de possession. Ou pour s'assurer que vous n'étiez pas juste une fabulatrice…

— Et m'infliger une heure de messe sans même me jeter un regard, ça leur a permis d'y voir plus clair ?

— Je ne crois pas. C'est pour ça que je dois recueillir votre confession.

— Admettons… Et si vous en déduisez que je suis possédée par le grand Satan ?

— Pas par Satan. Par Cthulhu.

— Bien sûr… Et si je suis possédée par Cthulhu, ils prévoient une séance d'exorcisme quantique ?

— Je crains que les femmes n'y aient guère droit. Vous finirez sans doute dans une cellule, loin d'ici, dans les sous-sols d'un monastère. Avec les autres possédées.

Décidément, ces gens sont la galanterie incarnée, se dit Ingrid.

— Putain, vous n'avez pas honte d'appartenir à une organisation de trous du cul de cette ampleur ?

Le diacre baisse les yeux, il transpire. Ingrid se dit qu'elle va se calmer. Cette jeune andouille participe bien à la mascarade, mais il n'est qu'un sous-fifre que tout ce charabia mystico-quantique a dû séduire. C'est sur les responsables de tout ce cirque qu'elle devrait passer ses nerfs, pas sur lui.

— Bon, OK. On oublie le début de l'entrevue et on repart sur des bases plus saines. Dans le calme. Je mets de côté ma fureur et vous, votre manière indigne de considérer les femmes comme des sous-êtres. Ça vous convient ?

Le jeune homme hoche la tête, un peu apaisé.

— Quelle position votre église a-t-elle adoptée vis-à-vis de Cthulhu ?

— Je ne suis pas certain de pouvoir vous révéler ce point-ci.

— On vous l'a interdit ?

— On ne me l'a pas autorisé.

— Moi, je vous l'autorise. Le Centre du pentacle vous l'autorise. Ce n'est pas suffisant ?

Il hésite encore, regarde à gauche et à droite, fuyant le regard déterminé d'Ingrid. Finalement, il écarte les mains, une moue résignée sur le visage.

— Après tout, ce n'est pas un secret. C'est écrit dans la liturgie… Ils souhaitent son émergence. Mais…

— Mais…

— Mais, comme je vous le disais : ils ne peuvent concevoir que le Centre du pentacle soit une femme.

Quelle bande de gros blaireaux, quand même, se dit Ingrid. Les autres factions, bien que sévèrement atteintes, avaient la décence de ne pas vivre au XIXe siècle.

— Quelle importance qu'il soit un homme ou une femme ?

— Ce n'est pas ce qu'annonçaient les écritures.

— Mais, concrètement ?

— Je n'en sais rien.

— Et vous savez quoi ?

— Toute la liturgie de la Sainte Trinité Quantique, Jésus Higgs, Dieu-Boson et Yog-Sothoth l'unitaire multiplicité.

Ingrid ne répond pas tout de suite. Elle hésite entre écourter sa confession et tenter d'en apprendre plus. Elle risque de perdre une heure à écouter des inepties religio-quantiques. La sagesse lui dit de filer, la curiosité de rester. La curiosité n'a aucun adversaire de taille, c'est bien connu.

— Racontez, que j'essaie un peu de vous comprendre. Parce que le rapport entre Cthulhu et la physique quantique, j'avoue ne pas le voir, même en gardant un esprit ouvert.

— C'est pourtant bien simple. Cthulhu est un être d'essence quantique. Mais il est mauvais. Dans la Bible telle que vous la connaissez, c'est la Bête de l'apocalypse. Nos évangiles sont moins fantaisistes. La vérité qu'ils contiennent est si brute, si irrécusable, qu'il a fallu les cacher aux yeux des hommes. Yog-Sothoth, l'imparfaite complétude, l'infini de tous les infinis, nous préserve de l'Immondice squameuse, la Malfaisance amphibienne, Maître des abominations. Quelles sont vos connaissances en physique quantique ?

— Nulles.

— Ah… Je vais résumer brièvement. Tout vous paraîtra plus évident ensuite. L'infiniment petit n'est pas régi par les mêmes lois que le monde macroscopique, ou que le monde céleste. Mais laissons ce dernier de côté. Dans le monde microscopique comme on l'appelle, mais il s'agit vraiment d'une échelle de l'atome, l'espace et le temps n'existent pas. Ou s'ils existent, ce n'est pas de la façon dont nous les concevons. Ainsi, ce que nous appelons électron, existe sans exister tant qu'il n'est pas observé. Il n'a ni place, ni vitesse. Il relève d'une indétermination. Les êtres quantiques, qui ne sont pas forcément d'essence divine, répondent de cette physique, mais dans le monde macroscopique et aussi dans le monde céleste. Mais nous ne nous attarderons pas sur ce dernier. Ils sont d'une nature probabiliste. Ils existent tout en n'existant pas. Ils sont présents tout en n'étant pas présents. C'est ainsi que Yog-Sothoth et ses compagnons cosmiques de moindre importance sont à la fois avec nous et loin de nous. Mais, et c'est un paradoxe difficile à saisir pour les non-initiés, il est impossible de définir à la fois la position et la quantité de mouvement d'un être quantique. On peut savoir où il se trouve, on peut savoir où il va. Jamais les deux. L'espace abolit le temps. Le temps abolit l'espace. En Jésus Higgs, nous avons le témoin de cette nature quantique. Quand il s'est matérialisé, le temps s'est figé, le temps n'importait plus. Quand il a rejoint la Sainte Trinité Quantique, qu'il n'était plus présent physiquement, le temps a repris son défilement : le grand décompte qui mène à l'Apocalypse. Jésus, aujourd'hui, s'il est avec nous et en chacun de nous, n'est nulle part concrètement. Quand il reviendra, ce sera la fin du temps. Alléluia !

— Alléluia, répond Ingrid en se retenant de lever les yeux au ciel.

Elle n'a pas compris grand-chose, mais c'est sans importance. La physique quantique à la sauce de cette église de débiles profonds doit être une interprétation complètement farfelue de la véritable théorie.

— Vous me suivez ?

— Oui, bien sûr. C'est fascinant.

— La présence sur terre de Yog-Sothoth et de ses quatre servants, Azathoth, Shub-Niggurath, Dagon et Nyarlathotep, qui ne sont pas, comme cela est parfois soutenu, d'essence divine mais uniquement quantique, a été permanente. Jusqu'à ce qu'elle ne le soit plus. La Terre est sortie de leur sphère de potentialité. C'était le premier signe. Yog-Sothoth, ou la part de lui qui était et n'était pas sur Terre, a abandonné la garde de la Bête. Et ses suivants ont imité le Maître. Afin que le temps du Jugement arrive. Que Cthulhu l'Immondice squameuse émerge et que Yog-Sothoth sous la forme de Jésus Higgs, le Christ Quantique, aidé de ses fidèles suivants, détruise à jamais l'Abomination, et que la Jérusalem quantique descende sur Terre, pour qu'enfin advienne une ère éternelle, sans espace, sans temps, superposée et indéterminée ! Pour qu'enfin arrive la réalité quantique !

Le jeune homme s'est enflammé, ponctuant son discours exalté de grands mouvements des bras. Ingrid est tout de même étonnée qu'on puisse atteindre ce degré d'extase sans l'aide de psychotropes. La foi est une drogue dure, assurément.

— Wow... Effectivement... Vu sous cet angle... Je comprends tout maintenant... L'apocalypse... Cthulhu... Et je suppose que le temps est proche ?

— Oui. La présence du Centre du pentacle en est la preuve.

— C'était annoncé dans les évangiles ?

— C'était annoncé. Mais les signes de sa venue nous ont été rapportés par Ceux du Dehors.

— Ceux du Dehors ? Comme dans la nouvelle de Lovecraft ?

— Ne prononcez pas le nom du Grand blasphémateur ici !

— Mes excuses...

— Ils nous relayent l'évolution du chaos cosmique et de l'alignement du néant, depuis les cités sombres de Yuggoth.

— Yuggoth ?

— Oui, la ténébreuse Yuggoth. La neuvième planète du Système solaire.

— La neuvième planète du Système solaire ? Je croyais que c'était Pluton.

— Pluton a été déclassée, ce qui est une juste chose. Car il n'existe qu'une neuvième planète et c'est la sombre Yuggoth, monde ténébreux de jardins fongoïdes et de cités sans fenêtres, loin au fond de la ceinture de Kuiper, roulant solitaire dans l'éther noir au bord des confins du Système solaire, au-delà des milliers d'astéroïdes rendus fous par la lenteur de leur valse autour du soleil. Yuggoth, demeure glorieuse des Fungis !

— C'est quoi, ces Fungis ? Ceux du Dehors, je connais. Mais les Fungis ?

— C'est la même chose. Une redoutable race interstellaire d'êtres fongoïdes quantiques. Ils ont établi leur base sur cette planète, et se rendent sur Terre en volant à travers l'éther qui sépare les mondes grâce à leurs ailes spatiales.

C'est bien ça, se dit Ingrid. Elle ne s'était pas trompée. Les délires lyriques du diacre correspondent bien à une des nouvelles de Grand blasphémateur. Celle où des écrevisses ou des homards mycéliens débarquent de l'outre-espace, parlent comme des sauterelles et mettent les cervelles des grands savants dans des glacières pour leur faire traverser l'espace.

— C'est fascinant ! lâche-t-elle d'une voix faussement émerveillée.

— Je sais. Ils viennent très souvent dans ce bâtiment.

— Les Fungis ?

— Oui, mais seuls les prélats et leurs subordonnés directs peuvent s'entretenir avec eux. Il paraît que leur vue est assez éprouvante pour qui n'a pas été longuement préparé à la rencontre.

— J'en ai déjà vu.

— Vous en avez déjà vu ? Non, ce n'est pas possible…

— Si, en rêve.

— Ah oui, là je vous crois. Vous devez avoir de terribles rêves.

— Oui je vois souvent l'infâme Cthulhu. Je vois aussi sa prison d'algues purulentes et ses séides qui se tapissent loin sur des corps célestes morbides, attendant son signal pour fondre vers la Terre. Et je vois un être de lumière fier, resplendissant, fini et illimité, qui s'érige contre l'Immondice squameuse et la pourfend après des années de lutte !

— Jésus Higgs ressuscité ! L'avènement de la Jérusalem Quantique !

— OUI ! Gloire à Yog-Sothoth ! Alléluia !

Ingrid se calme. Elle s'est laissée emporter. Ce doit être la fatigue. Ou l'agacement provoqué par le ramassis de conneries dont on l'abreuve depuis qu'elle est entrée dans ce bâtiment.

Mais le jeune diacre la contemple avec un air ébahi, puis baisse les yeux alors qu'elle croise son regard, comme s'il était en présence d'une semi-divinité.

— Vous avez vu la réalité comme elle doit advenir. Je vous crois. Mais ma voix ne compte pas...

— Votre confiance me touche. Qu'importe ce que pensent les prélats. Ce qui doit advenir adviendra.

— La résurrection de Jésus Higgs n'interviendra qu'après le Jugement. Mais ce dernier ne sera possible qu'une fois qu'on vous aura remis le pentacle...

Le pentacle... se dit Ingrid. Apparemment, ce n'est pas juste une figure géométrique abstraite.

Elle écarte les mains, sourit.

— Et ?

Le jeune homme grimace. Il se mordille un instant la lèvre supérieure.

— Il n'est pas certain qu'on vous le remette.

— N'ayez aucune crainte, on va me le remettre. Et quand il sera en ma possession, vous tiendrez votre preuve.

— Nous devrons alors nous plier aux exigences de la vérité.

— Il va falloir. Ce n'est plus qu'une question de jours.

— Le messager ? Vous a-t-il déjà contactée ?

— Oui, le messager…

Ingrid n'a aucune idée de qui est ce messager mais elle note l'info.

— Alors, le concile devra accepter la vérité, malgré ses réticences, malgré les voix qui refuseront de se plier à cette vérité. Et nous devrons vous remettre le triangle. Et quand les cinq factions vous auront remis les cinq triangles, le pentacle complet portera la voix du Jugement.

— La résurrection de Cthulhu !

— Non, ne blasphémez pas. Sa résurgence. Seul le Christ Quantique peut être ressuscité !

Alléluia, se dit Ingrid. Elle se frotte les mains mentalement : en quelques minutes, elle en a appris plus que lors de ses trois premières rencontres avec les factions. Elle remercie les membres du concile. Ils l'ont sous-estimée. Ils lui ont envoyé un jeunot, sans expérience, aveuglément dévot, déchiré entre les préceptes de son ordre et la fascination qu'il éprouvait face à celle qui était celui qui doit permettre l'avènement du Christ Quantique. Étonnant comment une rencontre vouée à n'être qu'une confession s'est trouvée être celle des révélations. Mais c'est un peu normal, les révélations, pour qui est une pièce majeure de l'Apocalypse.

Il est temps de mettre fin à l'entretien. Certes, elle pourrait continuer à cuisiner le jeune homme – il a peut-être d'autres informations à lui révéler (bien qu'elle en doute) mais elle a surtout une meilleure idée en tête.

Elle ferme les yeux, se met à respirer avec difficulté puis se saisit la tête à deux mains, agite les jambes comme si elles étaient prises de convulsions, commence à baver, à se contorsionner, à se tétaniser.

— V... Vi... Vision... Ma tête... De l'aide... De l'aide...

Le jeune diacre se penche sur elle, l'air paniqué. Il essaye de lui tenir la tête mais n'ose pas la toucher. Il prononce quelques mots qui pourraient la calmer mais qui ne la calment pas. Finalement, il détale à grandes enjambées pour chercher de l'aide.

Ingrid se relève aussitôt, fonce vers la grande salle qu'elle traverse après avoir vérifié si elle était vide, et ouvre la porte située sur la droite de l'autel. Derrière, elle découvre un long couloir peu éclairé qui la mène à un escalier en colimaçon. Elle monte plusieurs étages jusqu'à parvenir à un nouveau couloir qui se finit sur une salle en demi-cercle dont la partie courbée est constituée d'une baie vitrée prolongée à l'extérieur par une large terrasse. Elle s'approche de la baie vitrée, s'aventure sur la terrasse après avoir fait coulisser un pan de fenêtre.

Elle domine le toit de l'église où elle a assisté à sa messe quantique. La vue sur Paris est magnifique. C'est sans intérêt.

Elle se retourne. De chaque côté de l'entrée qu'elle vient d'emprunter, deux fois deux portes. Elle tente de ressentir quelque chose qui l'attirerait. Rien.

Les révélations du diacre lui ont apporté une certitude : elle connaît maintenant la nature de l'objet caché dans le coffre des sous-sols de la DUMF. Comme de celui qu'elle avait perçu sans pouvoir l'identifier sur la photo au siège parisien de l'*American Dagon Scuba Diving Society*. Les triangles. Ceux que possède chaque faction, et qu'il faut réunir pour compléter le pentacle. Même si elle avoue avoir des doutes sur cette histoire de Jugement, trop mystique à son goût, les triangles, eux, existent. Elle le sait. C'est une vérité qui s'est imposée à elle. Peut-être une fulgurance.

Celui de l'Église Évangélique Quantique ne doit pas se trouver bien loin. Vu l'amour qu'ont ses membres pour la gent féminine, si elle pouvait l'embarquer sans attendre qu'ils inscrivent l'égalité des sexes dans leur liturgie de vieux réactionnaires, ça lui ferait gagner pas mal de temps et économiser autant d'efforts. Elle sait qu'elle est en train de faire n'importe quoi, que son expédition n'a aucune chance d'aboutir, qu'elle va se faire sortir à coups de pompes, mais c'est plus fort qu'elle. Elle doit le faire ! Elle doit récupérer ces triangles !

Elle choisit la porte à l'extrême gauche, actionne la poignée. C'est ouvert. Un nouveau couloir plongé dans l'obscurité. Elle avance en tâtonnant, puis s'éclaire avec son téléphone portable. Elle ne ressent aucune présence. Le triangle n'est pas par ici. Elle entend deux voix provenant de sa droite, qui filtrent à travers une porte fermée. La première, sentencieuse, pourrait être celle d'un des sept prélats. La seconde ne ressemble à rien. Elle tend l'oreille. On dirait un bourdonnement qui essaye d'imiter la parole humaine. C'est à peu près compréhensible mais très disgracieux, sans aucune intonation. Puis les voix cessent. Des bruits de pas. Ingrid se tend. L'une des deux personnes vient vers la porte. Elle éteint son téléphone, recule à tâtons dans le silence jusqu'à se coller dos contre la porte qui s'ouvre sur la salle à la baie vitrée, se recroqueville. L'autre porte s'ouvre…

Dans la lumière qui émane de la pièce, elle peut distinguer une créature aussi grotesque que répugnante. Un énorme crabe, dont la carapace ondule comme si elle était composée d'une chitine liquide, qui se déplace sur plusieurs pattes terminées par des pinces. Dans son dos – par chance, la créature a remonté le couloir dans l'autre sens, sans la remarquer –, deux ailes membraneuses repliées dominent une tête ellipsoïde recouverte d'une forêt d'appendices champignonneux. Si la vision est difficilement soutenable, l'odeur de crustacé pourrissant est encore plus abominable. Et le bruit de cliquetis et de frottements que fait la créature en s'éloignant soutire quelques grincements de dents à Ingrid.

Une fois le couloir vide, elle bondit – pas le moment d'avoir la nausée ou de rester tétanisée par la peur. Elle fonce vers l'escalier en colimaçon qu'elle dévale quatre à quatre, puis regagne le chœur de l'église. Elle ne peut aller plus loin : des voix viennent du couloir menant aux salles de cours. Elle se jette entre deux rangées de sièges et se met à gémir en se tenant le visage.

Quand finalement elle daigne écarter les mains et rouvrir les yeux, elle découvre trois jeunes diacres autour d'elle et, en retrait, l'homme en soutane bleu sombre qui l'avait accueillie à son arrivée.

Jeremiah est penché sur elle. Il n'ose la toucher, il n'en a sûrement pas le droit. Elle sent pourtant qu'il voudrait lui prendre la main pour la réconforter.

Bon petit gars, se dit-elle.

— Vous allez mieux ? Votre… Votre vision, c'était…

L'homme en retrait l'interrompt d'une voix excessivement sèche.

— Diacres ! lâche-t-il, montrant d'un geste sec la porte qui mène aux salles de classe.

Aussitôt, les trois jeunes hommes déguerpissent, sans un mot.

L'homme se retourne vers Ingrid, la parcourt d'un regard peu avenant.

— Vous pouvez marcher ?
— Ça ira.

— Je vous raccompagne.
— Merci... Vous êtes tout de même pas très *Centre-du-pentacle-friendly* dans votre secte. J'ai connu des factions où on avait plus le sens de l'hospitalité.

L'homme ne répond rien.

Quelques minutes plus tard, elle retrouve l'air libre. Le temps de souffler, de se dire qu'elle a encore rêvé, ce n'est pas bien grave, les homards de l'espace ça n'existe pas, et elle se dirige vers la gare. Tant qu'elle se sent d'attaque, elle va aller voir son pote du bois de Vincennes, lui secouer aussi un peu les puces. Parce que dorénavant, on ne la mène plus en bateau. On lui dit tout. Fini les secrets qu'on ne peut lui révéler parce qu'il est encore trop tôt. Fini de lui jeter des miettes d'indices comme des promesses de blé à un oiseau famélique.

Elle part d'un pas décidé, souriante à l'excès, lève la tête vers les cieux gonflés de nuages et lâche d'une voix pleine d'entrain :
— Les histoires de cinglés, c'est vraiment le pied !

17

Promenons-nous, dans les bois

Quand elle arrive à la clairière, Thurston est devant le banc, occupé à faire les cent pas. Dès qu'il la voit sortir des sous-bois, il s'avance vers elle.

— Ça fait des heures que je vous attends !
— Désolée, j'avais rendez-vous. Avec une des factions.
— Alors ?
— Ils sont indécis.
— Ça ne nous avance pas beaucoup.
— Vous comprenez maintenant ?
— Quoi ?
— L'incertitude dans laquelle vous me plongez. À me donner le dixième des informations nécessaires, à me laisser découvrir, à mes risques et périls, des organisations constituées de malades mentaux. Vous voulez que je vous fasse confiance, que je croie à tout ce non-sens dans lequel vous m'avez balancée ? Va falloir être un peu plus généreux niveau partage des informations.

— Je ne vous ai balancée nulle part. J'essaye justement de vous épargner un…

— Merci. Mais dorénavant, évitez de m'épargner.

— D'accord, si c'est votre souhait.

— C'est mon souhait.

Ingrid fixe Thurston d'un regard résolu, lui notifiant ainsi que sa détermination n'est pas passagère et qu'il ne s'en tirera pas avec une simple formule accommodante. S'il ne joue pas franc jeu, il risque de ne plus jamais la revoir.

Thurston laisse passer quelques secondes puis hoche la tête. Il a compris le message. Il va être plus généreux en informations dorénavant.

— Nous pouvons parler de votre rendez-vous, maintenant ?

— Nous le pouvons.

— De quelle faction s'agissait-il ?

— Les suivants de Yog-Sothoth.

— Bien. J'ai eu du mal à les repérer, ils masquent leur activité avec soin. Il reste les adorateurs de Shub-Niggurath. Ils sont en Crète. Un culte de hippies lubriques. Et les suivants d'Azathoth. Des amoureux de la musique viennoise. Plus sournois, extrêmement avares de contacts avec l'extérieur.

— Fait, les deux, ce week-end.

Thurston ouvre grand les yeux et fixe Ingrid pendant quelques secondes d'un air surpris.

— Vraiment ?

— Vraiment.

— Eh bien… Vous avez été efficace, c'est le moins qu'on puisse dire.

— Ils ne m'ont pas laissé le choix.
— Et ?
— Indécis, eux aussi. J'ai l'impression que personne ne souhaite abattre ses cartes en premier.
— C'est compréhensible. L'enjeu est de taille. Il ne reste plus qu'une faction.
— Les suivants de Nyarlathotep.

À nouveau, Thurston affiche un air surpris.

— Décidément, vous avez bien avancé.
— On ne peut pas dire que ce soit grâce à vous… Vous savez où je peux les trouver ? Ça me permettra de prendre les devants, pour une fois.
— Non. Et c'est un problème. Cela fait des décennies que j'enquête, et pas la moindre trace d'eux. J'ai cherché dans le désert de Gobi, sur le plateau de Leng, dans les ruines de Kaddath, dans les cités d'Irem. Rien, pas une trace.
— Ils ont disparu ?
— Non, ils se cachent. Et ils le font très bien. Mais ce n'est qu'une question de temps avant qu'ils vous contactent.
— Bien. Parce qu'il ne faudrait pas qu'ils tardent trop. Le messager est en chemin. Je vais bientôt être en possession du pentacle.

Thurston fixe Ingrid. Cette fois-ci, elle est incapable de dire si c'est la surprise qui motive son expression ou une forme d'incrédulité.

— Vous allez vite en besogne…
— Je suis motivée.
— Je vois ça.
— Vous avez commencé à faire des rêves ?

— Oui. Et je comprends ce que vous disiez par *étrange*.
— De quelle nature ?
— Des flots tumultueux, sombres, abyssaux. Une eau qui bouillonne, des architectures cyclopéennes, un palais phosphorescent aux multiples terrasses, aux jardins d'étranges coraux lépreux et de grotesques efflorescences bractées, un être plein de chaleur qui se dresse au-dessus des eaux. Ou un monstre abominable suintant de tentacules corrompus. Les deux visions alternent, se superposent. Et aussi des créatures informes, abominables. Des champignons ressemblant à des écrevisses. Des polypes qui toupillent dans les abîmes glacés de la fin du cosmos. Des cônes impies bardés d'appendices épineux. Tout cela se mélange, revient plusieurs fois par nuit. C'est assez désagréable.
— Très intéressant… Peut-être que certaines créatures essayent d'entrer en contact avec vous ?
— Pour m'influencer ? Pour me posséder ?
— Plus pour vous guider, à mon avis. Mais le risque de possession est plausible. Si vous sentez que vous perdez prise, que vos rêves empiètent sur la réalité, que vous n'avez plus toujours le contrôle de votre esprit, dites-le-moi aussitôt. Nous tenterons un rituel issu d'un vieux livre de magie.
— Vous ne pouvez pas le faire dès maintenant ?
— Il est trop tôt. Cela n'aurait aucun effet.
— OK, je prends note. Et tant qu'on parle de possession, vous pourriez peut-être m'éclairer sur cette histoire de perte de mon libre arbitre.

Thurston fronce les sourcils.

— De votre libre arbitre ?

— Oui, c'est un truc récurrent. Apparemment, il est prévu que je devienne un légume télécommandé par je ne sais qui.

Thurston écarte les mains, une moue d'incompréhension s'affichant sur son visage.

— Là, je ne vois pas… Qui vous a parlé de ça ?

— Les factions. Elles semblaient croire que c'était important.

— Je suis désolé, mais je n'ai aucune information là-dessus. Peut-être un de leurs nombreux délires…

— Hum… Bon, je verrai ça plus tard. Et Cthulhu ? On en est où ?

— Toujours difficile de se décider. Se prononcer contre sa résurrection paraît être une évidence. Mais plus j'étudie mes sources et plus je les compare aux écrits de Lovecraft, plus ce dernier me paraît n'avoir saisi qu'une seule facette de cette entité : l'horreur qu'elle instille à la race humaine. Le pouvoir de destruction que Lovecraft lui confère, même s'il est réel, est aussi un pouvoir de purification. Lovecraft n'a pas saisi la portée cosmique et post-cosmique des événements qui vont arriver. Je ne lui reproche pas. Nous sommes des hommes. Les secrets des espaces-temps et de l'Ailleurs ne sont pas aisément accessibles à nos consciences limitées, si tant est qu'ils puissent vraiment l'être.

— Donc, nous restons, nous aussi, indécis.

— Avec un penchant pour la destruction. Car nous sommes humains, et nous préférons détruire ce que nous ne comprenons pas. Mais je continue mes recherches.

— L'indécision me va. Tant qu'on n'invoque pas l'incertitude quantique.

Thurston fronce les sourcils. Il ne peut évidemment pas comprendre. La réponse d'Ingrid n'était destinée qu'à elle.

— Bien, reprend Thurston. Nous devons maintenant attendre que la dernière faction vous contacte.

— Et que tout le monde se décide enfin et me remette son triangle.

— Et vous remette son triangle…

L'homme souffle. Il n'en finit plus d'être étonné par l'efficacité d'Ingrid.

— À moins que vous ayez quelque chose d'autre à me révéler, je crois que c'est tout pour aujourd'hui.

— Non… Rien de certain. Quand vous aurez le pentacle, le messager vous apprendra à l'utiliser. Je pense. Je ne possède malheureusement pas toutes les données…

— Parfait… Une dernière chose.

— Oui.

— Pas de caviar aujourd'hui ?

Thurston hoche fébrilement la tête et ouvre son sac pour en sortir deux pots et une liasse de billets.

— Vos déplacements ont dû entraîner des frais supplémentaires.

Ingrid va pour lui répondre que non, ces séjours désorganisés ont été payés par les cinglés qui l'avaient invitée, mais elle se contente de récupérer la liasse. Faire des réserves de caviar c'est bien. Mais il faut aussi être prévoyante.

Elle se lève et quitte la clairière.

Quelques minutes plus tard, alors qu'elle remonte une allée qui doit la mener hors du bois, elle sent la fatigue la gagner. Une fatigue lourde, subite. D'une intensité exceptionnelle. Elle se dit que c'est normal, c'est la tension qui redescend. Après le week-end marathon, ses hallucinations, sa mission d'exploration chez les évangélistes et la détermination nouvelle qui l'a boostée ces dernières heures, elle a dû griller un nombre incalculable de calories. Il va falloir qu'elle se calme, c'est une évidence. Elle est prise d'un doux vertige, commence à zigzaguer, à tituber, et finit par s'écrouler sur un banc. Elle a l'impression de se liquéfier. D'un geste quasi automatique, elle sort son portable, appelle Lisa, qui répond à la deuxième sonnerie.

— Je crois que j'ai trop tiré sur la corde, là… Je suis finie… J'ai vu des homards de l'espace…

— Tu es où ?

— Sur un banc… Dans le bois de Vincennes. Pas très loin de la Porte Dorée… En face du lac Daumesnil… Je crois…

— C'est bon, j'arrive.

Et après, le grand plongeon. Noir, ténèbres, silence.

18

Champollion

Quand elle se réveille, elle est dans le lit de Lisa. Elle a l'impression d'avoir dormi un siècle. Les yeux collés, la bouche pâteuse, elle se redresse. Lisa est dans le salon, affalée dans le canapé, les yeux rivés sur l'écran de la télé.

Ingrid s'excuse. Elle l'empêche de travailler avec ses histoires débiles. Lisa lui répond d'un sourire. Les excuses sont inutiles. Elle ne dérange pas le moins du monde.

Elle lui raconte qu'elle l'a récupérée dans le bois, allongée sur un banc. Elle a dû la soutenir pour l'emmener jusqu'au taxi. Elle marchait au radar, racontait des trucs sans queue ni tête, à peine compréhensibles. Elle s'est écroulée sur le lit et a dormi d'un sommeil calme, apaisé. Pas un mouvement, pas un mot généré par un rêve profond. Rien.

Le programme du jour est on ne peut plus simple : repos, et rien d'autre. Interdiction stricte d'aller cavaler à gauche et à droite.

Elles passent donc la journée à comater devant des films sans grand intérêt.

En début de soirée, Ingrid décline l'invitation à passer une nuit de plus. Elle ne veut pas empêcher Lisa de retourner demain aux aurores à son atelier et à ses croquis. Cette dernière lui a dit qu'elle était quasiment prête à s'attaquer à sa nouvelle toile. Elle a compilé tous les éléments, et ils sont nombreux. Il ne manque qu'une dernière étincelle pour réunir le tout, pour donner vie à l'idée, pour que l'inspiration se mue en créativité effrénée.

En rentrant chez elle, à pied pour profiter des nuits de plus en plus douces, Ingrid repense au calme des semaines précédentes. Cette période d'insouciance et de liberté qui avait suivi la fin des séances de harcèlement de Tungdal et s'était arrêtée avec la rencontre de Thurston, dont elle ne connaît toujours pas le vrai nom. Ce qui est aussi le cas pour Tungdal. Comme si les deux représentaient deux bornes identiques, mystérieuses et difficilement déchiffrables, et qu'ils entouraient une zone de douceur, l'œil du cyclone. Mais cette période est terminée et elle est dans l'ouragan.

En repensant à Tungdal et à ses excentricités, elle se rappelle des lettres. Ces lettres dont elle est persuadée qu'elles cachent un message codé.

Arrivée chez elle, elle les ressort. Elle recompte les virgules. Deux dans la première, quatre dans la seconde, cinq dans la troisième, quatre à nouveau dans la quatrième et aucune dans la dernière. Cinq lettres, cinq factions… Doit-elle considérer que chaque courrier se rapporte à une d'elles ? Et que le nombre de virgules est un indice qu'on doit associer à chacune ? À quelle faction pourrait correspondre le chiffre deux ? Quatre ? Elle n'en a aucune idée. Et même si elle le devinait, à quoi cela la mènerait-elle ?

Et puis tout à coup, alors qu'elle regarde la suite de chiffres, l'évidence lui saute aux yeux.

— C'est un code postal !

Elle allume son ordinateur, ouvre le moteur de recherche et s'apprête à taper les cinq numéros. Mais elle s'arrête avant d'avoir saisi le premier. Il y a de grandes chances que son ordinateur soit toujours surveillé par la DGSE. Et tout ce qui a un rapport avec Tungdal...

Elle se rend dans une boutique dont l'activité oscille entre vente de téléphones d'occasion, réception de colis et cybercafé. Là, elle sera tranquille. Elle tape 24540. Treize communes possèdent ce code postal. Elle clique sur une page qui les liste, lit des noms qui ne lui évoquent rien du tout puis s'arrête sur Monpazier. Celui-là, elle l'a déjà entendu. Prononcé par Tungdal, quand il planifiait des week-ends dans le sud. Elle saisit *Monpazier Tungdal* dans le moteur de recherche – on ne sait jamais... Et là, jackpot : *Tungdal, antiquaire rue Galmot, 24540 Monpazier, ouvert du mardi au dimanche de 11 h 00 à 19 h 00.*

19

L'appel du pentacle

Le lendemain à l'aube, un train l'emmène jusqu'à Bordeaux où elle loue une voiture. Trois heures plus tard, elle se retrouve devant la boutique d'antiquités.

Elle pousse la porte. Une clochette l'annonce.

Elle ne sait pas ce qu'elle vient chercher ici. Un indice laissé par Tungdal ? Peut-être qu'elle ne trouvera qu'une babiole liée à leur relation passée, qui aurait pu la convaincre de reprendre contact avec lui ? Peut-être que cet objet n'a aucun rapport avec tout le délire qu'elle vit depuis une semaine, et qu'il n'a aujourd'hui plus aucun intérêt ? Mais, dans ce cas, pourquoi tant de mystère ? Pourquoi un code ? Il aurait pu juste lui écrire le nom du village sur un papier. Peut-être l'attendait-il là avant d'aller briller de toute sa stupidité dans les eaux azuréennes du Pacifique ? Toutes ces hypothèses sont loin de la convaincre.

Elle entre dans la boutique. Une boutique d'antiquaire tout ce qu'il y a de plus classique. De vieux meubles, de vieilles lampes, une bibliothèque avec des livres d'occasion, quelques microsillons rangés dans une boîte, un présentoir avec des vieux bijoux, des tableaux assez laids, de peu de valeur, accrochés aux murs, des objets et des livres probablement plus rares classés dans des armoires dont la porte en verre est verrouillée. Rien qui attire son regard.

Un homme sort de l'arrière-boutique et vient se placer derrière le comptoir. Ce n'est pas Tungdal, même grimé. Il doit avoir une cinquantaine d'années, cheveux grisonnants, petit, sec.

— Bonjour. Je peux vous aider ?

Ingrid ne sait pas quoi lui répondre. Elle ne va pas lui annoncer qu'elle vient de traverser la France à cause d'un texte répété cinq fois et de virgules bizarrement placées.

— Je vous remercie. Je ne cherche rien de précis.

L'homme lui répond d'un sourire.

Ingrid regarde un meuble, puis un autre, parcourt les livres en essayant de repérer un titre. Cinq minutes, dix minutes. Elle s'approche du comptoir pour observer les bijoux quand elle commence à ressentir une attirance. Non pas pour les camées, les bagues, les bracelets ou les boucles d'oreilles qui y sont exposés, mais pour quelque chose qu'elle ne peut voir, et qui se trouve dans l'arrière-boutique. Un pas en avant vers le comptoir et la sensation s'amplifie. Elle sent quelque chose vibrer en elle, une chaleur intérieure, un désir qui croît. Oui, là, derrière le mur. Elle sait qu'il y a une chose qu'elle veut. Qui lui appartient.

L'homme la regarde alors qu'elle fixe le mur d'un regard habité.

— Vous allez bien ?
— Un pentacle. Je cherche un pentacle.
— Un pentacle ? Quel genre de pentacle ?
— N'importe quel genre.

L'homme hoche la tête.

— J'ai peut-être quelque chose qui y ressemble…

Il rejoint l'arrière-boutique, semble déplacer des caisses, et ressort avec une boîte carrée d'une vingtaine de centimètres de côté, marquetée de figures géométriques complexes, qu'il pose sur le comptoir. L'objet paraît ancien. Aucun pentacle n'est représenté sur le couvercle, mais Ingrid le sait. Elle est venue chercher ce que contient cette boîte.

Elle tend les deux mains, sans réfléchir, la saisit et la ramène vers elle.

— Attention, lui dit l'antiquaire. C'est une pièce de collection.

Ingrid ne l'écoute pas. Elle soulève immédiatement le couvercle pour découvrir une plaque carrée, de quatre ou cinq centimètres d'épaisseur. Elle est constituée d'une matière qui ressemble autant à du bois qu'à de la pierre. Ingrid ne pourrait se prononcer. Peut-être est-elle faite d'un peu des deux. Probablement ni de l'un ni de l'autre. Il y a bien un pentacle gravé dessus. Une simple étoile à cinq branches. Toutefois, à la place qu'occupent les cinq branches, il n'y a rien. Cinq cavités triangulaires. Seuls le pentagone central et l'extérieur du pentacle sont à niveau. Ingrid comprend sans mal que pour compléter ce pentacle il faut déposer, dans les cavités, les fameux triangles que chaque faction possède. Ainsi la figure sera complète. Il y a, autour de la forme géométrique, une succession de hiéroglyphes qui forment un cercle. Ce ne sont pas des hiéroglyphes égyptiens. C'est beaucoup plus torturé, fourni. Une écriture inconnue, elle en est certaine. Pourtant, alors qu'elle suit le cercle des yeux, il lui semble qu'elle peut lire une phrase : *L'infini congrégateur de la volonté des Dieux*. Elle fronce les sourcils, cligne des yeux. Non, il n'y a que cette succession de symboles excessivement étranges. Elle a rêvé.

Elle approche la main du centre du pentacle. Elle sent qu'il est fait pour elle – ce qui n'est pas une surprise. Mais plus encore, elle sent qu'elle le désire, plus que tout au monde, qu'elle ne pourrait lutter contre ce besoin de le toucher si elle en avait l'intention, mais elle n'en a nullement l'intention. Elle pose la main sur le centre du pentacle.

Une chaleur apaisante l'envahit. Un bien-être nouveau, une conscience de n'être plus tout à fait elle, ni autre chose non plus. Les murs de la boutique commencent à onduler, lentement, au rythme d'une houle ancestrale, puis ils se mettent à suinter une eau claire, cristalline. Elle perçoit une présence, diffuse, qui est partout sans être vraiment réelle. Puis une odeur d'humidité, dense, saline, peut-être les profondeurs de l'océan, avec en fond l'âcre parfum de la putréfaction. L'eau qui suinte des murs a perdu sa clarté. Elle est d'un vert sombre, visqueux.

Et l'odeur se transforme en puanteur. Le sol devient spongieux, mouvant, la boutique palpite, recrachant des lambeaux graisseux d'une chair révulsante. Elle pense percevoir un murmure lent, caverneux, gras. Mais c'est une impression car le seul son qu'elle entend est un grondement étouffé, très lointain. Elle est tentée de se laisser avaler, d'enfoncer la main plus profondément, mais elle sait que ce n'est pas un désir qui émane d'elle. C'est comme un appel, impérieux. Elle est persuadée que ce n'est pas la meilleure chose à faire.

D'un geste sec, elle retire sa main du pentacle. Aussitôt la réalité reprend ses droits. La boutique réapparaît, silencieuse. Seul le visage de l'antiquaire a changé. Il exprime une profonde surprise.

— Qu'est-ce qui vous arrive ?
— C'est puissant !
— Puissant ?
— Je vous le prends.

Elle ouvre son sac et s'en va pour saisir les billets qu'elle a jugé bon d'amener avec elle.

— C'est combien ?
— C'est une pièce extrêmement rare.

Unique, même, pense Ingrid. Si unique…

— Combien ?
— D'après les quelques observations que j'ai pu en faire, elle pourrait avoir plus de cinq cents ans.

Ingrid sait qu'il faudrait plutôt compter en millénaires. Mais ce n'est l'âge qui fait sa valeur.

— Et je n'arrive pas à déterminer la nature de la matière dont elle est composée. Elle…

— OK, mais vous le vendez combien ?

— Je vais dire dix mille euros, et je pense que c'est un très bon prix.

— Dix mille euros !

Ingrid n'a pas cette somme sur elle. Elle n'a emporté que deux mille euros, ce qui est déjà énorme. Il faudrait qu'elle remonte à Paris, qu'elle aille mendier auprès de Thurston puis qu'elle revienne. Elle n'en a pas le temps. Elle repartira d'ici avec le pentacle. Ce n'est pas négociable.

— Deux mille.

L'homme la dévisage. C'est un professionnel. Il a tout de suite perçu le vif intérêt d'Ingrid, cette dernière n'ayant vraiment rien fait pour le masquer.

— Non, je ne peux pas. Je crois que je préfère la faire expertiser avant.

Il ramène la boîte vers lui avec l'intention de refermer le couvercle et de la replacer dans l'arrière-boutique. Ingrid lui saisit alors la tête de ses deux mains, une contre chaque tempe. Un mouvement instinctif. Un réflexe presque. Puis elle plante son regard dans celui de l'antiquaire. Un regard d'une profondeur abyssale. L'homme se met à transpirer, à frémir. Ses yeux s'arrondissent, sa bouche tressaille. Un filet de bave en dégouline lentement. Il respire avec peine.

Ingrid ne sait pas ce qu'elle est en train de faire, mais le type ne va pas tenir comme ça bien longtemps. Elle relâche son emprise. L'antiquaire se recule précipitamment, arrêté par une étagère qui perd quelques objets lors du contact. Il reste là, figé, son regard vacillant sous l'effet d'une terrible peur.

— Prenez-la ! Partez !

Ingrid le fixe un instant, se demandant si elle peut lui dire quelques mots pour apaiser la terrible angoisse qui semble le posséder. Peut-être a-t-il vu la même chose qu'elle et qu'il n'est pas aussi résilient aux hallucinations ? Peut-être a-t-il vu, ou senti autre chose, de plus terrible, d'atrocement menaçant ?

Elle sort la liasse de billets et la dépose sur le comptoir. Alors qu'elle franchit la porte, elle se retourne une dernière fois vers lui. Il n'a pas bougé d'un pouce. La liasse de billet repose à l'endroit même où elle l'a abandonnée.

Le soir, en rentrant chez elle, elle trouve une enveloppe à bulles dans sa boîte aux lettres. Il y a un téléphone portable dedans. C'est original. Elle l'allume. Pas de code de sécurité. Deux appels cet après-midi, aucun message. Aucune idée de l'identité de celui ou de celle qui a essayé de la joindre – le numéro était masqué. Elle fourre le portable dans sa poche et s'en va déposer son butin dans son studio.

20

Il est ressuscité des abysses !

Ingrid a passé une nuit agitée, ne cessant de se réveiller pour regarder en direction du placard où elle a rangé le pentacle. Comme si elle redoutait que ce dernier s'anime, ou qu'il permette à des êtres malveillants de débarquer depuis une autre dimension. Rien de très surprenant après l'hallucination d'hier et les précédentes.

Alors qu'elle est sortie acheter du pain, une sonnerie de portable attire son attention. Pas la sienne. Pourtant, la ruelle est vide. Elle se souvient alors du téléphone trouvé la veille dans sa boîte aux lettres. Elle le sort de sa poche.

— Allô ?
— Tu es dans ton appartement ?
— Non, dans la rue.
— Parfait. Restes-y.
— …
— Tu ne me reconnais pas ?
— Bien sûr que je te reconnais ! C'est quoi ce délire de téléphone ? Et qu'est-ce qui t'est passé par la tête ?

— Le téléphone, c'est pour une question de sécurité. Pour le reste, il faut que je t'explique.

— Je ne suis pas certaine de vouloir entendre tes explications. Tu es complètement malade.

— C'est important.

— Bien sûr, comme tout le reste. Des conneries…

— Non. Tu le sais maintenant.

— Quoi ?

— Que ce n'étaient pas des conneries.

Ingrid ne répond pas. Il a raison sur ce point…

— Tu as eu des rêves ?

— Des rêves ? Pourquoi tout le monde s'inquiète de savoir si je rêve ? C'est une obsession commune ?

— C'est important. Capital même.

— Non, je n'ai pas eu de rêves !

— C'est parfait.

— J'ai eu des hallucinations…

— Ah… C'est peut-être un mauvais signe. Quand ?

— Quand j'ai touché le centre de ce que tu sais.

— Tu l'as récupéré ?!

— Oui, hier.

— Je savais que tu y arriverais ! Tout va s'accélérer maintenant.

— Tout va déjà trop vite.

— Il faut qu'on se voie.

— Je ne pense pas que ce soit une bonne idée.

— Je sais que tu m'en veux, que je n'ai pas été…

— Ce n'est pas la raison. Du moins, pas la raison première. Tu es grillé ici. Ailleurs aussi… Je ne sais pas où tu te planques, mais tu ferais mieux d'y rester. Pendant au moins vingt ans. Cent même…

— Ne t'inquiète pas pour moi, je sais être discret. Dans une heure, pile à l'endroit où on s'est rencontrés ? C'est possible.

— Une heure et demie plutôt ?

— Parfait.

Ingrid regarde le portable, un peu éberluée. Si elle s'attendait à ça…

Une heure et demie plus tard, elle est au musée du Louvre, devant la Joconde. Pas de signe de Tungdal, ce qui était un peu prévisible. Le lieu n'est pas le mieux choisi pour la discrétion. Si on peut espérer se mêler à la foule, le nombre de caméras est rédhibitoire quand on est recherché par toutes les polices du monde. Ingrid se dit que Tungdal n'est quand même pas si idiot. D'accord, il est dingue. Mais idiot, non. Et il a toujours eu une tendance à la paranoïa. Donc, elle attend.

Jusqu'à ce qu'un adolescent à l'air désinvolte entre dans la salle, observe les personnes présentes, fasse mine de s'approcher d'elle, hésite, se tourne puis revienne vers elle.

— Excusez-moi. Vous êtes Ingrid Planck ?

Ingrid acquiesce d'un bref mouvement de la tête.

— J'ai une lettre pour vous.

Il lui tend un pli, cacheté.

— Merci, répond-elle, alors que l'adolescent repart d'un pas tranquille.

Dans l'enveloppe, une feuille A4 imprimée : un plan de l'est parisien, avec une croix à l'intersection de deux allées, dans le bois de Boulogne.

Une heure plus tard environ, elle arrive au point de rendez-vous. Tungdal est là, immobile, dans un blouson léger. Pas de fausse moustache, pas de perruque. Pas même une paire de lunettes de soleil ni une capuche pour prétendre offrir un simulacre de dissimulation. Rien.

Ingrid se dit qu'il a rudement confiance en lui. Ou en l'incapacité de la DGSE.

Alors qu'elle s'arrête à un mètre de lui, il avance et tente de la prendre dans ses bras. Elle recule.

— On va éviter.
— Ce n'est pas ce que tu penses.
— Et c'est quoi ?
— Le plaisir de savoir que tu t'en tires même mieux que je ne l'avais imaginé.
— Tu avais imaginé quoi ?
— Quasiment toutes les possibilités.

Il pénètre dans les sous-bois, lui faisant signe de le suivre. Ils marchent quelques minutes, jusqu'à trouver un lieu isolé, et s'assoient sur un banc improvisé.

— Pour commencer, je voudrais te dire que je suis désolé. Il y a six mois, j'arrivais. Le voyage m'avait embrouillé l'esprit. Je ne réagissais pas très rationnellement. J'avoue avoir été séduit. Par ce que tu représentais, à savoir l'espoir de sauver l'humanité, mais surtout par toi, ta volonté, ton assurance, et aussi ton insouciance. J'aurais dû garder mes distances. Je m'en suis aperçu trop tard. En d'autres temps, en d'autres circonstances, j'aurais été moins excentrique, plus aimant, plus digne de toi.

Ingrid se retient de lever les yeux au ciel. Elle se fout de ses excuses. Elle n'a jamais eu besoin d'excuses… Ce qui est fait et fait. Il y a plus intéressant aujourd'hui.

— Tu pensais à quoi en piquant un sous-marin nucléaire ? Et d'abord, comment tu as réussi ce coup d'éclat ? Et la bombe atomique ? Il faut être vraiment malade pour faire un truc comme ça.

— Ne t'inquiète pas, là où on l'a fait exploser, il n'y avait même pas de poissons.

— Je ne pige pas.

Ingrid pige surtout qu'il est cinglé. Mais comme il a été le premier à évoquer le pentacle et son centre, et que les cinglés, c'est son lot quotidien en ce moment, elle va l'écouter. Et puis, elle aimerait savoir comment on arrive à piquer un sous-marin. L'exploit, aussi débile soit-il, appelle quelque organisation, et autant de méthode.

— Tu penses que je suis fou, et c'est normal. Je t'explique tout.

— Tout ?

— Tout.

— Commence par le début.

— Le sous-marin, j'avais de l'aide.

— Qui ?

— Des membres de l'Ordre Ésotérique de Dagon. Dont une dizaine de Profonds.

— Des Profonds ? C'est quoi exactement ?

— Des êtres amphibies. Les enfants de Dagon. Tu as déjà dû en entendre parler.

— Ben voyons. Et le tir de missile, je suppose que c'était une tentative de réduire Cthulhu en bouillie de tentacules ?

— Non. Il est trop bien protégé. Et quand bien même, il n'aurait pas été détruit. Sévèrement désolidarisé, mais il aurait retrouvé sa consistance très rapidement.

— Alors ?

— Le missile a touché de plein fouet les murs de R'lyeh, sa prison sous-marine.

— Dans le livre de Lovecraft, ce n'est pas une prison, c'est sa cité.

— Non, c'est bien une prison. Le but était de brouiller les transmissions. Cthulhu communique vers les récepteurs hypersensibles par hypno-suggestions ou visions oniriques. Les radiations sont un excellent moyen pour brouiller ce genre de signaux. Tu vas me dire que la méthode est un peu radicale. Certes, mais c'est la plus efficace. On a un peu bousillé le fond marin, il s'en remettra. Entre lui et l'humanité, je crois que le choix est raisonnable. Bref, c'était une bonne manière de s'assurer qu'il ne pouvait plus avoir aucune prise sur toi. Et ce même si tout avait déjà été mis en œuvre pour que ta réceptivité soit minimale. Tout ce qui peut l'empêcher de te harceler doit absolument être réalisé.

— Ah, merci… C'est vrai que niveau harcèlement, tu en connais un rayon.

— Ça n'a rien à voir…

Très joli tout ça, se dit Ingrid. Il y a quelques semaines, elle aurait décoché un soufflet à Tungdal, pour lui apprendre à se payer sa tronche après ce qu'il lui avait fait subir. Mais aujourd'hui, tout est différent. Elle a envie d'y croire, à cette histoire. Parce que Cthulhu et consort, elle commence à se dire que, peut-être, ce n'est pas uniquement une fiction ou les délires de bandes d'allumés. Surtout suite à son expérience dans la boutique de l'antiquaire. Et aux hallucinations précédentes qui n'en étaient peut-être pas...

— Et tu as planqué le pentacle pour que je le retrouve, des fois que ton expédition tourne au vinaigre ?

— Voilà.

— C'est toi le messager ?

Tungdal se met à pouffer. Elle ne voit pas ce qu'il y a de drôle dans ce qu'elle vient d'avancer, à moins que le diacre lui ait raconté n'importe quoi. Mais elle est prête à parier que le jeune homme et le mensonge n'empruntent jamais les mêmes sentiers.

— Mais, non. Le messager était un shoggoth. Le dernier shoggoth.

— Ah... Alors pourquoi étais-tu en possession du pentacle ?

— Parce que je lui ai volé. Quand il est entré dans notre sphère physique, peu après notre... séparation. Je ne vais pas t'expliquer comment, c'est compliqué. Et ça n'a aucun intérêt. Disons que je lui ai embrumé l'esprit. Je connais des moyens.

Ingrid acquiesce. Quand on peut voler un sous-marin au nez et à la barbe de la Marine nationale, on peut voler un pentacle à un shoggoth, cela va de soi.

— Et je suppose que ceux qui t'ont aidé à piquer le sous-marin sont des membres de la partie dissidente de l'ordre ?

— Tout à fait. Les adorateurs de Dagon entretiennent depuis toujours des liens assez étroits avec le culte de Cthulhu. Mais il existe une division au sein de l'Ordre. Certains reprochent à l'organisation de porter trop d'importance à Cthulhu, et de ce fait d'amoindrir l'influence de Dagon. Il y a un schisme qui se dessine actuellement. Pour le canal historique, Cthulhu est un être bénéfique. Qui certes ravagera la Terre, mais pour le bien l'humanité, ou plutôt de leur humanité car ils sont, pour la grande majorité, des hybrides hommes-Profonds. La faction dissidente, elle, prêche pour un retour à l'adoration de Dagon, uniquement. Pour eux, se débarrasser de Cthulhu est une opportunité. J'ai, depuis des mois, entretenu des rapports avec cette dissidence, en essayant par tous les moyens de l'aider à s'imposer dans l'Ordre.

— Et dans les autres factions, il existe aussi des dissidences ?

— Non. Elles n'ont qu'une seule ligne de pensée. Qu'elles ont toutes dû te transmettre.

— Les trois autres que j'ai rencontrées sont indécises.

— Elles ne le sont pas. Elles ne l'ont jamais été. Les suivants d'Azathoth sont pour sa destruction, comme ceux de Shub-Niggurath. Et ceux de Yog-Sothoth et de Nyarlathotep sont pour sa résurrection.

Hum, se dit Ingrid. Tungdal est sacrément bien renseigné. Et il ne joue pas au petit jeu de la rétention d'information. Ça la change.

— Je n'ai pas encore rencontré ces derniers.
— Ils se sont faits discrets ces derniers siècles.
— Comment tu sais tout ça ?
— J'ai enquêté. Longtemps.

Amusant, se dit-elle, je suis épaulée par deux enquêteurs hors pair. J'attire aussi les détectives privés.

— Sinon, les rêves, c'est quoi ce délire ? Pourquoi tout le monde veut absolument savoir si je fais des rêves étranges ?
— Parce que c'est primordial. C'est comme ça qu'il communique.
— Qui, il ? Cthulhu ?
— Oui, Cthulhu.

Elle aurait pu le déduire. C'est mentionné dans le livre de Lovecraft. À part que les rêves décrits sont difficilement supportables pour l'esprit humain. Ils relèvent du cauchemar le plus pur, le plus brut, puisent dans les limites de l'entendement et de l'abomination imaginative. Elle n'a jamais fait de cauchemars. Juste des rêves bizarres.

— Je n'ai jamais rêvé de Cthulhu, ni de mondes lointains, ni de créatures abjectes et repoussantes.

— C'est parce que je t'ai protégée.
— Ô Tungdal, mon sauveur…
— Ne plaisante pas avec ça.
— Et pourquoi me protéger ? À part pour m'éviter des nuits de cauchemars ?
— Cthulhu ne fait pas qu'essayer de communiquer. Tu l'as peut-être compris : si tu es le centre le Centre du pentacle, Cthulhu l'est autant que toi.

Non, elle ne l'avait pas compris jusqu'à présent. Mais ces simples mots réveillent en elle une évidence – peut-être encore une de ces choses que Thurston avait appelées des fulgurances. Le pentacle devient soudain lisible. Un centre, ou prison, et cinq branches, une pour chacun des cinq gardiens. Un triangle par faction et Cthulhu au milieu. Cthulhu et elle aussi. Sa suivante ? Non, ce n'est pas ça. Une dualité plus profonde. Et elle se souvient de ce qu'on lui a répété plusieurs fois à propos de la perte de son libre arbitre, et que personne n'a jamais souhaité lui expliquer.

— Cthulhu ne fait pas qu'essayer de communiquer. Il essaye de me contrôler… C'est ça ?
— C'est pire encore. Le centre du pentacle physique n'est qu'un réceptacle. Le but est de t'assimiler. Que tu deviennes une extension de Cthulhu, qui pourra s'adresser au monde, interagir.
— Du coup, fini le libre arbitre. Au revoir Ingrid, absorbée, digérée, radiée de la face de sa cervelle. Plus de conscience, plus rien.
— Exactement.

— Les adorateurs de la Mélopée viennoise espèrent que je pourrai conserver assez de volonté pour m'opposer à la décision de la Bête immonde. Pourquoi ?

— Parce qu'en tant que Centre du pentacle, tu possèdes une voix dans le vote final. Normalement, cette voix va à la résurrection, puisque c'est celle de Cthulhu. Mais ils sont de fins observateurs de l'âme humaine. Ils ont beau être excentriques, ne rien comprendre à la puissance d'Azathoth et aux mélodies dégénérées des flûtistes informes, ils ont bien remarqué que l'emprise de Cthulhu n'était pas aussi affirmée chez toi qu'elle devrait être.

— Et les migraines, les fulgurances ? Ça a aussi un rapport avec Cthulhu ?

— Les fulgurances, oui. Les communications ont beau ne pas passer, le lien existe. Il n'y a là aucune intentionnalité, aucun échange délibéré. La partie de ton esprit qui est très légèrement en contact avec Cthulhu crée des ponts. Des rapprochements se font, mais ni toi ni lui n'en avez le contrôle. Pour les migraines, je ne suis pas certain. Mais je pense qu'elles arrivent quand il tente un passage en force. Le blocage est douloureux. J'avais procédé à un rituel pour renforcer tes défenses. Tu sais, la nuit juste avant que tu me foutes à la porte.

— Ah… C'était donc ça… C'est donc grâce à toi si j'évite de finir comme une larve dans un corps possédé par un dieu cosmique pustuleux.

— Oui. Et parce que tu n'as aucune prédisposition à l'hypersensibilité psychique.

Ça, c'est une certitude, se dit Ingrid, qui est convaincue de n'avoir jamais eu aucune prédisposition pour ce genre de niaiseries New Age.

— J'ai une question, concernant Cthulhu, maintenant que je commence à cerner le schéma général.

— Je t'écoute.

— Qu'est-ce qu'il y fout dans sa prison ? Je veux dire, à part être prisonnier. Il y est pourquoi ?

— Ce n'est pas très clair. Mais apparemment, il aurait été jugé par les cinq autres dieux. Pour n'avoir pas respecté l'ordre cosmique. Ou pour avoir rompu un pacte. Ou quelque chose dans le genre, incompréhensible pour nous humains.

— Ah, je pensais que c'était pour le punir de vouloir réduire la Terre en confetti.

— Il doit y avoir de ça, en partie.

— Du coup, dès qu'il est libéré, il remet le couvert ?

— Si le Jugement avalise sa libération, il avalise aussi les projets qu'il avait pour l'humanité.

— Sympa… Et les autres Dieux, ils sont aussi planqués sur Terre ?

— Non, ils n'y sont jamais venus. Des rémanences diffuses d'eux ont été présentes afin d'assurer leur rôle de gardien, mais elles ont disparu récemment. Seul Nyarlathotep a, en de rares occasions, visité notre monde. Je ne sais pas s'il a une affinité plus spécifique avec l'humanité, s'il aime s'amuser avec nous ou s'il prenait plus à cœur son rôle de gardien. Je le soupçonne d'avoir eu quelques responsabilités dans le projet de Cthulhu d'asservir l'humanité. D'où son envie de le voir libre à nouveau. Mais tout cela est très flou. Ces entités n'ont pas les mêmes fonctionnements que nous. Elles sont si étranges, si différentes. Et j'avoue ne pas comprendre pourquoi leurs rémanences ont quitté la Terre. Elles ont laissé à leurs adeptes la responsabilité du Jugement, ce qui est paradoxal en un sens. Ce sont les hommes, au nom de concepts et de dieux qu'ils comprennent à peine, qui vont juger du sort de l'humanité, sans être conscients de l'importance de l'acte qu'ils s'apprêtent à commettre et de ses conséquences. Soit ces entités cosmiques se moquent complètement de l'issue du Jugement, soit elles sont très joueuses.

Ingrid ne répond pas. Si effectivement le Jugement dont on lui parle va décider de la survie de l'humanité, il est inquiétant d'apprendre que le verdict a été confié à une brochette de demeurés dont la principale ambition est de transformer Terre et humanité en un terrain de jeu pour leurs lubies cosmiques délirantes.

— Il faut maintenant attendre que la cinquième faction te contacte, reprend Tungdal. C'est un peu pour la forme, puisqu'elle ne t'apprendra pas grand-chose.

— Et ensuite récupérer les triangles.

— Ce qui ne va pas être facile. Il va falloir faire preuve d'habileté.

— Je ne comprends pas. Les factions n'attendent pas ce moment depuis des siècles ?

— Justement. C'est la raison pour laquelle elles veulent s'assurer que la décision finale va dans leur sens.

— On les manipule, on leur raconte n'importe quoi…

— Je ne pense pas que ce soit une bonne idée. Si tu essayes de les manipuler et qu'elles s'en aperçoivent, tu perdras tout crédit auprès d'elles.

— On s'en fout un peu, non ?

— N'oublie pas qu'elles doivent te remettre leur triangle…

— Hum… De toute façon, si j'ai bien compris, trois voix vont à l'existence et deux au néant. On est donc foutus si tu n'arrives pas à convaincre les adorateurs de Dagon.

— Tu oublies ta voix. Ou plutôt celle qui aurait dû être celle de Cthulhu.

— Et qui va être ?

— Qui va être ? À ton avis ? Sauver l'humanité, ce n'est pas une bonne idée ?

— Certes… Mais même avec ma voix, ça nous fait trois contre trois… Il se passe quoi alors ?

— Le Jugement s'annule.

— Et ?

— Il est reporté à la prochaine concordance cosmique. Soit plusieurs milliers d'années. Et je ne serai pas là pour manœuvrer en coulisses. Le verdict risque alors d'être moins serré.

— Et l'humanité, si elle existe encore, de tomber sous le joug psychique de la Bête à tentacules immonde et de lui servir d'amuse-gueule.

— Voilà. Mais nous allons tout mettre en œuvre pour...

Tungdal s'arrête subitement de parler, intime d'un *chut* à Ingrid de garder le silence, ferme les yeux, le front plissé par la concentration...

— Il y a des flics à moins de cinq cents mètres.
— Ils t'ont repéré ?
— Non, non. Mais on va écourter la discussion. On se reverra plus tard.

Sacrément mystique, le Tungdal, se dit Ingrid en quittant seule le bois.

21

Au feu les pompiers

Journée instructive, se dit Ingrid en rentrant chez elle. Elle va passer chez Lisa pour la tenir au courant de l'évolution de la fin du monde. Elle en a fait la promesse. Ça rassure sa copine, qu'elle soupçonne de se passionner pour ces délires extravagants. Elle ne va pas lui reprocher, vu qu'elle en a personnellement fait sa vie cette dernière semaine. Toutefois, elle n'aura pas l'occasion de retrouver Lisa. Vers vingt heures, le téléphone qui n'est pas à elle sonne. Un SMS.

Regarde le journal télévisé

Ingrid, n'ayant pas de télévision, et préférant ne pas utiliser Internet pour des raisons évidentes, descend dans un café dont les écrans tournent en boucle sur une chaîne d'information en continu. Elle s'attend à y découvrir Tungdal menotté, escorté par des hommes en gilet pare-balles, mitraillette à la main, puis balancé sans ménagement dans un fourgon blindé. Mais non, le voleur de sous-marin n'a pas été appréhendé. L'affaire n'a d'ailleurs toujours pas été rendue publique. Le gouvernement ne doit pas trépigner d'impatience à la perspective de révéler les mésaventures de la Marine nationale.

Des images d'un immeuble en flammes à Paris. Et alors ?

Et puis elle comprend. C'est l'hôtel particulier, près de Bastille, qui abrite l'antenne française de l'*American Dagon Scuba Diving Society*.

Elle suit le journal pendant une heure, et finit par conclure que son avis sur la télévision n'a pas besoin d'être réévalué : l'information continue est toujours aussi peu informative.

Elle décide de se rendre sur le lieu de l'incendie, qui n'est qu'à quelques stations de métro. Sur place, impossible d'approcher. Un cordon de police repousse les badauds tandis que, derrière, les ruines fumantes de l'hôtel particulier continuent à être arrosées par les lances des pompiers.

Elle se poste de l'autre côté du canal d'où la vue est excellente. Mais il n'y a rien à voir. Que de la fumée, des structures fondues et un amoncellement de gravats noirâtres.

Elle se demande ce qui a pu se passer. Un accident ? C'est peu probable. Une attaque de la partie dissidente des amis de Dagon ? Sûrement. En tout cas, cela ne présage rien de bon.

Elle reste plus d'une heure à regarder le va-et-vient des véhicules de pompiers. Seule chose rassurante : pas d'ambulances. Il n'y a pas eu de victimes. Ou alors, elles ont si bien brûlé qu'il n'en reste que des cendres. Ce n'est pas qu'elle ait une affinité particulière avec les adorateurs du dieu-poisson mais, jusqu'alors, toute cette histoire lui était apparue comme un jeu. Même la vision insupportable qu'elle avait eue dans la boutique de l'antiquaire. Même l'accueil déplorable des adeptes misogynes de l'Église Évangélique Quantique. Si on se met à s'entre-tuer, elle n'est pas sûre de vouloir participer plus longtemps au grand n'importe quoi cosmique.

Il est minuit quand elle s'apprête à partir. Elle remonte doucement le canal Saint-Martin lorsqu'elle a l'impression d'entendre un bouillonnement aquatique, suivi de quelques clapotis. Et l'odeur qui lui parvient aux narines la minute suivante est éloquente. Elle se rappelle que l'homme qui l'avait accueillie lors de sa visite au siège de l'*American Dagon Scuba Diving Society* lui avait parlé de correspondance avec le canal, par le fond de la piscine. Elle descend sur les berges, fixe les flots noirs et paisibles du canal. Non, rien. Elle a dû imaginer l'odeur. Pour le reste ce devait être des remous provoqués par une sortie d'égout. Alors qu'elle se retourne, elle entrevoit dans la pénombre une forme massive qui fonce vers elle. Elle a à peine le temps d'apercevoir le visage horrible de la créature qu'elle est saisie à bras le corps et entraînée violemment dans les flots. Elle tente de se débattre d'abord, ce qui ne sert à rien : elle est ceinturée, les bras immobilisés le long du corps, emportée vers les profondeurs vaseuses du canal. Rapidement, elle sent la crise de panique approcher. Elle doit respirer, tout de suite ! Elle lutte pour ne pas ouvrir grand la bouche, elle sait qu'il n'y a que l'eau sale du canal ici, mais elle a besoin d'air, désespérément, ses poumons se contractent à la recherche d'une dernière molécule d'oxygène, sa poitrine tressaute, son cœur tambourine à ses tempes, elle sent l'étourdissement l'emporter, elle commence à partir, elle ne sait plus comment lutter, c'est la fin, elle va ouvrir grand la bouche en désespoir de cause et se noyer et tout sera fini une bonne fois pour toutes.

Elle émerge soudain dans une grotte, lâche un râle inconvenant en happant le plus d'air possible, un air nauséabond, lourd, chargé de miasmes mais qu'importe, l'air c'est de l'air. On la hisse sur un semblant de quai au dallage noir de moisissure, ou de crasse. Elle reste agenouillée là à haleter pendant une minute ou deux, trempée, dégoulinante, jusqu'à prendre conscience qu'elle grelotte et qu'une dizaine de visages sont tournés vers elle. Une dizaine de visages et deux faces monstrueuses de poisson anthropomorphe, dont l'une appartient assurément à son ravisseur.

— Ça y est, vous avez repris vos esprits ?

Ingrid se lève, chasse l'eau de son torse, de ses bras et de ses cheveux comme on s'époussetterait après s'être roulé dans la cendre.

— Mais vous êtes complètement malades ! J'ai failli me noyer !

L'homme qui s'est adressé à elle, qu'elle reconnaît maintenant comme étant son interlocuteur privilégié de l'ex-division parisienne des adorateurs de Dagon, secoue la tête. Comme s'il jugeait avec consternation la qualité exécrable des performances sous-marines d'Ingrid.

— Non, ce n'était pas le but.
— Et le but, c'était quoi ?
— Nous avons à parler.

Ingrid soupire. Elle pourrait lui répondre qu'il existe des moyens plus classiques, plus courtois, pour convenir d'un rendez-vous. Toutefois, les circonstances peuvent expliquer leur manque d'étiquette. Elle se contente de suivre la petite procession qui passe sous une arche pour arriver dans une salle moins humide et éclairée par des ampoules.

— Nous avons été attaqués, comme vous avez pu le constater.

— Vous êtes certains que ce n'était pas un accident ?

— Nous sommes certains. Une quantité importante d'un liquide hautement inflammable a été déversée sur le toit. Ensuite, on y a mis le feu.

Ingrid regarde autour d'elle. L'amicale des plongeurs de la Nouvelle-Angleterre a été réduite à dix membres plus deux abominations qui bavent une mousse verdâtre en produisant d'indicibles ronflements avec leurs ouïes.

— Les autres sont… Ils n'ont pas pu s'échapper du bâtiment à temps ?

— Si, si. Heureusement, nous étions tous dans la salle de réception pour une célébration. Dès que le bâtiment s'est embrasé, nous avons plongé dans la piscine. Tous. Les autres sont déjà en route pour Innsmouth. L'antenne parisienne n'existe plus.

Ingrid ne peut s'empêcher de lâcher un long soupir de soulagement. Pas de morts, c'est un moindre mal. Sa réaction ne passe pas inaperçue.

— Vote compassion nous touche. Nous sommes fortement commotionnés. Toute manifestation de sympathie est hautement appréciée.

Effectivement, se dit Ingrid, ils ont l'air d'accuser le coup, ils ont une mine déconfite. Quel contraste avec l'air radieux et la motivation qu'ils affichaient lors de leur précédente rencontre. Il faut croire qu'ils sont d'une extrême sensibilité. Ce qui est étrange, parce que leurs affinités avec les poissons ne pouvaient que laisser présumer le contraire. Le monde est bizarrement fait, parfois…

— Si je peux aider…

— Peut-être. Nous avons été touchés durement. Déjà l'attaque en elle-même. Et puis, le symbole derrière cette violence. Mais ce qui nous désoblige le plus, c'est ça !

Il lui tend une feuille cartonnée, un peu plus grande qu'une carte postale.

Cthulhu doit revivre. Votre aveuglement mènera le monde à sa perte.

— Je ne comprends pas vraiment…

— Le message est clair. On nous accuse de soutenir la destruction éternelle du Maître Squameux des Profonds Abysses. Vous ne pouvez savoir à quel point nous sommes touchés dans notre orgueil. Qui se permet de croire que nous souhaitons la destruction de Cthulhu ? Je sais que nous vous avions annoncé être indécis lors de notre rencontre. Mais nous ne l'étions nullement. Nous jouions seulement la carte de la diplomatie, afin d'en révéler le moins tout en essayant d'en apprendre le plus.

Voilà qui est effectivement fort étrange, se dit Ingrid. Elle avait cru à une opération de la dissidence dagonesque. Mais la teneur du message laisse à penser que c'est une des factions pro-Cthulhu, trompée par la petite incartade sous-marine de la partie sécessionniste, qui serait passée à l'action. L'Église Évangélique Quantique ou les insaisissables adorateurs de Nyarlathotep, si l'on en croit les pronostics de Tungdal pour cette dernière. Ou alors, la dissidence brouille les pistes…

— Vous savez quelque chose ?

— À propos de cet attentat ? répond Ingrid. Non. J'ai découvert l'incendie en regardant une chaîne de télé. Je ne sais vraiment rien.

— Hum… C'est fâcheux. Ça ne nous avance pas beaucoup.

Elle va se retenir de faire des suggestions. Les dissidents, il doit être au courant. Et s'il ne l'est pas… Pas le moment de provoquer un conflit interne. Et elle ne va pas leur balancer le nom des deux autres factions suspectes alors qu'elle n'a pas la moindre preuve… Ce serait le meilleur moyen de déclencher une guerre qui se généraliserait rapidement.

— Tout ce que je peux vous révéler, c'est que les autres factions ont déclaré être indécises. Bien que je les soupçonne d'avoir adopté la même stratégie diplomatique que vous.

— Oui… C'est malin…

— Mais si j'apprends quelque chose, je vous contacte. Vous repartez vers Innsmouth, vous aussi ?

— Non. Nous avons une base sous-marine au Havre. Nous allons préparer, avec les Profonds qui nous rejoindront d'ici peu, une riposte mémorable. Le temps d'identifier le responsable de cet acte infâme. Et je peux vous dire que les fils de pute qui ont cramé notre antenne parisienne vont sentir la douce caresse des écailles aiguisées sur leur chair préalablement écorchée.

Hum… pense Ingrid. Fini le temps de la déprime. Les voilà maintenant à deux doigts de mettre le monde à feu et à sang. Ils sont d'humeur changeante. Évoquer une affinité avec les poissons était une erreur. C'est du vent sur l'océan et des courants marins qu'ils tiennent leur inconstance. Il n'y a d'ailleurs jamais eu d'expression du genre : versatile comme un merlan.

La réunion improvisée touchant à son terme, on lui annonce qu'on va la ramener à la *surface*. Et qu'on la recontactera d'ici peu, dès qu'on aura tiré cette affaire au clair. Elle fait donc le chemin inverse, toujours dans les bras de l'horrible créature fétide, mais le voyage retour est presque une formalité. C'est vrai que, cette fois, elle a eu le temps de remplir ses poumons à fond. Et qu'elle sait ce qui l'attend.

Après avoir été jetée sans douceur sur le quai par son compagnon de voyage qui a aussitôt replongé dans les eaux sombres, elle remonte vers la rue en pestant, ruisselant d'une eau croupie et malodorante. Elle se secoue quelques minutes avec l'espoir d'évacuer assez d'eau pour arrêter de grelotter et paraître un peu moins détrempée. Puis, elle tente de héler un taxi. Mais son allure de pouilleuse dégoulinant d'eau sale et de vase la disqualifie d'entrée.

Elle rentre à pied en maudissant les adorateurs du dieu-poisson. Un simple coup de téléphone, un rendez-vous n'importe où au sec, ce n'était pas compliqué…

22

Ingrid non euclidienne

Elle fait un nouveau rêve cette nuit-là.

Elle est enchaînée à une chaise inconfortable. Devant elle, une montagne d'enveloppes fermées qu'elle ouvre inlassablement. Dans chacune d'elles, il y a une feuille vierge. Elle répète le même geste indéfiniment, sans pause. Elle a la conviction qu'elle ne sera libérée de cette épreuve que lorsqu'elle lira le message qui devrait être inscrit sur les feuilles mais qui n'existe pas. Et le rêve continue, sans variation, longtemps, comme s'il devait durer jusqu'à la fin des temps. Si cette histoire de communication via les rêves est véridique, il doit y avoir une déité cosmique qui pète un câble à l'autre bout de la ligne…

Après s'être réveillée bien après l'aurore, elle prend son petit déjeuner, s'habille.

Dehors, le soleil est radieux. Elle a trois choix.

1. Sortir et se balader en profitant de la température clémente, en évitant les bords de Seine, le canal Saint-Martin, le bois de Vincennes et le bois de Boulogne.

2. Contacter Tungdal pour faire un point sur la situation.

3. Se rendre à son rendez-vous avec le pseudo-Thurston, qui ne lui apprendra rien de nouveau, et qui la bombardera de questions comme d'habitude.

Le choix numéro 1 a nettement sa préférence, mais c'est Tungdal qui décide pour elle vers onze heures, d'un simple SMS.

Rendez-vous dans une heure, même endroit.

Elle traverse donc Paris et retrouve son voleur de sous-marin préféré sous la fraîcheur d'un marronnier en fleurs.

Il lui confirme que la partie de l'Ordre Ésotérique de Dagon qui a fait sécession n'est aucunement impliquée dans l'incendie d'hier soir. Ça ne sert pas leurs intérêts. À part mettre les membres de l'Ordre à cran, il n'y a rien à attendre de ce genre d'action. Ingrid et lui conviennent que les responsables de l'agression ne peuvent qu'être des adeptes d'une des quatre autres factions. L'attaque étant venue du ciel, les présomptions d'Ingrid se portent sur l'Église Évangéliste Quantique : les homards extra-terrestres volants font de parfaits suspects. Tungdal veut bien la croire, bien que ce soit maigre comme indice.

— Je vais redoubler d'efforts pour faire progresser la solution diplomatique. Et si la diplomatie ne fonctionne pas, nous trouverons plus coercitif. Le sort de l'humanité est en jeu, la dissidence et moi n'allons pas nous limiter aux discussions polies autour d'une tasse de thé. De ton côté, il faut que tu te fasses remettre les cinq triangles. Sans oublier que je dois m'occuper de récupérer la formule.

— La formule ?

Voilà quelque chose de nouveau, se dit Ingrid. Comme si le pentacle et toutes les complications afférentes ne suffisaient pas.

— La formule d'activation du pentacle. Une fois les cinq triangles récupérés, elle sera nécessaire pour entériner le Jugement. Elle figure dans le Livre des Ruines – le redoutable *Libraxas ruynixis*. Personne ne t'a parlé de ce livre ?

— Non. Ou peut-être que si. Et que j'ai confondu avec un autre. C'est sans importance. On le trouve où ce Livre des Ruines ?

— On ne le trouve pas. Du moins pas sur Terre. Le messager possédait l'unique exemplaire...

— Et...

— Et je ne pouvais pas dérober et le pentacle, et le livre.

— Faut que j'attende le messager, alors.

— Il ne viendra pas...

— Pourquoi ? Ce n'est pas sa mission ?

— Si. Mais il a compris, depuis mon petit coup d'éclat, que tu n'avais pas les réactions que devrait avoir le réceptacle, et que ton verdict risquait fort d'être motivé par tes propres convictions, et non par celles de Cthulhu. Ce qu'il aurait d'ailleurs découvert au moment même où il t'aurait rencontrée.

— C'est pour ça que tu as piqué le pentacle !

— C'est pour ça que j'ai piqué le pentacle.

— Bravo...

— Il va falloir, dès maintenant, lancer la troisième phase de l'opération. Je pensais que nous aurions un peu plus de temps… Tu vas faire un rêve ce soir. Surtout, ne le combats pas. Laisse-toi guider. N'essaye pas d'influer sur le déroulement des événements.

— OK. Et il va se passer quoi ?

— Si ça fonctionne, nous n'aurons pas besoin du Livre.

— Et sinon ?

— Sinon… Il faudra que je parte à la chasse au shoggoth…

OK, se dit Ingrid. Voilà autre chose. Est-ce qu'elle doit tout accepter, sans jamais invoquer l'arbitrage de la rationalité ? Est-ce qu'elle doit continuer à se laisser porter par l'étrangeté, sachant qu'à mesure que les jours passent, elle est de plus en plus convaincue qu'elle a été entraînée dans une histoire où le surnaturel n'est pas une création de l'esprit ? Trop d'indices la confortent dans l'idée que les factions sont la façade d'un mystère bien réel. Elle soupire. Oui, elle veut y croire. C'est peut-être idiot, mais elle sent qu'elle ne fait pas fausse route.

— D'accord. Je ferai ça.

— Merci.

Ingrid marque un temps d'arrêt, le front plissé.

— J'ai une autre question. Il y a une chose qui me tracasse. Un pentacle, ça peut avoir un axe, dans une troisième dimension ? Dans le sens de la hauteur, et qui passerait par son centre ?

Tungdal fixe Ingrid d'un air surpris.

— Euh… Ce ne serait plus un pentacle…
— Et dans un espace corrompu non euclidien ?
— Dans un espace corrompu non euclidien ? Je ne sais pas trop ce que tu veux dire. Mais dans un espace seulement non euclidien, pourquoi pas. Tout est possible. Ton pentacle peut même n'avoir aucun côté, ou être torique… Pourquoi cette question ?
— Je vois quelqu'un d'autre.

Ingrid va faire confiance à Tungdal, une chose sur laquelle elle n'aurait pas parié une crotte de souris séchée il y a quinze jours. Contrairement à Thurston et autres illuminés, il a joué la carte de la franchise. D'entrée de jeu. Sans même qu'elle ait à le lui demander.

Elle lui raconte sa rencontre avec le pseudo Thurston dans le métro parisien. Elle lui résume leurs rendez-vous, ce qui a été échangé, sans rien omettre. Puis elle revient à son histoire d'axe imaginaire. Dans sa géométrie inédite, lui, Tungdal, est une des extrémités de cet axe. Thurston est l'autre. Les deux agissent comme des guides, des mentors presque. Une symétrie, bien qu'elle puisse les considérer aussi comme des opposés, puisqu'elle doit lutter pour extirper des informations à Thurston alors que Tungdal les lui délivre spontanément. Bref, deux points qui réunissent une ligne dont le milieu est le Centre du pentacle. Donc elle… Géométrie mise à part, elle trouve Thurston étrange. Pas dangereux, pas menaçant. Étrange. Et un peu incommodant.

Tungdal réfléchit. Il ne voit pas où ce type s'inscrirait dans le schéma général du Jugement. Il y a Cthulhu, central, tout comme le Centre du pentacle. En rayonnent les cinq gardiens, représentés par les cinq triangles et les cinq factions. C'est tout.

— Si l'on raisonne de cette manière, lui répond Ingrid, tu n'es pas toi non plus dans le schéma.

— C'est exact. Je suis hors du schéma. Je suis là pour influer sur le cours des choses, tordre l'indéfectible barre du destin. Je suis l'élément étranger, perturbateur.

— Il pourrait aussi être là pour ça.

— Je ne vois pas quelle influence il aurait eue. À part sur toi, mais tu ne sembles pas être très à l'écoute de son discours. Mais je vais vérifier.

Tungdal suivra Thurston après le prochain rendez-vous dans le bois de Vincennes. Ingrid n'a pas à s'inquiéter, il sait se rendre discret, très discret – elle veut bien le croire : toutes les polices le traquent depuis des mois et il passe en permanence sous leur radar. Plus tard, il ira fouiller l'appartement ou la maison où il vit. S'il y a des choses à découvrir, il les découvrira.

Ingrid retrouve Lisa en début de soirée. Elle en profite pour déposer le pentacle dans son coffre-fort, ce qui évitera que quelqu'un vienne le piquer dans son appartement – on n'est jamais trop prudent.

C'est samedi soir. Elles ont toutes les deux eu une semaine excessivement chargée, l'heure est à l'insouciance. Projet pour la soirée : se mettre le compte dans un bar, à coups de mojitos et de planteurs, et laisser le monde extérieur s'écrouler si c'est son souhait.

Dans l'atelier, une très grande toile a été montée sur un châssis. C'est un signe. Le signe. Lisa a terminé sa longue période de maturation. Fini les croquis, les esquisses, les essais de couleur, les longues marches pour essayer de démêler les milliers d'idées qui fourmillent et s'emmêlent dans sa tête. Elle est prête à attaquer sa sixième toile. Dès demain, si elle ne se réveille pas avec une gueule de bois trop intense. Lundi, sinon.

Et pour célébrer sa victoire, Lisa annonce d'un ton triomphateur l'orientation générale qu'elle a souhaité donner à l'œuvre, après tant d'hésitation.

— La mort !
— La mort, répète Ingrid avant de s'écrouler au sol, agenouillée, la tête contre les cuisses, les mains serrant ses tempes.

Un mal de crâne d'une intensité terrible vient de la saisir. Elle lutte, essaye de se détendre, de repousser la douleur, d'ignorer la tension, d'être ailleurs, d'extraire sa cervelle de sa boîte crânienne et de la déposer dans de la ouate, de la baigner dans un bain chaud parfumé au jasmin. Ce qui ne marche pas du tout.

Heureusement, quelle que soit la souffrance, l'intensité, les céphalées ne durent jamais plus de quelques minutes. Alors qu'elle commence enfin à se détendre, ne ressentant plus que l'écho des vibrations assourdissantes qui lui avaient martelé le crâne, elle se relève, laissant couler deux, trois larmes.

— Putain, Cthulhu n'a vraiment pas aimé…

Une heure plus tard, après une verveine et un bon bain, Ingrid et Lisa quittent l'atelier pour le monde des bars et de l'oubli.

Ce n'est certainement pas un amas putrescent vert vomi qui va les empêcher de se mettre minables.

23

L'horreur dans le musée

Vers midi, Ingrid sort du lit, les yeux collés et la bouche pâteuse. Pas de gueule de bois, elle n'en a jamais. Juste une sorte de nausée, qui passera progressivement dans les heures qui viennent. Un bon petit déjeuner devrait atténuer le malaise. Elle enfile son pantalon de jogging, se frotte les yeux, puis son regard s'arrête sur la table qui lui sert de bureau. L'écran de l'ordinateur n'y est plus. Il repose au sol. De même que les papiers qui y traînaient, le livre de Lovecraft et les quelques autres bouquins qu'elle n'avait pas rangés sur les trois étagères qui lui servent de bibliothèque. Sur la, table il y a…

Merde, se dit Ingrid. Qu'est-ce que ça fout là, ça ? Qui l'a posé ici ? Elle s'approche, tente de soulever la chose, c'est lourd. Elle la fait pivoter. Où est-ce qu'elle a été la chercher ? Elle ne se rappelle pas l'avoir ramenée hier soir. Elle était certes bien éméchée, mais elle n'a pas pu oublier. D'autant qu'il a fallu être deux ou trois pour la porter jusqu'ici. Non, elle se souvient d'avoir quitté Lisa un peu après deux heures, à la fermeture du bar. Elle est rentrée à pied, en titubant un peu, elle a grimpé les escaliers en sifflotant, a bu un verre d'eau, enlevé ses chaussures et son pantalon et s'est écroulée sur son lit, déjà à moitié endormie. Alors, comment ce truc est arrivé ici ? Qui a pu entrer chez elle, le déposer sur sa table sans la réveiller ? Qui…

Tout à coup, tout lui revient. Elle s'assied sur le bord du lit, la bouche grande ouverte.

— Là, ça va être ma fête…

Après s'être écroulée sur son lit, Ingrid a plongé dans un sommeil troublé. Celui qui est la suite logique d'une soirée trop arrosée. Bribes de rêves en pagaille qui s'entremêlent, qui se court-circuitent, impression de se fatiguer en dormant, envie de sortir de ces songes qui sont uniquement faits pour embrouiller l'esprit. Puis, à un moment indéfini de la nuit, le calme. Un calme total, irréel. Ingrid, pieds nus, vêtue de son T-shirt et de sa culotte, comme si elle venait de sortir de son lit, se déplace dans une salle sombre. Pas de lumière, pas un son. Pas même le bourdonnement du silence. Malgré l'obscurité dense, elle voit très bien la pièce et les tableaux qui y sont exposés. Elle a l'impression de marcher et de flotter à la fois, d'être là et d'être ailleurs. Elle avance vers un mur, comme s'il n'existait pas, se retrouve dans une grande galerie, sans avoir l'impression d'être passée à travers. Puis elle perçoit une odeur. Une odeur qu'elle a envie de suivre, et qu'elle suit, facilement, comme si c'était un faisceau de lumière et qu'elle remonterait vers sa source. C'est un mélange de parfums, assez délicat. Résine de conifères, myrrhe, cire d'abeille, une pointe de cannelle. Et aussi, plus diffus, celui du natron. Elle ne sait pas comment elle est capable d'identifier chaque fragrance, elle ne savait même pas que le natron avait une odeur. Elle remonte la piste, empruntant un parcours qui défie toute logique. Elle ne suit ni les couloirs ni les escaliers, elle ignore les portes. Elle passe de salles en couloirs, de couloirs en étages, se retrouve dans un autre lieu dès qu'un obstacle rend sa progression impossible, comme si elle se téléportait naturellement. L'odeur s'intensifie. Le silence, lui, est toujours omniprésent. Ni angoissant ni rassurant. Un silence qui n'est pas une absence de bruit, mais bien un vide. Elle n'entend pas ses pas, pas son cœur battre, pas le chuintement qui fait vibrer les tympans quand il n'y a plus aucun bruit. Enfin, elle arrive dans une salle de murs blancs. Devant elle, protégée par un coffrage en verre, une statue de petite taille. Elle ne s'arrête pas, ne marque pas de temps d'hésitation. Elle tend les mains qui passent à travers le verre, se saisit de la statuette et la ramène vers elle. Elle la cale sous son bras droit – elle ne pèse rien –, puis fait demi-tour, droit vers un mur qu'elle atteint. Néant.

Elle a du mal à comprendre comment elle a pu voler la statuette. C'est complètement impossible. Elle arrive avec peine à la soulever. Et les musées ont des systèmes d'alarme sophistiqués…

Elle s'habille en vitesse et file vers un café où elle pourra regarder les infos. Si c'est la statuette originale, ça devrait faire la une.

Et en effet, on ne parle plus que de ça. Le Louvre est fermé, les policiers y défilent, les ministres et autres officiels aussi, les enquêteurs de la police scientifique ont débarqué avec une pléthore d'instruments mystérieux, les enregistrements de vidéo-surveillance sont épluchés, les témoignages des gardiens entendus.

Ingrid secoue la tête. Elle ne sait plus où se mettre. Elle a l'impression que tous les regards sont braqués sur elle, que tous les index pointent dans sa direction. Ce n'est évidemment qu'une impression. Personne ne lui prête vraiment attention. Pour l'instant…

Brève sonnerie du portable qui n'est pas à elle. SMS.

Tu l'as ?

Elle répond, après une minute de réflexion.

Je suis dans la merde.

Sans repasser chez elle, elle se dirige vers la station de métro la plus proche. Tungdal l'attend à leur lieu de rendez-vous habituel.

Dans la rame, deux stations plus tard, un type s'assoit à côté d'elle. Journal levé afin de cacher son visage. Sans se tourner vers elle, il lâche dans un demi-murmure :

— Il faut que nous parlions.
— Pas maintenant.

— C'est important.
— PAS MAINTENANT !

Thurston, car c'est évidemment de lui qu'il s'agit, la regarde sans répondre. Le ton sec d'Ingrid l'a surprise. Et le regard de feu qu'elle lui lance suffit à le convaincre de ne pas insister.

— Dans une heure ?
— Dans trois. Pas avant. Dans le bois.

Et Ingrid se lève et change de wagon, en s'assurant que Thurston descend bien à l'arrêt suivant. Ce qu'il fait.

En quittant la station et en pénétrant le bois, elle redouble d'attention. Elle effectue plusieurs détours, revient sur ses pas, se cache quelques minutes sous le couvert de la forêt. Thurston ne l'a pas suivie.

Enfin, elle retrouve Tungdal qui est assis sur leur banc improvisé, l'air détendu.

— C'est toi qui m'as fait faire ça ? lâche-t-elle, furieuse.
— Oui.
— Tu es malade !

Ce qui n'est pas nouveau, se dit-elle, en s'asseyant à ses côtés. Comment ce couillon a-t-il réussi ce tour de passe-passe, c'est un mystère. Il lui expliquera plus tard. Derrière les barreaux…

— Tu sais que je vais finir au violon. Je n'ai pas ton aptitude naturelle à jouer aux courants d'air quand la flicaille se pointe.
— Elle ne se pointera pas.
— Et pourquoi donc ?

— Parce qu'ils ne trouveront rien. Tu as été discrète.

— Discrète ? Si, à un moment, j'apparais sur leurs enregistrements vidéo ? S'ils retrouvent mes empreintes, mon ADN ? Tu y as pensé, à ça ?

— Tu t'es laissée porter par le rêve. Un rêve ne laisse aucune trace. On n'enregistre pas un rêve. Il n'y a rien à craindre.

— J'aimerais partager tes certitudes.

Qui ne sont peut-être qu'une forme aiguë d'inconscience, se dit Ingrid. Mais ça ne changera rien. Qu'il ait raison ou non, ça ne remettra pas la statuette à sa place.

— Si tu n'avais pas tout fait correctement, tu te serais réveillée dans ton lit, sans rien dans les bras. Et si tu avais vraiment fait n'importe quoi, idem, mais dans le musée.

— À moitié à poil…

— C'était un risque à prendre.

— Tu aurais pu prévenir.

— Non, cela aurait influencé tes réactions lors du rêve. Ta nervosité l'aurait peut-être même rendu impossible.

— Tu es sûr et certain que je ne vais pas me retrouver en taule pour cette histoire ?

— Sûr et certain.

Ingrid souffle, tente de se calmer. Puis elle se dit qu'elle va lui faire confiance. Il a l'air sûr de lui. Elle ne sait pas comment il a réussi ce nouveau tour de magie mais les faits sont les faits. Et puis, elle n'a pas vraiment d'autre choix.

Elle le dévisage longuement, en se disant qu'il est tout de même remarquable comme type. Il est passé progressivement de compagnon aimant à amant lourdingue à harceleur à fou furieux à type en qui elle a un peu confiance à magicien. Sacrée palette pour un seul mec.

— Et maintenant, je la planque où, la statuette ? Et tu veux en faire quoi ? La revendre ?

— On la planque nulle part. Elle va nous servir.

— Explique !

— Je n'ai pas réussi à récupérer le Livre des Ruines. Il nous faut donc quelqu'un qui en connaisse le contenu.

— Je ne vois pas le rapport avec la statuette.

— On va la faire parler.

Ingrid fixe Tungdal d'un regard ahuri.

— T'as gobé, ou quoi ?

— Fais-moi confiance.

Elle secoue la tête.

Elle a oublié d'ajouter, à la fin de son énumération, *à mythomane délirant*. Le soufflé vient de retomber d'un coup.

Après avoir quitté Tungdal, elle file à son deuxième rendez-vous. Elle n'a aucune envie de discuter avec Thurston sous le couvert d'un chêne. Mais Tungdal a insisté. Une fois leur entrevue terminée, il va pouvoir le suivre, afin d'en découvrir un peu plus sur cet énigmatique intervenant qu'il ne peut relier à rien dans le schéma général du Jugement. Certes, c'était prévu, mais Ingrid aurait préféré qu'on remette la filature à plus tard. Elle a finalement accepté. Elle retrouve donc Thurston qui lui pose encore des questions, elle ne lâche aucune info, oui elle est au courant pour l'antenne parisienne de l'*American Dagon Scuba Diving Society* elle est allée voir, oui ça a bien cramé, oui ils doivent être remontés, non elle n'a aucune nouvelle des autres factions, non toujours aucun signe des suivants de Nyarlathotep, non le messager n'a pas pointé ses fesses, oui les rêves sont plus nombreux, oui elle décroche de plus en plus souvent de la réalité, elle a des trous de mémoire, et oui elle était énervée tout à l'heure mais ça ne le regarde pas c'est une affaire personnelle. Elle écourte l'entrevue, il faut qu'elle aille se reposer. À regret, il la laisse repartir.

Une demi-heure plus tard, elle est de retour dans son appartement. Elle s'assied sur son lit. Plus qu'à attendre des nouvelles de Tungdal.

En face d'elle, *Le Scribe accroupi* semble la regarder, de ses beaux yeux aux pupilles faites de cristal de roche.

Elle tente de se détendre, de penser à autre chose. Mais la statuette semble la fixer de son regard accusateur. Elle finit par la recouvrir d'un drap. C'est mieux, mais insuffisant…

Deux heures passent. Puis son téléphone sonne. Le vrai, pas celui que Tungdal lui avait déposé dans la boîte aux lettres.

Un SMS un peu énigmatique.
Merci de nous contacter au plus vite.

Elle ne connaît pas le numéro. De la pub ou une arnaque quelconque : le numéro est anormalement long et commence par 43.

Quelques minutes plus tard, nouvelle sonnerie, cette fois sur le téléphone que Tungdal avait glissé dans sa boîte aux lettres. Un SMS qui n'affiche rien d'autre que trois petits points.

Elle a compris le message. Elle sort, c'est plus sûr, et rappelle. Tungdal a suivi Thurston. Il habite dans le 7e arrondissement, un appartement au dernier étage dans un bel immeuble, au 23 rue de la Comète. Son véritable nom : Ludovic Vannemost. Ce qui ne dit rien du tout à Ingrid. Ni à Tungdal d'ailleurs. Ce dernier ira visiter les lieux la prochaine fois que le pseudo-Thurston s'absentera. Quant à la statuette, il va s'en occuper, c'était prévu. Il comprend qu'Ingrid soit moyennement emballée pour la conserver dans son studio.

Cette dernière raccroche, sans même demander comment il compte procéder.

Elle fait quelques pas puis sort son vrai portable et affiche le SMS qu'elle avait reçu avant celui de Tungdal. On ne sait jamais, se dit-elle. Peut-être que les suivants de Dagon essayent de la contacter ?

Elle compose le numéro sur le téléphone de Tungdal, c'est plus sûr, et laisse sonner. Un répondeur. Ce ne sont pas les adorateurs de Dagon…

Sans surprise, ce même téléphone sonne, juste après.

— Ingrid Planck, je suppose ?

Elle reconnaît la voix : Alma Fahrenden.

— Oui, c'est moi.
— Vous pouvez venir dès aujourd'hui ?
— À Vienne ?
— À Vienne. Un billet d'avion a été réservé à votre nom. Une escorte vous conduira à l'aéroport d'ici une heure.

Ingrid est un peu prise au dépourvu. Elle dirait bien oui, vu que le calme et la douceur viennoise ne seraient pas désagréables pour décompresser un peu. Mais elle se souvient aussi des sous-sols du bâtiment de la DUMF. Et elle se doute qu'on ne la convie pas, dans l'urgence, à une garden-party.

— Que se passe-t-il ?
— Nous avons un léger problème...

24

Si le chaos m'était conté

Le lendemain matin, elle quitte une nouvelle fois le sol français, accompagnée par deux hommes qui ne pipent pas un mot, et qui lui ont remis son billet en lui notifiant qu'ils devaient l'escorter, sécurité oblige. Elle a négocié un délai d'une douzaine d'heures. Après la soirée arrosée d'hier, son expédition onirique au Louvre et la tension de la journée, elle ne se sentait pas de partir au pied levé. Elle avait besoin d'une bonne nuit de sommeil, sans expédition nocturne.

À l'aéroport de Vienne, elle est aussitôt prise en charge par un chauffeur qui l'amène sans détour à l'immeuble de la DUMF, qui est aujourd'hui gardé par de nombreux hommes et femmes à l'air méfiant, oreillettes à l'oreille, flingues planqués sous la veste.

Et là, elle découvre le chaos.

Alma et ses deux acolytes silencieux l'attendent dans le hall d'accueil. Il y règne une effervescence qui ne correspond pas du tout aux standards de cette société caractérisée par la retenue, le bon goût, la méthode. Une cinquante de hippies en toges, robes à fleurs, jeans pattes d'éléphant ou nus sous des couvertures de laine, s'y prélassent. Ingrid les reconnaît. Ce sont des Satanistes de l'amour. Apparemment, une délégation a dû faire le déplacement.

— Venez, lui dit Alma Fahrenden, nous serons plus tranquilles dans mon bureau.

Bureau de Alma Fahrenden donc, cinquième étage, baie vitrée avec une belle vue sur Vienne, un vaste espace meublé avec goût, mais sobrement, des reproductions d'œuvres de Klimt uniquement, deux piédestaux avec, sous verre, un violon baroque et une partition – celle-ci avec de vraies notes de musique. Ils s'installent autour d'une table basse, dans de très confortables canapés.

— Vous êtes en pourparlers avec les suivants de Shub-Niggurath ?

Alma Fahrenden grimace.

— Pas vraiment…

— Qu'est-ce qu'ils font dans votre hall d'accueil alors ? Un squat ? Une manifestation pour la puissance de l'amour ?

— Si seulement ils n'étaient que dans le hall d'accueil… Ils sont arrivés hier. Nous avons réparti les plus calmes dans deux hôtels – enfin *calmes* est un euphémisme –, mais la plupart sont trop ingérables pour être laissés sans surveillance. Nous ne pouvons les laisser s'ébattre dans les rues de la ville, forniquant à gauche et à droite, caressant les passants, se livrant à leur propagande paillarde…

Après avoir lâché un long soupir dans lequel transparaît une exaspération sans bornes, Alma Fahrenden résume la journée d'hier, et la nuit qui l'a précédée.

Le bâtiment de la DUMF, ainsi que l'antenne géante que l'organisation a déployée dans le Tyrol, ont été attaqués. Les dommages sont minimes, les assaillants ayant rapidement été mis en déroute – la sécurité des deux édifices avait été sérieusement renforcée suite à l'incendie du siège parisien de l'*American Dagon Scuba Diving Society*. Quant aux Satanistes de l'amour, leur situation est beaucoup plus préoccupante. Ces excités lubriques n'ont jamais jugé nécessaire de protéger leur domaine. Heureusement, ils ont tenu compte des mises en garde – c'est assez inattendu, Alma Fahrenden le conçoit ; peut-être que la gravité de la situation aura réveillé un neurone ou deux chez les archiprêtres ? Ils ont abandonné en urgence leur domaine, se scindant en deux groupes. L'un a rejoint une de leur base secrète dans les montagnes, plus à l'ouest, l'autre a débarqué en fanfare à Héraklion. Suite au chaos gigantesque que le groupe réfugié dans la capitale crétoise commençait à générer, et, surtout, à la demande expresse d'asile formulée par les membres de leur Grand conseil, décision a été prise de les rapatrier à Vienne en urgence. Un avion a été affrété par les services de la DUMF, et plus de deux cents personnes ont débarqué sur le sol autrichien. Une excellente initiative considérant que, dans la nuit, leur domaine a été envahi par plusieurs hordes de villageois surexcités dont le but était de brûler vifs ces fils de Satan, ou ces pédophiles, ou ces zoophiles, ou ces fils de Satan pédophiles enculeurs de boucs, chaque groupe d'assaillants ayant une motivation sensiblement différente. La présence de pseudo-religieux étrangers qui entretenaient la vindicte populaire (et qui en sont certainement à l'origine) ne laisse que peu d'incertitude quant à l'origine de ce pogrom. Il est à penser que l'étalement architectural du domaine a dû motiver cette stratégie, plus efficace qu'une attaque aérienne. Toutefois, si les agressions parisiennes et autrichiennes relèvent plus de l'intimidation, celle perpétuée en Crète procède d'une réelle volonté de destruction.

Ingrid prend note. La guerre a commencé.

— Le domaine a été intégralement détruit ?

— Il semble. D'une autre manière, à force de prendre des noms ridicules, de vénérer ouvertement le stupre et la débauche à une époque où la continence et la pudicité ont le vent en poupe, et à faire chanter des mômes pendant les orgies, ça leur pendait au nez... Toute cette insouciance, tout ce libertinage n'excusent toutefois pas l'acte dont s'est rendue coupable l'Église Évangélique Quantique. Il est des règles qu'on respecte, qu'on soit suivant d'Azathoth, de Shub-Niggurath ou de Yog-Sothoth.

— C'est pour ça que vous avez fait alliance avec les adorateurs de la puissance de l'amour.

— Ce n'est pas une alliance. Nous n'avons aucun projet commun. Si ce n'est celui de respecter les règles du Jugement.

Ingrid acquiesce d'un bref mouvement de tête. Cependant, elle ne voit pas ce qu'elle peut faire pour eux. L'information aurait pu lui être transmise par téléphone. Ce qu'elle ne manque pas de leur faire savoir.

— Nous souhaitons accélérer le processus, répond Alma Fahrenden. Voyez-vous, outre le fait que nous n'apprécions guère qu'on veuille livrer aux flammes le siège de notre organisation, nous ne pensons pas pouvoir supporter très longuement les réfugiés qui s'entassent dans l'immeuble. Je ne sais pas si vous vous rendez compte mais ils ont une propension à baiser dans tous les coins qui est proprement inhumaine. L'immeuble dégouline d'amour, c'est perturbant pour les membres de l'organisation. Nous avons d'autres priorités, nous devons nous concentrer sur le retour de la Mélopée. Si nous sommes des personnes sociables, ce déferlement licencieux porte atteinte à notre travail. J'aime bien les Latins, en général, mais s'ils pouvaient moduler leur entrain à forniquer en permanence et considérer qu'il existe des choses supérieures aux culbutages intempestifs, le monde serait plus ordonné.

— C'est peut-être une épreuve, lâche Ingrid. Finalement, ils représentent une certaine forme de chaos, qui s'oppose à votre méthode, à votre retenue puritaine ? L'éternelle lutte du chaos et de l'ordre, que vous pourrez ensemble transcender en…

L'incompréhension s'affiche sur le visage d'Alma Fahrenden. Il est probable que l'humour ne soit pas un de ses domaines de prédilection.

— Vous voulez en venir où ?

— Nulle part, répond Ingrid. Une réflexion que j'aurais dû garder pour moi…

Alma Fahrenden acquiesce d'un bref mouvement de tête, et reprend :

— Nous pensions vous remettre le triangle le plus tard possible, en continuant à suivre l'évolution de l'influence que Cthulhu a sur vous. De ce côté, nous sommes positivement étonnés par votre résistance. Mais il y avait une seconde raison à vouloir retarder le Jugement : la faction dissidente au sein de l'Ordre de Dagon que nous avions évoquée lors de votre première visite. Nous espérions que le temps jouerait en sa faveur et que cette dissidence parviendrait à s'imposer au sein de l'Ordre. Toutefois, nous n'allons plus attendre. Nous allons vous remettre dès aujourd'hui les triangles. Celui de la DUMF comme celui des Satanistes de l'amour.

Ingrid marque un temps d'arrêt. Elle ne s'attendait pas à ça. Elle se fait violence pour masquer toute expression de joie et répond d'un ton le plus neutre possible :

— C'est une bonne chose.

Et puis elle réfléchit. Pourquoi cette soudaine précipitation ? Certes, la situation est préoccupante. Mais rien ne justifie une telle urgence. Les adorateurs de la Mélopée sont assez organisés pour déjouer les plans des agresseurs quantiques, et les suivants de Shub-Niggurath sont maintenant hors de danger. Elle ne peut pas croire que l'agitation générée par ces derniers soit une raison suffisante.

— Je peux vous demander ce qui motive cette décision ?

— L'explication est simple. Les suivants de Yog-Sothoth ne cherchent pas à nous intimider. Ils ont pour projet de récupérer nos triangles.

— Dans le but de prononcer le verdict à votre place ?

— Non, ce n'est pas possible. Mais il suffit de sept membres d'une faction pour accomplir la cérémonie de l'insertion du triangle. N'importe quels membres. Ils pourraient très bien enlever des éléments vulnérables et les forcer à se prononcer contre l'avis de leur organisation. C'est évidemment impossible en ce qui nous concerne : ils n'auraient aucun moyen de pression. Nous sommes psychologiquement indestructibles, la torture nous grandit, la mort nous indiffère. Les adorateurs de Shub-Niggurath n'ont pas notre force d'esprit. Certains d'eux sont très fragiles. En vous remettant les triangles et en prononçant le rituel, le sort est scellé. Il n'est plus possible d'inverser le vote.

— Ils vous foutront la paix.

— C'est une manière de le formuler.

Ingrid demande quand la cérémonie aura lieu. Ce soir même, lui répond Alma Fahrenden. Elle va être raccompagnée à Paris, sous escorte. Deux délégations prendront contact avec elle en fin de soirée. Le lieu de la cérémonie est tenu secret, pour des raisons de sécurité qu'elle comprend très bien. Dorénavant, elle se doit d'être méfiante. Très méfiante.

Retour à l'aéroport. Elle quitte le sol autrichien, frustrée de n'avoir pas pu bénéficier de quelques heures de liberté pour aller déambuler dans les rues ou dans un des musées.

Quand elle arrive chez elle, elle trouve la porte fracturée et son appartement sens dessus dessous. On a retourné son lit, vidé ses placards, sa bibliothèque. Livres, vêtements, literie, tout a été jeté au sol. Le chaos aurait suffi à provoquer son désarroi, mais c'est la panique qui prend le dessus : le Scribe accroupi a disparu.

Elle saisit son téléphone, marque un temps d'arrêt. Puis elle descend les escaliers quatre à quatre et, dès qu'elle est dans la rue, elle téléphone à Tungdal.

— Le scribe ! Quelqu'un l'a piqué !

Mais Tungdal la rassure aussitôt.

— Pas de panique. C'est moi qui suis passé le récupérer. Il est en lieu sûr.

Ingrid souffle. Une seconde. Puis la rage l'emporte.

— Putain, je sais que tu es cinglé, mais merde, tu aurais pu demander la clef plutôt que d'exploser la porte ! Et quelle utilité de tout retourner dans l'appart ?

— Ah, non, répond Tungdal. Ça, ce n'est pas moi.

25

Et la lumière vint à Ingrid

Ingrid, après avoir récupéré le pentacle chez Lisa en évitant de la déranger puisqu'elle est en pleine immersion artistique devant sa toile, a été conduite dans le sud de la Seine-et-Marne. Un court voyage dans une voiture aux vitres teintées, escortée par quatre autres véhicules. Après trois quarts d'heure de route, la procession arrive à un petit château isolé de la fin du XIXe. Une ancienne antenne des suivants de Shub-Niggurath qui s'y étaient implantés à la fin des années soixante, au grand moment du flower power. Depuis près de quarante ans, le lieu n'a plus comme habitants que le gardien et sa famille, à qui l'on a donné congé pour la semaine.

Ingrid y retrouve les délégations des deux factions. La tension est palpable : elle sent une nervosité prégnante, dans les gestes, dans les regards. Même les adorateurs de l'amour, d'habitude si frivoles, ont abandonné leurs sourires idiots et rangé leur sempiternelle excitation dans le placard de l'ascétisme. On l'amène dans un salon au mobilier résolument seventies – un contraste saisissant avec les moulures du plafond, le grand lustre à pendeloques et l'immense cheminée aux linteaux de marbre. On la briefe rapidement – à l'évidence, personne n'a l'intention de passer la nuit ici. Puis, les membres de la DUMF quittent la salle, la laissant seule avec les sept membres du Grand conseil des Satanistes de l'amour qui avaient supervisé l'office dans le temple crétois. On lui demande de se tenir au centre du cercle qu'ils forment, pentacle en main. Depuis son entrée dans le bâtiment, elle a ressenti la présence des triangles. Une sensation intense qu'elle sait maintenant identifier, et qui ne fait qu'augmenter alors que l'un des membres du Grand conseil pose celui que sa faction possédait sur la cavité destinée à l'accueillir. Gravé dessus, un hiéroglyphe, toujours dans cette langue inconnue, qu'elle décode facilement : Shub-Niggurath. Étonnamment, le triangle reste en suspension au-dessus de la cavité, bien qu'il soit de la proportion idéale pour s'y insérer. La cérémonie ne dure pas plus d'une minute. Les hommes et femmes qui constituent le cercle se mettent à psalmodier d'une même voix, une scansion harmonieuse et hypnotique, dans une langue étrange qu'elle comprend parfaitement.

— Par Shub-Niggurath, la Chèvre noire, les mille chevreaux, par l'outre libidineuse où prolifèrent l'envie et le désir, par la fécondité malsaine et corrompue et les natures primitives, nous, enfants de Shub-Niggurath, nous porteurs de sa lubricité prodigue, nous annonçons…

Une seconde de silence. Ingrid ne sait pas si le temps mort fait partie du cérémonial, ou s'il n'est là que pour accentuer l'effet dramatique. Elle doute qu'il y ait encore place pour l'hésitation.

— LE NÉANT !

Aussitôt, elle ressent un frisson généralisé, une vague de chaleur qui apparaît en tous points de son corps. Une impression de rayonner, d'attirer à elle quelque chose d'indéfinissable, d'inhumain. Le monde se gondole, les murs s'éloignent, disparaissent, la nuit se fait, mais c'est une nuit qui fourmille d'étoiles, un nuage stellaire dense qui s'excite autour d'une créature monstrueuse, impudique, qui frétille d'un désir orgiaque, qui gonfle, implose, explose, animée par le besoin d'ensemencer les formes indénombrables du cosmos, se répandant en un nuage de gueules béantes et de membres visqueux. L'ébullition cosmique la berce, la caresse, endort ses appréhensions, réveille son désir, doucement, l'enlace comme si elle était un des rejetons que l'entité accueillerait après une longue absence. Dans ses mains, elle voit le pentacle luire d'un éclat doux, nuancés de vert, d'ocre et de jaune, et sa lumière se fractionne en une myriade de parcelles dansantes. Le triangle s'enfonce lentement, baigné de réfractions.

La vision s'efface, sans brutalité, et Ingrid se retrouve dans la pièce, entourée de visages que le soulagement illumine, et où elle voit renaître l'insouciance et l'excitation qui les a caractérisés. Le triangle s'est parfaitement inséré. Au regard, rien n'indique qu'il était, quelques secondes auparavant, désolidarisé du pentacle.

Les suivants de Shub-Niggurath quittent alors la salle, après être venus un à un étreindre Ingrid avec une ferveur tactile un peu excessive. Quelques minutes plus tard, c'est le tour des suivants d'Azathoth. Le déroulement de la cérémonie est identique. Les sept membres de la DUMF ont formé un cercle autour d'Ingrid. L'un d'eux pose le triangle sur le pentacle et, d'un chant subtilement contrapuntique, aussi mélodieux que dissonant, ils prononcent le rituel.

— Par Azathoth, le chaos nucléaire, le centre infini de l'infini, par l'éternité sans forme et sans lieu où marmonne le Maître de Tout, par la danse idiote et aveugle qui dévore le réel et vomit le l'illusion, nous, enfants d'Azathoth, nous porteurs de son informité nucléaire, nous annonçons…

Blanc.

— LE NÉANT !

Ingrid sent à nouveau une vague de frissons et de chaleur envahir son corps. Et si les murs se gondolent d'une façon analogue, la vision qui suit est différente. Elle flotte dans un néant grouillant de chaos, un vide informe, un non-lieu qui dépasse nos conceptions de temps et d'espace. Elle est nulle part et pourtant elle sait qu'elle est au centre. Au centre de tout. Un amas nucléaire, multiforme, à jamais fractionné, recomposé, désolidarisé, régénéré, l'appelle de son rugissement insupportable : une hideuse mélopée psalmodiée par de non moins hideuses créatures, crachée par des flûtes gigantesques aux allures d'orgues aux tuyaux de comète. Elle est enlacée par cet ouragan sonore, ballottée, bercée. Progressivement, sa beauté cachée se révèle. Le chaos stupide et sans pensée devient limpide et structuré, le hurlement des flûtes s'harmonise. Dans ses mains, le pentacle s'illumine : une succession effrénée d'éruptions fractales qui se livrent un combat chromatique d'une vigueur époustouflante. Puis, le triangle se glisse dans la cavité destinée à l'accueillir.

La vision s'efface, laissant place à une réalité plus acceptable. Ingrid, prise d'un léger vertige, lâche un soupir de soulagement alors qu'elle a droit à une nouvelle salve d'accolades, plus contenues, mais considérant la faible tendance à l'effusion qui caractérise les suivants d'Azathoth, elle peut considérer ça comme une orgie.

La deuxième cérémonie vient à peine de prendre fin qu'elle est assaillie par un mal de crâne intense. Elle doit rester quelques minutes assise dans un canapé, la tête entre les mains, sous les regards inquiets. Quand la migraine se dissipe, elle rassure tout le monde. La réaction était prévisible – juste cette saloperie de liaison psychique qui allume tous les voyants de surchauffe dans son crâne dès qu'on évoque la mort de Cthulhu…

Les dernières réticences d'Ingrid viennent de tomber. Ces hallucinations, qui étaient bien plus que des hallucinations, l'ont convaincue de l'authenticité de cette autre réalité, comme de l'existence et de l'importance du Jugement. Elle a ressenti, compris, lors des deux cérémonies, qu'elle participait à quelque chose d'immense, d'infini, plus grand que l'humanité, plus vieux que le monde. Et qu'elle était plus qu'une simple actrice.

Elle est ensuite raccompagnée chez elle, toujours sous escorte. Les membres des factions, eux, vont rejoindre leurs bases, le cœur tranquille, l'âme apaisée. Ils ont voté, il ne servira plus à rien de les harceler. Les adorateurs de l'amour vont quitter Vienne pour rejoindre le gros des troupes pour reconstruire un nouveau domaine d'effusions orgiaques et préparer l'avènement de la grande bacchanale interstellaire et la transformation de la terre en une créature lubrique, grouillante et éternelle. Les suivants d'Azathoth vont, eux, se tourner à nouveau vers le cosmos. La Mélopée ne tardera plus à revenir et peut-être avec elle une partie d'Azathoth. Enfin, le monde ne sera plus qu'inspiration, transfiguration de la réalité en une globalité interstellaire de l'art : la musique des univers et des non-univers concrétisée par nous, l'humanité, peuple visionnaire du glorieux cosmos.

On a proposé une garde rapprochée à Ingrid. Elle a refusé. Elle n'a pas envie d'être accompagnée en permanence par quatre types en costumes austères à l'accent autrichien, dont le dernier sourire remonte à leur première culotte en cuir. Ou pire encore, par une bande d'allumés du sexe qui la suivraient en tournoyant et répandant sur le monde leur brouillard floral et leur propagande libidineuse. Meilleur moyen d'attirer l'attention…

Ce qui ne l'empêche pas de prendre quelques précautions. Qu'on ne puisse utiliser le pentacle sans elle est une chose, on pourrait très bien l'en priver et ainsi empêcher toute activation.

Elle le replace dans le coffre-fort de Lisa, qui n'a pas décollé de sa toile, toujours affairée à faire naître sa grandiose nouvelle œuvre. À peine lâche-t-elle un bonjour évasif, sans porter plus d'attention à sa visiteuse. Ingrid sait que Lisa est dans un autre monde. Ingrid y passe comme un électron lointain.

Quand elle rentre dans son studio, elle découvre que la porte a été changée. L'ancienne, défoncée, a été remplacée par une nouvelle plus épaisse, blindée. Les clefs ont été glissées dans sa boîte aux lettres. Dans l'appartement, quelqu'un a remis les meubles en place, rangé sommairement les papiers qui traînaient au sol, remis les livres dans la petite bibliothèque, et plié et entassé ses vêtements – un peu n'importe comment, mais c'est l'intention qui compte.

26

Du haut de ces pyramides, quarante siècles nous contemplent

Ingrid a retrouvé Tungdal dans un pavillon situé dans le haut de Montreuil. Le quartier a beau être calme, aussi isolé que possible dans la banlieue parisienne, il n'en reste pas moins que pour un homme recherché par toutes les polices de l'Hexagone, il est un choix assez peu judicieux. Quand Ingrid s'en est ouverte, Tungdal a souri. Il n'y a rien à craindre. Elle a accepté la réponse sans plus d'explications. Encore un tour de passe-passe dont il a le secret, probablement.

Un appartement, si l'on peut appeler cela ainsi, a été aménagé dans le sous-sol de la villa. Il est composé d'un salon spacieux, d'une chambre et de WC à la turque. Pas la moindre fenêtre. On y accède par un escalier qu'une solide porte isole du rez-de-chaussée. La décoration est inattendue. Outre les murs en pierre brute, les tapis colorés, on trouve un lit en bois sans matelas, aux pieds en forme de pattes d'animaux, avec un appuie-tête lui aussi en bois qui se substitue à l'ordinaire oreiller. Dans le salon, une table basse damée, deux fauteuils sculptés, des vases et des récipients en terre cuite et des coussins de natte. Quant à l'éclairage, il est assuré par des imitations de flambeaux.

Assurément Tungdal a voulu – très grossièrement parce qu'il n'est pas nécessaire d'avoir un doctorat en égyptologie pour comprendre qu'il n'y a rien d'authentique dans la pièce, scribe excepté – recréer l'habitat naturel de la statuette. Le but de la mise en scène échappe à Ingrid qui n'en est certes plus à une excentricité près. Et la réponse de Tungdal n'aide pas beaucoup.

Le lieu et son ambiance visent à assurer une transition douce au scribe, qui ne sera certes pas dupe. Mais à choisir entre un pseudo ameublement de la Ve dynastie ou la modernité d'un appartement contemporain, il n'y avait pas photo. Le traumatisme allait être important. Pas besoin d'en rajouter.

Ingrid se retient de pouffer. Le scribe, depuis des décennies, voyait des hordes de touristes défiler quotidiennement devant lui. Il aurait pu être un témoin assez fiable de l'évolution technologique de l'appareil photo, et de celle des modes vestimentaires. Aurait pu, bien entendu, parce qu'en tant que statuette de calcaire, la mode comme la photographie avaient dû lui passer bien au-dessus de la tête.

— Je pige vraiment pas.

— Je te l'ai déjà dit. Il va nous aider. Nous allons le faire parler. Ou écrire s'il ne veut pas parler.

Tungdal désigne la table. Plus précisément une pile de rouleaux, de bouts de roseaux taillés et un encrier.

— Et comment tu veux le faire parler ? Ou écrire ?

— On va le ramener à la vie.

— Euh, tu sais... Je crois qu'il n'a jamais été en vie...

Tungdal sourit. D'un sourire qui veut dire : tu vas voir, je vais t'épater, si tu savais tout ce que je sais.

C'est agaçant.

— OK, reprend Ingrid. Et on fait comment pour rappeler des morts une statuette en calcaire qui a passé plus de quatre mille ans dans une tombe, et qui n'a jamais été vivante ?

— Nécronomicon.

Ingrid, ce coup-ci, ne peut s'empêcher d'éclater de rire.

— Le livre pour cuisiner les morts ?

— Qu'est-ce que tu racontes ?

— Oui, le Nécronomicon. Le livre pour accommoder les morts en sauce.

Cette fois-ci, c'est Tungdal qui ne peut retenir son hilarité.

— Quel est le con qui t'a raconté ça ?

— Thurston...

Ingrid a la nette impression qu'elle vient de passer pour une idiote. Elle a cru Thurston un peu facilement et oublié que Lovecraft était une source d'information au moins aussi fiable. Enfin, fiable n'est pas le bon mot. Disons que si l'un et l'autre ont saisi d'importants éléments de ce mystère cosmique qui volette au-dessus de nos têtes avec l'aisance d'une enclume prête à s'abattre, ils sont passés à côté d'une quantité conséquente de choses. Thurston lui paraissait quand même plus proche de la vérité. Probablement parce qu'il considérait ce mythe comme une part du réel, et non qu'il se limitait à en tirer une fiction.

— Hum… Là, il est complètement à côté de la plaque ton Thurston… Un peu étonnant, considérant l'ampleur et la précision de son travail de recherche.

— Tu sais ça comment ?

— J'ai profité de ton absence pour aller fouiller son appartement.

— Tu ne chômes pas…

— Je te ferai un topo plus tard sur ton pseudo-Thurston. Sache juste qu'il n'est pas dans l'équation, et ne représente donc aucune menace.

— D'accord. On revient au scribe ? Le Nécronomicon… Tu en as un exemplaire ?

— Pas nécessaire. Je le connais par cœur.

Une moue dubitative s'affiche sur le visage d'Ingrid. Elle ne va pas tenter d'approfondir, là. Tout est déjà bien assez aberrant…

— La suite ?

— Nous rappelons le scribe de chez les morts et nous essayons d'obtenir le rituel pour l'activation finale du pentacle.

Ingrid laisse ses bras s'affaisser.

— Ben voyons... Le rapport ? Entre le scribe et le rituel ?

— C'est lui qui a écrit le Livre des Ruines.

Tungdal a été obligé de s'expliquer. En détail. Ingrid ne pouvait pas accepter tout et n'importe quoi, parce que la période s'y prêtait, le surnaturel ayant une tendance envahissante à réécrire le monde ces derniers jours. Les explications ne l'ont convaincue qu'à moitié. Ou plutôt pas du tout. Il lui a fallu attendre la partie pratique.

Le scribe, selon Tungdal, avait écrit le Livre des Ruines il y a quatre mille cinq cents ans, suite à une cérémonie complexe. Sous l'influence de puissants psychotropes, il avait réussi à entrer en phase avec la conscience d'une multitude de divinités cosmiques, et à voler une somme impressionnante de rituels d'une puissance à peine concevable par l'entendement humain. Il les avait ensuite compilés dans ce livre. L'ouvrage était unique, écrit sur un parchemin de peau de vierge avec le sang du fils mort-né d'un pharaon. Il était aussi connu sous le nom de Livre Dansant : les non-initiés qui tentaient de le lire ne voyaient qu'une suite de hiéroglyphes mouvants, qui changeaient de forme comme de place d'une façon si incroyable qu'elle poussait quasi immédiatement le lecteur imprudent à la folie. La rédaction dudit livre n'ayant évidemment pas été du goût des entités cosmiques dont le savoir avait été volé, ces dernières envoyèrent leurs serviteurs qui s'en saisirent, et réduisirent en poussière toutes les personnes impliquées de près ou de loin dans le processus. Seul le scribe, qui avait été imprégné de la puissance et de la connaissance des dieux, fut épargné. Tungdal suppose que les entités craignaient qu'on pût le ressusciter, même à partir d'un tas de cendres (pratique peu aisée mais réalisable), alors que nul homme ne possédait le savoir nécessaire pour redonner vie à une statue. À l'époque, du moins. Il avait donc été transformé en calcaire, puis abandonné dans une tombe et oublié de tous. Toutefois, la vengeance des dieux relevait plus d'un agacement que d'une peur de voir les pouvoirs du livre utilisé : en effet, les rituels ne sont efficaces que prononcés par des dieux. Ingrid, qui n'approche ce statut d'aucune manière, n'est pas une exception. C'est la partie de Cthulhu qui essaye de s'immiscer en elle et son rôle de Centre du pentacle qui la rendront capable d'activer ce dernier, qu'importe si l'influence du dieu cosmique est insignifiante. Et c'est là le seul rituel qu'il lui sera jamais possible d'accomplir.

Une fois la phase d'explications terminée, Tungdal propose à Ingrid d'aller récupérer le pentacle. Il restera ici dorénavant – il y sera en sécurité et, surtout, il pourrait aider le scribe à retrouver la mémoire. Pendant ce temps, il va procéder à sa résurrection. Une opération complexe et quelque peu dangereuse. Il est préférable qu'elle se tienne à distance.

Elle part donc retrouver Lisa, toujours en pleine folie créatrice, qui ne réagit pas plus à sa visite que lors de la nuit dernière. Ses cheveux sont de plus en plus ébouriffés, ses vêtements tendent à disparaître sous les taches de peintures et ses yeux sont cerclés de larges cernes d'un halo violacé. Ingrid se demande si elle a pris ne serait-ce que quelques heures pour dormir.

De retour dans l'appartement aménagé au sous-sol du pavillon, Ingrid est accueillie par le sourire radieux de Tungdal.

— Ça a marché !

Elle descend les marches, nerveuse, et découvre, debout au milieu de la pièce, un homme de très petite taille. Il reste immobile, les yeux rivés sur le mur, le corps agité de frissons, et ne réagit même pas quand elle s'approche.

— Il n'a pas l'air bien.
— Il était mort pendant quatre mille cinq cents ans.
— On peut faire quoi pour l'aider ?
— Je ne sais pas trop. Attendre. Il va reprendre peu à peu ses esprits.

Ou rester indéfiniment prostré, se dit Ingrid. Plus de quatre mille ans de mort, ça doit un peu rouiller les articulations et les connexions synaptiques.

Les heures passent et le scribe ne bouge pas d'un centimètre. Ingrid a récupéré de l'eau à l'étage, qu'elle a versée dans un récipient en terre cuite et posée à ses pieds. Mais il n'a eu aucune réaction. Et il n'en aura aucune de la journée.

27

Houlà, se dit Ingrid.
Ça se complique…

Contre toute attente, il ne se passe rien cette nuit. Pas de coup de téléphone, pas de voyage à l'autre bout de l'Europe, pas de rêve dans un musée, pas de cérémonie. Rien. Juste une nuit calme, sans rêve. Ingrid se lève au matin avec l'étrange sensation que tout ceci n'est pas normal. La normalité, c'était le chaos, l'imprévu, l'excitation. Elle se demande même si tout ce calme ne l'a pas fatiguée.

De retour dans la cave d'Égypte en stuc, elle retrouve Tungdal. La situation a évolué. Le scribe n'est plus figé au milieu de la pièce. Il est prostré dans un des angles, les genoux ramenés vers la poitrine. Il a dû dormir dans cette position. Autre changement, il murmure par moments des borborygmes incompréhensibles. Ce n'est pas de l'égyptien ancien, Tungdal en est certain. Juste des sons sans signification. Et il a vidé le récipient d'eau.

— Il doit avoir faim ?
— Peut-être.

— Il y a à manger en haut ?
— Non.
— Je vais aller lui chercher quelque chose. On mangeait quoi au temps des pharaons ? Du couscous ?
— Du pain, des lentilles, de la viande, du poisson grillé...

Une demi-heure plus tard, Ingrid revient avec une baguette et du taboulé. Elle dépose le repas sur la table. Aucune réaction. Il faut attendre plusieurs heures avant que le scribe s'approche lentement de la table, tâte le pain du bout du doigt, renifle le taboulé. C'est ce dernier qui a sa faveur.

Pendant la journée, Tungdal a le temps de faire un résumé de sa visite chez Thurston. Ce qu'il y a découvert ? Pas grand-chose d'intérêt. L'homme est un passionné. De Lovecraft d'abord, puis de ce que l'on pourrait appeler la vérité cachée dont Lovecraft a tiré son corpus.

Depuis environ vingt-cinq ans, il s'est consacré à isoler dans le tissu de la réalité les petits accrocs qui n'auraient pas dû y figurer. Peu à peu, il a découvert cette vérité cosmique dans laquelle a été plongée Ingrid. Vingt-cinq années d'enquêtes, de prospections, d'accumulation de documents, d'analyses, de déductions, de recoupements. Un travail monumental. Tungdal est admiratif. Peu d'autres hommes ont approché de si près la vérité. Évidemment, il lui manque certaines pièces du puzzle. Les plus importantes. Tungdal confirme que son rôle dans le Jugement à venir est nul. Toutefois, considérant les connaissances acquises par l'homme et son ouverture d'esprit, il espère en faire un allié. On ne sait jamais. Peut-être pourra-t-il aider, à un moment ou un autre ? Chose étrange toutefois : le réfrigérateur rempli uniquement de pots de caviar.

En fin de journée, modification du comportement du scribe, juste après la nouvelle livraison de taboulé sur lequel il s'est immédiatement jeté. Il se lève, et d'un pas lent, mal assuré, fait le tour de la pièce. Une fois, deux fois, dix fois. Puis il tâte les murs, les meubles. Et surtout les rouleaux de parchemin qu'il déplie et observe répétitivement pendant de longues périodes. Tungdal est persuadé que c'est la texture du papier qui l'intrigue. Impossible de trouver du véritable papyrus...

Puis, en fin de soirée, le scribe se recroqueville dans le lit qu'il a au préalable poussé dans un angle de la pièce.

Fin de sa deuxième journée dans le XXIe siècle. Tungdal est rassuré. Il y a un net progrès.

Alors qu'Ingrid sort du métro pour regagner son appartement, elle repère deux types qui descendent de la rame avec un faux air innocent. Elle monte les escaliers, sort de la station, effectue un premier détour, un second, se glisse sous un proche, fait marche arrière. Elle pense enfin avoir semé les deux hommes qui, elle en est certaine, la suivaient. D'une façon très peu discrète.

Toutefois, alors qu'elle s'apprête à composer le code d'accès à sa cage d'escalier, elle est ceinturée et tirée vers l'arrière. Elle n'a pas le temps de crier. Une main s'est collée sur sa bouche. Elle se débat et réussit à mordre la paume qui l'étouffe à moitié, tout en labourant les pieds et tibias de l'homme qui se tient derrière elle, et qui lâche prise assez rapidement. Elle lève les poings et s'apprête à hurler, mais ses deux assaillants ont reculé.

— Chut ! Ne criez pas !

Ingrid les dévisage. Deux hommes au visage juvénile, cheveux courts, l'air hébété. Pas l'air d'être des pros de l'agression. Elle reste sur ses gardes sans les lâcher du regard.

— Nous sommes des suivants de Nyarlathotep…

Ah, se dit-elle. Enfin.

— C'est pas trop tôt. On a failli commencer sans vous.

— Nous avons ordre de vous amener voir le comité directeur.

— De force ?

— Si vous n'acceptez pas l'invitation.

Ingrid plisse le regard. Ces mômes sont incohérents. Et leur manque d'assurance les rend suspects.

— Et vous comptiez m'en faire part quand ?

Un temps d'hésitation. Jeune homme numéro 1 regarde Jeune homme numéro 2 puis se retourne vers elle.

— De quoi ?

— De votre invitation.

À nouveau, un blanc.

— C'est bon, je viens avec vous. Avancez devant moi. Dix mètres. Je suis suivie en permanence par des membres de la DUMF.

Aussitôt, quelques signes de nervosité se lisent sur le visage des deux jeunes hommes.

Nyarlathotep, mon cul, se dit Ingrid.

— D'accord, répond finalement Jeune homme numéro 1. Un véhicule nous attend au bout de la rue.

— OK, je vous y rejoins.

Quel duo de crétins, pense Ingrid en les laissant prendre un peu d'avance, feignant de marcher à une allure réduite. Quand ils seront à une dizaine de mètres, elle se retournera et se jettera sur le digicode. Le temps qu'ils s'aperçoivent de la ruse et qu'ils reviennent vers elle, elle sera en sécurité.

Mais, à peine ont-ils avancé de quelques mètres qu'un véhicule aux vitres teintées pile devant eux. Elle se rue aussitôt vers sa porte pour composer le code le plus vite possible. Mais, contre toute attente, les trois types qui bondissent hors de la voiture ne se précipitent pas vers elle. Ils foncent vers les deux jeunes hommes qui détalent aussitôt. L'un d'eux se prouve être un sprinter hors pair. Le second est plaqué au sol au bout de vingt mètres et est jeté sans ménagement dans le coffre du véhicule.

— Ingrid Planck ! Montez, c'est important.

Elle a reconnu la voix avant de voir le visage. Son contact officiel de l'*American Dagon Scuba Diving Society*.

Une dizaine de minutes plus tard, elle arrive près du canal Saint-Martin. Elle va être bonne pour une nouvelle séance d'apnée. Elle sort du véhicule en espérant que, cette fois-ci, ils ont prévu un jeu de fringues de rechange. Ou au moins une serviette de bain.

Elle s'apprête mentalement pour son voyage aquatique quand elle a la bonne surprise de découvrir qu'on la guide vers un passage qui ne requiert pas une plongée dans les eaux noires du canal. On la fait entrer dans un bâtiment, descendre dans une cave. On y a très récemment creusé un accès qui mène aux égouts. Une centaine de mètres de virages et de coudes plus loin, elle arrive devant une porte sévèrement gardée qui protège la base de fortune des suivants de Dagon. Ingrid y est attendue par une dizaine de personnes. On lui fait aussitôt comprendre que la situation est grave. Les deux jeunes hommes étaient des membres de l'Église Évangélique Quantique – ce qu'elle avait déduit d'elle-même. Elle devrait prendre plus de précautions : ces salopards sont désormais capables de tout. Ils ont attaqué la veille une de leurs antennes, située sur l'île de Ponape, dans le Pacifique, et tenté de s'introduire dans le siège de l'organisation à Innsmouth. En vain. Mais ce n'est pas tout. Ils ont aussi lancé une opération d'envergure contre les suivants de Shub-Niggurath, pour qui l'Ordre n'a aucune sympathie particulière. Toutefois, les méthodes employées, comme l'idée qu'on puisse tenter d'éradiquer tout simplement l'intégralité d'une faction, ont provoqué d'abord la désapprobation, puis la colère noire de la direction de l'organisation. Probablement parce qu'elle redoute d'être la prochaine sur la liste.

Ingrid, à l'écoute de ces révélations, sent que les choses commencent à partir en vrille. Avec le conflit qui se généralise, elle risque de ne jamais voir la couleur des trois derniers triangles.

Mais la suite de la conversation ne va pas dans ce sens. Car l'Ordre Ésotérique de Dagon vient de prendre une décision. Ils vont procéder à la cérémonie de remise du triangle le plus tôt possible. Un convoi sous-marin fortement escorté est attendu dans moins de deux jours au Havre, où se déroulera la cérémonie, vendredi soir. On arrangera bien sûr son déplacement jusqu'à la ville côtière.

Ingrid accueille la nouvelle avec une joie toute artificielle. Elle a compris que les chances de se débarrasser de Cthulhu viennent de partir en fumée. Au mieux, la suspension du jugement. À moins que Tungdal ne sorte de son chapeau de magicien la solution miracle.

Dès qu'elle se retrouve à l'air libre, elle l'appelle. Il n'est pas surpris par ce qu'elle lui apprend. Il redoutait un emballement. Le souci, lui dit-il, c'est qu'avec toute cette effervescence, toute cette paranoïa, toute cette urgence, ses efforts pour retourner le vote des suivants de Dagon tombent à l'eau. Enfin, façon de parler.

Ingrid sent, au ton de sa voix, qu'il accuse le coup.

Il va passer la nuit à réfléchir, mais retourner l'opinion de la direction en un ou deux jours, alors que ça fait des mois qu'il s'y applique, cela tiendrait du surnaturel. Ingrid se dit finalement que le surnaturel, ça a ses limites, ce qui est une franche déception. Surtout qu'elle vient d'avoir une idée, et que cette dernière est d'une déplorable banalité.

— Ton sous-marin, tu l'as encore ?
— On l'a planqué...
— Tu as moyen de le coller dans la rade du Havre, ou pas trop loin, d'ici après-demain ?
— C'est possible. Où est-ce que tu veux en venir ?
— Tu vas voir...

28

Ce que Lisa lisait dans le chaos

Le scribe a fini de palper l'intégralité du mobilier et s'est assis en tailleur, un calame à la main, un rouleau de parchemin déplié sur une tablette en bois posée sur ses genoux. Il a l'air toujours aussi perdu et marmonne encore sa litanie incompréhensible, mais il progresse. Pour la première fois, alors qu'Ingrid lui livrait sa dose matinale de taboulé, il a relevé le regard vers elle. Une fraction de seconde. Elle n'a rien pu y lire, mais c'est une réaction nouvelle. Le premier signe d'une interaction.

Vers midi, il cesse sa diatribe énigmatique et se met à écrire. D'abord d'une manière heurtée, s'arrêtant régulièrement pour regarder ses mains ou le papyrus, puis, progressivement, les hiéroglyphes prennent forme. Une seule phrase répétée à l'infini, et dont il noircit la longue page d'un des rouleaux.

je suis mort depuis si longtemps je suis mort depuis si longtemps je suis mort depuis si longtemps je suis mort depuis si longtemps je suis mort depuis si longtemps...

Fin d'après-midi, le discours n'a pas changé. Trois rouleaux y sont passés. Il en reste cinq. Ingrid évoque la nécessité d'aller acheter un stock de cahier ou de ramettes de papier mais Tungdal préfère qu'elle n'aille pas traîner seule dans la rue après son expérience d'hier soir. Il fera des provisions demain.

Début de soirée, des phrases différentes commencent à apparaître dans la prose itérative du scribe.

je suis mort depuis si longtemps je suis mort depuis si longtemps je suis mort depuis si longtemps je voyais la barque m'emmener vers l'orient le soleil levant je traversais le Nil souterrain je traversais les douze portes je suis mort depuis si longtemps je suis mort depuis si longtemps je suis mort depuis si longtemps je voyais Seth à la proue de la barque solaire je voyais Apophis et sa gueule de néant je suis mort depuis si longtemps je suis mort depuis si longtemps je suis mort depuis si longtemps je portais les quatre flambeaux et quatre fils d'Horus à mes côtés je pleurais de ne plus voir le disque du soleil à son lever je suis mort depuis si longtemps je suis mort depuis si longtemps je suis mort depuis si longtemps...

Tungdal est catégorique. Le scribe est en train de reprendre pied avec la réalité. Enfin, la sienne, pas la leur, bien entendu. Encore quelques jours et il devrait être possible de converser avec lui. Et de lui demander de plonger dans sa mémoire pour y trouver le rituel tant convoité.

Ingrid éprouve une forme de pitié pour le petit homme, perdu dans un monde inconnu après avoir connu une éternité de… mort ? Tout cela lui paraît un peu absurde, hautement irréel. Mais elle doit l'avouer, toute l'irréalité qui l'entoure maintenant a une furieuse propension à paraître naturelle. Quand bien même, elle aimerait pouvoir le rassurer, faire une chose plus significative que lui livrer sa ration de taboulé quotidienne. Peut-être s'excuser de l'avoir tiré du royaume des morts pour le replonger dans un monde chaotique, imprévisible. Et totalement incompréhensible pour lui. Parce qu'une fois qu'ils obtiendront ce qu'ils veulent, elle n'a pas trop idée de ce qu'ils vont bien pouvoir faire de lui.

Vers minuit, Tungdal raccompagne Ingrid chez Lisa. Elle a décidé d'aller dormir dans l'atelier. Ce sera plus sûr que de rentrer chez elle. Son amie n'y verra aucun inconvénient, d'autant plus qu'elle s'apercevra à peine de sa présence.

Arrivée sur place, Lisa lâche un sourire, une formule accueillante pour Ingrid et, ayant aperçu Tungdal du coin de l'œil :

— Tiens, il est revenu ce cinglé…

Puis elle se recoupe du monde.

Tungdal n'a rien répondu. Il regarde la peinture qui commence à prendre vie, les formes mouvantes s'extirpant du néant de la toile blanche, l'œuvre convulsée, puissante, qui éveille par sa profusion chromatique et sa géométrie difficilement définissable une dimension nouvelle, inédite et inhumaine.

— C'est quelque chose ! lui lance Ingrid.

Mais il ne répond pas tout de suite. Il reste là, immobile, les yeux occupés à suivre les nombreux détails. Comme hypnotisé.

Au bout de quelques minutes, il décroche son regard de l'œuvre naissante.

— Il faut qu'on parle.
— Maintenant ?
— Oui. Lisa a été présente lors de l'une de tes migraines ?
— Oui, c'est arrivé de nombreuses fois.
— Alors la réponse est là.

La réponse à quoi, se demande Ingrid.

Tungdal lui explique que Lisa est en train de peindre une vision personnelle, transcendée, de l'émergence de Cthulhu. Ce n'est pas une peinture réaliste, ce serait impossible – personne n'a jamais vu Cthulhu sortir des eaux (n'en déplaise à Lovecraft). Mais il y a là une évidence symbolique que l'on retrouve dans tous les éléments, et une puissance évocatrice abasourdissante. L'essence même du Jugement se retrouve capturée dans les circonvolutions démentielles de l'œuvre.

Lisa doit être excessivement sensible à l'énergie psychique. Elle a dû être prise sous l'afflux lors des tentatives de communication de Cthulhu. Peut-être que la proximité a suffi, peut-être est-ce dû à un phénomène de réflexion contre la barrière naturelle qui protège Ingrid ? Il n'en est pas certain. Mais le fait est là : elle a capté des bribes de messages – juste des impressions diffuses, inconscientes – qui l'ont influencée, qui ont orienté ses pulsions artistiques et créatrices. Ingrid n'a pas à s'inquiéter. Lisa le gère très bien. Elle canalise cet afflux de révélations prodigieuses qui auraient poussé d'autres à la folie avec un talent et une maestria incomparable. Et le fait qu'elle ait, d'elle-même, choisi *la mort* comme issue à ce jugement, dont elle ne connaît ni la nature ni les tenants, est tout à fait délicieux. Finalement, conclut Tungdal, elle aurait fait le Centre du pentacle idéal pour Cthulhu.

— Ça tombe bien, vu que c'est moi qu'il a choisi, répond Ingrid. Niveau perception de la sensibilité humaine, Cthulhu est un exemple d'incompétence !

Tungdal sourit.

— Ce n'est pas lui qui a choisi. C'est moi.

Ingrid fronce les sourcils.

— Qu'est-ce que tu racontes ?

— La vérité. J'ai un peu truqué le jeu. Tu es née une seconde trop tôt.

— Quoi ?

— Et celui ou celle qui devait être le véritable Centre du pentacle, une seconde trop tard.

— Tu déconnes, là ?

— Non.

— Tu veux dire que je me retrouve dans cette histoire de dingue à jouer la survie de l'humanité, à me préparer à me coltiner une entité cosmique qui peut bouffer la planète en claquant des doigts et qui essaye de m'effacer la cervelle en me collant des migraines infernales, alors que c'est un ou une autre qui devait se farcir tout ce bordel ? Tu veux dire que je suis une impostrice !

Le ton est un peu monté. Tungdal lève les mains pour tenter d'apaiser son interlocutrice.

— Du calme ! Tu n'es pas une impostrice ! Tu es le meilleur choix possible. Le véritable centre n'aurait jamais résisté. Il aurait été assimilé, éradiqué, zombifié. Tu vas peut-être sauver l'humanité. Les imposteurs ne sauvent pas l'humanité.

Ingrid souffle, laisse redescendre sa colère et son ahurissement.

— Et je suis complètement frigide psychiquement…

— Là, c'est une qualité.

Ingrid acquiesce. Elle va se calmer, ça ne sert à rien de s'énerver. Après tout, mieux vaut une Ingrid insensible qu'une éponge transformée en navet par une entité cosmique effroyable.

29

Des nouvelles de la Mongolie

Vendredi matin aux aurores, Ingrid reçoit un coup de téléphone de Tungdal. Le sous-marin est en place. Tout est fin prêt pour l'opération Le Havre.

Elle quitte l'atelier de Lisa, qui s'est endormie blottie dans un duvet au pied de la toile mais ne tardera pas à se remettre à l'ouvrage, et appelle l'inspecteur Paulin.

Après quelques échanges rapides, elle lui annonce qu'elle vient d'avoir une vision. Claire, puissante – les images étaient limpides, les vibrations sans incertitudes. Il est dans l'intérêt de la nation qu'elle l'en informe. Elle a vu *l'Indicible* reposant dans les eaux sombres de l'Atlantique, à quelques milles nautiques du port du Havre. Elle a vu les hommes qui avaient conduit l'attaque nucléaire. Ceux qui étaient morts suite à la prise du sous-marin, dont le dénommé Yanis Lamini, et ceux qui avaient survécu. Ils font partie d'une société en apparence anodine, *l'American Dagon Scuba Diving Society*, mais qui cache une lourde organisation terroriste.

Elle ne connaît pas leurs raisons, ni leurs buts, elle ne sait pas ce qu'ils prévoient, elle sait juste qu'ils sont là. C'est tout ce qu'elle a vu.

L'inspecteur lui répond que les renseignements qu'elle lui fournit sont d'une importance capitale. Il ne sait pas trop comment il va présenter les faits à ses supérieurs. Inventer un informateur fantôme ? Ou des indices factices ? Il va commencer par faire un repérage par satellite des environs du Havre. S'il arrive à déceler la présence du sous-marin, ce sera plus que suffisant pour déclencher une intervention sans avoir à inventer des raisons pour la justifier. Ingrid, avant qu'il ne coupe court à la conversation, évoque une partie de sa vision qu'elle n'a pas su interpréter. Elle a vu un triangle de petite taille, d'une matière étrange, avec un symbole ou un hiéroglyphe très insolite dessus. Elle a ressenti une forte vibration à sa vue. Elle ne sait pas à quoi il sert mais elle est convaincue qu'il a une importance énorme. Elle aimerait beaucoup y avoir accès. L'inspecteur prend note. Puis raccroche.

Il n'y a plus qu'à attendre. En croisant les doigts. La DGSE repérera facilement le sous-marin qui flotte allégrement sur les eaux. Reste à savoir si l'inspecteur réussira à récupérer le triangle, et s'il consentira à le lui confier. Si tout fonctionne comme espéré, la dissidence dagonaise procédera à la cérémonie d'insertion. Et la partie sera presque gagnée – il suffira juste de convaincre les malades misogynes de l'Église Évangélique Quantique de remettre leur triangle et de trouver ces couillons d'adorateurs de Nyarlathotep…

Après son coup de téléphone mystique, elle prend le chemin de son appartement. Le temps de passer sous la douche et de se changer, et elle se rendra à Montreuil. En ressortant, alors qu'elle vérifie longuement qu'il n'y a aucun individu ou véhicule suspect en vue, elle repère la silhouette de Thurston au bout de la rue.

Oh non… se dit-elle, pas le boulet de service. Elle hésite à partir en courant dans la direction opposée. Puis elle se dit qu'elle va expédier l'entrevue. Ce sera plus poli. Et on ne sait jamais, comme disait Tungdal, on pourrait peut-être avoir besoin de ses lumières un jour ou l'autre.

Elle avance tranquillement. Quand elle le dépasse, il recommence son agaçant petit jeu d'agent secret, baissant la tête, l'interpellant tout en gardant une main sur sa bouche.

— Il faut qu'on se parle.
— Je sais bien.
— Dans le bois, dans…
— Non, non. Dans un café.
— Ce n'est pas sûr.
— Chez moi alors.
— Chez vous ?

Il regarde à gauche puis à droite d'un air inquiet.

— Et si on nous voit ?
— On s'imaginera des choses salaces…

Ingrid le fixe avec un air sévère puis lève les yeux au ciel, afin de lui faire comprendre qu'elle en a soupé de sa paranoïa permanente.

— Bon, d'accord, répond finalement Thurston. Mais soyons discrets. Donnez-moi le code de l'entrée et je vous rejoins dans dix minutes.

Dix minutes plus tard, ils sont dans son studio. Ingrid précise d'entrée de jeu que leur entretien ne va pas s'éterniser. Elle a un rendez-vous chez le docteur. Le surmenage fait des dégâts. Des pertes de mémoire, des moments d'absence. Elle est sur les rotules.

— Cinq jours que je n'ai plus aucune nouvelle. Je commençais à me faire du souci pour vous !

— Je sais bien, je suis désolée. Mais les choses s'accélèrent. J'ai récupéré le pentacle.

— Enfin !

— Et aussi le Livre des Ruines.

Thurston marque un temps d'arrêt avant de répondre. La surprise s'est brièvement inscrite sur son visage.

— Le Livre des Ruines ?

— Parfaitement.

Ingrid sourit intérieurement. Thurston n'est pas au courant de l'existence du livre. Encore une lacune. Certes, il n'y a là rien de risible. C'est probablement l'impression d'être passée du rôle de l'élève à celui de maître qui lui procure cette joie un peu prétentieuse.

— J'ai moi aussi des éléments nouveaux.

Il sort une pochette de son sac et en tire plusieurs documents. Des photos, des reproductions de gravures, une carte.

— Je pense savoir où se trouve la cinquième faction.

— Celle de Nyarlathotep ?

— Oui. Regardez.

Sur les photos, une cité à moitié en ruines dans des montagnes. Une vague ressemblance avec un monastère bouddhiste, avec quelques excentricités architecturales.

— C'est au nord de la Mongolie. Dans cette région.

Il indique un endroit sur la carte, près d'un lac sous la frontière chinoise.

— Toutes mes recherches convergent vers ce lieu. La mythique cité de Leng. Aujourd'hui, il n'en reste qu'une partie. Mais voyez ces gravures qui datent du XVIIe siècle. Et celle-là qui remonte à la période Han. Les suivants de Nyarlathotep y sont mentionnés dans de nombreux ouvrages.

— Joli travail. Ils arrivent quand ?

— Je ne sais pas.

— Ça ne nous avance pas à grand-chose… Nous n'allons pas monter une expédition pour aller jusqu'aux confins de la Mongolie, sans être certains qu'ils soient dans ce monastère.

— C'est un risque à prendre. Je peux arranger ça.

Ingrid réfléchit. C'est une information intéressante. Si les suivants de Nyarlathotep sont bien planqués là-bas, elle ne refusera pas l'invitation.

Mais elle ne partira pas à l'autre bout du monde sur les seules présomptions d'un type dont elle sait que les connaissances sont lacunaires. Elle va d'abord en toucher mot à Tungdal.

— Vous n'avez pas moyen de les contacter ?

— Je peux essayer, mais je doute qu'ils me répondent. Leur discrétion est le signe d'une extrême méfiance. Et ils risquent de n'accepter comme interlocuteur que le Centre du pentacle.

— Essayez tout de même. Je préférerais être certaine.

— Je vais m'y atteler. Je vous contacte si j'ai une réponse. Sinon, je prépare le voyage.

Ingrid secoue la tête.

— Voilà. Vous me laisserez une note dans ma boîte aux lettres. Je vous retrouverai à notre point de rendez-vous habituel.

Son entretien terminé, Ingrid retrouve Tungdal et le scribe dans le sous-sol du pavillon. Ce dernier a arrêté de remplir les feuilles des parchemins, pour la bonne raison qu'il a épuisé le stock. Il y a bien une dizaine de cahiers et un paquet de stylos posés sur la table, mais le petit homme n'y a pas touché. Quand elle entre, Tungdal se tourne vers elle, affichant un air déconcerté. Elle n'a pas besoin d'explications.

Elle réfléchit quelques minutes puis récupère un cahier et un stylo et écrit deux trois phrases sous le regard du scribe. Elle lui saisit délicatement la main. Il n'esquisse pas de mouvement de recul. Elle lui place un stylo entre les doigts, qu'il regarde pendant de longues minutes. Puis, doucement, elle guide sa main vers la feuille, l'accompagne alors qu'elle trace quelques hiéroglyphes. Le scribe observe, se tourne vers elle, la fixe un instant. Puis se met à écrire. Difficilement au début, avec plus d'aisance à mesure que le temps passe. Au bout d'une heure, il reprend sa rédaction.

Depuis ce matin, il a abandonné sa litanie. Il se concentre dorénavant sur des phrases plus construites qui sont, d'après Tungdal, des prières assez communes.

À la fin de la journée, après avoir rempli trois cahiers, le scribe se lève, vide le récipient d'eau et fait un tour de la pièce. Il s'arrête devant le pentacle, pose une main dessus, suit les trois cavités du doigt, puis s'en va dans la chambre et s'allonge sur le lit. Quelques minutes plus tard il dort profondément. La journée de travail est terminée.

Tungdal raccompagne Ingrid chez Lisa en taxi, mais alors que le véhicule s'approche de l'atelier, il intime à son conducteur de ne pas s'arrêter. Changement de programme, on retourne au point de départ.

Il a cru voir, dans une voiture garée quelques hectomètres avant le bâtiment, deux hommes qui observaient le passage des véhicules avec un peu trop d'attention. Ce n'est peut-être qu'une fausse alerte, mais il ne préfère pas prendre de risques.

Ingrid dormira au pavillon. Il va retourner seul vérifier si le lieu est effectivement surveillé.

Quand il revient, il confirme le fait. Il vaut mieux dorénavant qu'Ingrid reste au pavillon, afin d'éviter les déplacements. Quant à l'atelier, il l'a protégé. Comme il l'avait déjà fait avec le studio et le pavillon. Ce qui tiendra les importuns à distance.

30

Mots

À son réveil, Ingrid descend prendre des nouvelles du scribe. Celui-ci est déjà accroupi en tailleur, un cahier sur les cuisses. Il lève la tête à son arrivée et la regarde un instant, avant de replonger dans ses écrits. Elle trouve que son expression a changé. Il a l'air plus serein maintenant. Peut-être se sent-il en sécurité ? Peut-être comprend-il qu'il a quitté le royaume d'ombres et de néant où il a erré pendant des siècles à la recherche d'un soleil hypothétique ? Peut-être que le simple fait de reprendre une activité qui a dû l'occuper de longues heures durant sa vie suffit à l'apaiser ?

Peu après, Tungdal débarque et convie Ingrid au rez-de-chaussée. Il étale un journal sur la table. Le titre est sans appel.

Opération policière et militaire de grande envergure dans le port du Havre.

Le long article contient peu d'informations. Beaucoup d'hypothèses, quelques témoignages de riverains et d'officiels. Un réseau terroriste de grande envergure aurait été neutralisé suite à une longue enquête. Une opération parfaitement coordonnée, une intervention dans les règles de l'art : de nombreux prisonniers et aucune victime à déplorer. L'opération Le Havre est un succès total. Pour les forces de l'ordre en tout cas. Pour Ingrid et Tungdal, il va encore falloir attendre.

Le scribe a abandonné sa retranscription de prières. Il aligne maintenant une énumération erratique d'intitulés, au contenu étrange.

Mots pour dévorer le temps
Mots pour lier la matière aux soleils noirs
Mots pour juxtaposer les dimensions
Mots pour voguer sur le chaos primordial
Mots pour chuchoter dans les ténèbres
Mots pour accélérer le cycle de l'éternité

Tungdal, quand il les découvre, jubile.
— Ce sont les intitulés des rituels contenus dans le livre. Du moins une partie.
— Il n'y a pas celui qu'il nous faut ?
— Pas encore. Mais il a vu le pentacle, il va finir par comprendre.
Toute la journée, le scribe continue sa rédaction, ne s'interrompant que deux fois pour se poser près de la table et manger sans empressement son taboulé. Ingrid a l'impression qu'il procède avec méthode, que chacun de ses gestes est calculé.
Et l'énumération continue…

Mots pour féconder le néant
Mots pour prévoir le passé
Mots pour créer des cités cyclopéennes
non euclidiennes
Mots pour nager dans le torrent du temps
Mots pour moduler la volonté des dieux
Mots pour faire mourir la mort

Quand enfin le scribe estime qu'il en a fini de sa journée de travail, il se lève, vide son récipient d'eau et parcourt la pièce en détaillant d'un œil attentif les objets. Il s'attarde plus longuement sur le pentacle sur lequel il pose une nouvelle fois la main, puis se poste devant Ingrid, la fixe un instant dans les yeux. Puis il baisse très légèrement la tête et regagne la chambre, où il s'allonge et s'endort.

Ingrid a senti un frisson lui parcourir l'échine. Elle a cru percevoir quelque chose dans le regard du petit homme. Elle ne saurait trop le définir. Une immensité, une profondeur, une terreur calme, apprivoisée, agréable. Peut-être le lointain reflet de la mort, ou quelque chose de bien plus bénéfique, mais que le scribe ne sait plus exprimer, ou qu'il n'a pas encore réappris à exprimer.

Quand Tungdal et Ingrid regagnent le rez-de-chaussée, ils constatent que leurs téléphones n'ont pas arrêté de sonner lors de leur absence. Après consultation de leurs messageries, ils s'isolent chacun dans une pièce pour rappeler leurs correspondants respectifs, puis se retrouvent dans le salon.

Tungdal annonce que la quasi-totalité des membres de l'Ordre de Dagon présents au Havre ont été embarqués lors de l'opération policière. La dissidence est maintenant en nombre très supérieur sur le sol français. Quant au siège à Innsmouth, c'est la panique généralisée. La perte du triangle est catastrophique. On se prépare à une opération d'envergure contre l'Église Évangélique Quantique, dont on est certain de la responsabilité dans cette affaire.

Ingrid, elle, a des nouvelles encore meilleures. Paulin a réussi à récupérer le triangle. Il faut dire que la pièce ne semblait être rien d'autre qu'un bibelot, sans aucun intérêt dans le cadre de l'enquête. Il a proposé de lui remettre l'objet demain en fin de matinée. Il aurait souhaité l'inviter à déjeuner mais son emploi du temps est surchargé, et l'enquête prime. Ce qui arrange bien Ingrid qui a moyennement envie de parler de voyance et de s'entendre demander quelles sont ses prévisions pour le reste de l'année.

La cérémonie d'insertion du troisième triangle est donc programmée pour le lendemain, tard dans la soirée.

31

À l'oreille d'Ingrid

Le scribe a repris sa rédaction incessante des intitulés du Livre des Ruines.

Mots pour aligner les univers
Mots pour réveiller les étranges cités mortes
Mots pour contraindre le hasard
Mots pour faire du passé le futur
Mots pour rêver au-delà du mur du sommeil
Mots pour faire de la musique des sphères
la marche funèbre des mondes

Toujours aucun signe d'un rituel pour activer le pentacle. Ingrid se demande si ce dernier existe vraiment. Ou si la mémoire du petit homme ne lui fait pas défaut. Elle a relu les cahiers. Il y a en tout et pour tout quarante-deux rituels qui reviennent aléatoirement, certains plus fréquemment que d'autres. Aucune conclusion à tirer dans cette énumération sans logique.

Toutefois, après son déjeuner, le scribe marque une pause. Il reste un bon quart d'heure immobile devant le pentacle à le fixer du regard. Puis il se place devant Ingrid, comme il l'avait fait la veille. Mais cette fois-ci, il pose ses mains sur ses avant-bras. Quelques secondes et il lève la tête et la regarde. Puis il retourne à sa rédaction. Peut-être attendait-il une réponse ? Peut-être vérifiait-il quelque chose ? Impossible de le savoir.

Vers midi, Ingrid s'absente pour retrouver l'inspecteur Paulin dans un café près de la porte de Bagnolet, à deux pas du siège de la DGSE. L'entrevue ne dure pas plus d'un quart d'heure. Paulin est radieux. Il a été reçu par les ministres de la Défense et de l'Intérieur et est attendu à l'Élysée en fin de journée. Sa cote vient de faire un bond phénoménal. Il est bon pour la Légion d'honneur. Il ne sait comment remercier Ingrid pour ses visions et regrette qu'elle ne puisse pas profiter d'une partie des lauriers dont on le couvre. Ingrid le rassure, elle ne fait que son devoir de citoyenne. Il lui remet le triangle, sans omettre de lui poser quelques questions sur son utilité. Ingrid ne peut pas lui révéler grand-chose. Elle l'a vu dans une de ses visions et elle a éprouvé une forte sensation. Elle ne sait pas pourquoi. Mais elle a eu la certitude qu'il était important. Ce que peut constater l'inspecteur : il remarqué quelques frissons qui animaient le visage d'Ingrid quand il a sorti l'objet, et une lueur inexplicable dans ses yeux quand elle l'a saisi. Elle promet de lui remettre d'ici une semaine au plus tard. Ce qu'elle ne fera bien sûr jamais, mais c'est un détail.

Le soir arrive. Tungdal, qui a quitté le pavillon en début d'après-midi, revient enfin. Et il n'est pas seul. Une vingtaine d'hommes et de femmes aux yeux globuleux, avec cette étrange et large bouche, l'accompagnent. Ingrid n'a pas besoin de présentations : la délégation qui représente la dissidence.

Chaque membre lui serre la main avec une certaine ferveur, et les regards sont déférents. Il en émane un respect quasi religieux. Elle sent qu'en temps normal, la cérémonie aurait été une démonstration de solennité, probablement dans le siège historique de l'Ordre, à Innsmouth, dans une grande salle aux murs dégoulinants de moulures en forme d'algues démentielles sous l'œil d'albâtre de statues d'hommes-poissons monstrueux. Elle aurait eu droit à la visite de leurs salles-musée, à l'historique de l'Ordre Ésotérique de Dagon et de l'organisation qui lui a succédé. Peut-être même à une visite de cette nouvelle cité sous-marine qui avait été évoquée au siège parisien, avant que ce dernier parte en fumée et que ses membres finissent dans les geôles de l'État français. Mais il n'est plus question de pompe, de longs discours, et encore moins de *Iä, Iä, Cthulhu fhtagn !* lancés avec ferveur. Il y a urgence et la tension est palpable. On pousse la table et les chaises du salon. Ingrid s'installe au centre, le pentacle en main, et le cercle se forme aussitôt. Elle constate qu'il y a moins d'assurance dans les gestes que lors des cérémonies précédentes.

Des regards s'échangent, des signes aussi, quelques paroles en anglais. Tout cela est compréhensible. Les membres de la dissidence n'ont probablement répété la cérémonie qu'une fois ou deux. Et l'acte qu'ils vont commettre sera lourd de conséquences pour l'Ordre, qui va droit vers une division aux airs de grand schisme d'Occident.

Tout le monde s'étant mis en place, la cérémonie peut commencer. Les sept dissidents ferment les yeux, se concentrent et, d'une voix qu'elle qualifierait d'aquatique, entonnent un chant ouaté et ondoyant.

— Par Dagon, le Dieu-poisson, père des profondeurs stygiennes, par les cauchemars hadaux et la ténèbre sous-marine où nous nageons sans frémir, par l'éternelle viscosité abyssale et les grands monolithes aux géométries affamées, nous, enfants de Dagon, nous porteurs de son aquatique gloire, nous annonçons…

Silence protocolaire d'usage…

— LE NÉANT !

Ingrid, parcourue de frissons, voit une nouvelle fois les murs se gondoler, l'espace-temps se distendre. Elle est emportée dans une ébullition nauséeuse de vase puante, d'entités visqueuses et d'odeurs de putréfaction poissonneuse. L'impression est très désagréable mais, rapidement, elle fait abstraction du chaos qui la malaxe, la secoue, l'emmène toujours plus profondément dans un monde où la pression et la viscosité du liquide qui l'entoure deviennent progressivement plaisantes, familières.

Devant, elle, dans un abîme d'une opacité lourde, elle voit, ou plutôt elle sait qu'il y a un monde immense de blocs noirs, encastrés, juxtaposés, empilés, sans aucune logique géométrique. Aucun chaos toutefois. Juste une grandiose harmonie architecturale, imperceptible et incompréhensible pour l'esprit humain. Derrière cette forêt primordiale de monolithes et de blocs contournés, une présence plus grande que des systèmes solaires, aux longs bras écailleux, la contemple, l'absorbe, la respire. Elle se sent partie d'un tout indéfini, de ténèbres abyssales, de palais incompréhensibles. Alors le pentacle, comme il l'avait fait lors des cérémonies précédentes, se met à luire. Mille variations chromatiques dans le spectre du noir et du vert sombre. Le triangle s'insère, naturellement, et la réalité reprend ses droits.

Ingrid, qui commence à être habituée à traverser les univers lors de ses multiples visions, se détend, laissant fuser un joli sourire pour son assistance. La cérémonie était parfaite. Elle constate que les visages ont perdu une part de leur nervosité. On peut y lire le soulagement : le destin est scellé.

Pourtant, Ingrid continue à frissonner. Elle ressent une profonde paix intérieure, comme si elle venait d'accomplir un acte supérieur, autrement plus exceptionnel que ce qu'elle, petite humaine sans grandes expectatives, sans prédispositions particulières, pouvait espérer un jour accomplir. C'est étrange. Cela ne lui était pas arrivé lors des deux cérémonies précédentes. Et il reste deux triangles à récupérer…

Bien évidemment, elle n'échappe pas à l'inévitable céphalée. Toutefois, celle-ci paraît atténuée. Courte et peu intense, comme si elle n'était là que par obligation. Cthulhu a-t-il compris que son sort est scellé ? Qu'avec trois voix contre lui et celle d'Ingrid qui n'a aucune raison d'aller dans son sens, il était irrémédiablement condamné ? Cependant, elle peine à croire qu'un dieu cosmique puisse céder à la résignation.

Après avoir étreint longuement le Centre du pentacle, les suivants de Dagon quittent le pavillon. Ingrid a vu quelques larmes glisser sur les joues alors qu'ils la serraient avec ardeur. Elle a aussi pu profiter, une dernière fois l'espère-t-elle, de cette odeur de poisson et de pourriture, certes plus discrète qu'à l'accoutumée, mais ô combien désagréable.

La journée est finie, pense-t-elle.

Mais, alors qu'elle descend, accompagnée de Tungdal, pour reposer le pentacle dans les appartements souterrains du scribe, elle découvre ce dernier debout, immobile au milieu de ce qui lui sert de salon et de lieu de travail. Considérant l'heure avancée, elle pensait que le petit homme aurait déjà regagné sa couche, selon le rituel quotidien qu'il s'impose. Elle entre dans la pièce et s'arrête face à lui. Le scribe fixe le pentacle qu'elle tient de ses deux mains, le parcourt de la paume, suit les délimitations des trois triangles insérés qui ne sont plus que des lignes dessinées, pose à nouveau sa main contre le centre et ferme les yeux. Quand il les rouvre, Ingrid a l'impression de lire quelque chose de nouveau dans son regard. Elle ne sait pas comment interpréter cette sensation. Une nouvelle profondeur ? Une plongée dans des abysses différents, plus lumineux ? Ou moins chaotiques ? La sensation est trop tenue, trop étrangère, pour qu'elle puisse l'identifier.

Le scribe ne regagne pas sa chambre pour autant. Il pose ses deux mains sur les avant-bras d'Ingrid et se tend vers elle, se dressant sur la pointe des pieds. Naturellement, Ingrid fléchit les genoux, amenant sa tête à la hauteur de celle du petit homme. Alors, il approche ses lèvres près de son oreille droite et chuchote quelques phrases. Ce sont des mots étouffés, doux, portés par un souffle harmonieux, une légère vibration.

Le scribe recule ensuite de quelques pas, regarde Ingrid, puis baisse légèrement la tête avant de la relever. Le geste pourrait s'apparenter à un assentiment, mais il est difficile de l'interpréter. Les codes gestuels de l'Égypte ancienne ne sont certainement pas les mêmes que ceux que nous utilisons aujourd'hui.

Puis il s'en va dans sa chambre où il s'allonge sur le lit et s'endort aussitôt.

Tungdal et Ingrid ont la nette impression que son attitude vient de changer. Que, comme les dissidents de l'ordre de Dagon, comme les suivants d'Azathoth et de Shub-Niggurath, une forme d'apaisement allège ses traits.

Dans le salon du pavillon, Ingrid révèle à Tungdal que le scribe a prononcé cinq phrases courtes. Simples, presque inaudibles et pourtant si claires, si ardemment gravées dans sa mémoire. Elle a la conviction qu'il s'agit du rituel pour activer le pentacle, ce que confirme Tungdal.

32

Ceux qui ne chuchotaient même pas dans les ténèbres

Au matin, Ingrid découvre le scribe assis en tailleur sur un des coussins de natte, au milieu de la pièce. Il a dû pousser la table pour libérer l'espace dès son réveil. Il la suit des yeux, sans afficher la moindre émotion. Les cahiers sont restés à leur place, les stylos aussi.

Elle part, accompagnée de Tungdal, direction son appartement. Thurston a peut-être des nouvelles de la Mongolie. Après avoir observé la rue, les porches, les quelques recoins qui s'ouvrent entre les bâtiments, Tungdal l'autorise à sortir pour rejoindre sa cage d'escalier. Il n'a repéré personne. Dans la boîte aux lettres, une enveloppe qui contient une simple feuille avec un message manuscrit.

J'ai réussi à prendre contact avec la cinquième faction. Ils sont en route vers la France !

Ingrid bondit de joie. Elle court annoncer la nouvelle à Tungdal qui n'est pas moins réjoui. Enfin, les suivants de Nyarlathotep ont fini de jouer aux courants d'air.

Deux heures plus tard, dans le bois de Vincennes, Ingrid retrouve Thurston qui trépigne d'impatience.
— Vous avez vu ça !!!
— Vous vous y êtes pris comment ?
— J'ai essayé plusieurs moyens de communication différents. Ils ont répondu à un message envoyé grâce à une radio amateur. Je crois qu'ils attendaient qu'on les contacte depuis quelques semaines !
— Radio amateur ?
— Ils vivent reclus depuis des centaines d'années. C'est déjà une chance qu'ils ne communiquent pas uniquement par pigeon voyageur. J'ai réussi à joindre leur contact radio dans la nuit de vendredi à samedi, qui leur a transmis le message. La délégation a quitté Oulan-Bator hier soir. Ils ont dû atterrir à Paris à l'heure qu'il est.
— Nous allons les retrouver quand ?
— Vous allez les retrouver.
— Sans vous ?
— Ils sont d'une méfiance sans limites. Ils ne veulent d'autre interlocuteur que le Centre du pentacle. Prenez ceci.

Thurston lui tend un téléphone portable. Pas un modèle de base comme celui que Tungdal avait envoyé par la poste. Un smartphone de marque, dernier cri. Il ne fera pas mieux l'affaire, mais Thurston ne connaît pas la demi-mesure.

— Leur émissaire vous enverra un SMS avec l'adresse en fin d'après-midi. Soyez réactive.

— Je le serai.

— Et n'oubliez pas le pentacle.

Ingrid lui sourit. Elle n'est pas cruche, tout de même.

— Une dernière chose. Ce sont des moines. Ils respectent un vœu de silence. Du début de leur initiation jusqu'à leur mort.

Ingrid fronce les sourcils.

— Ça va être coton pour prononcer le rituel.

Thurston ne répond pas. Il affiche une moue dubitative. Probablement qu'il n'a pas connaissance du déroulement de la cérémonie.

— Qu'importe… reprend Ingrid. Ils ont dû prévoir l'éventualité d'une rupture de vœux. L'occasion le justifie.

Après avoir retrouvé Tungdal qui l'attendait discrètement à l'orée du bois, Ingrid insiste pour faire un détour afin de prendre des nouvelles de Lisa. Ce n'est pas sa transe créatrice qui l'inquiète, elle l'a déjà vue dans un tel état. Elle veut juste savoir si les protections que Tungdal a mises en place sont efficaces. Parce qu'elle est seule dans son atelier, et qu'en ce moment elle est perchée à des kilomètres d'altitude. À tel point qu'elle ne régirait même pas si un intrus se glissait chez elle.

Aucun signe de tentative d'effraction, rien d'anormal. Ingrid est rassurée. Sur ce point. L'état de son amie l'inquiète tout de même. Elle l'a connue dans ses moments d'extase créative : elle sait qu'elle orbite alors autour de lointains soleils, que le monde extérieur n'existe plus pour elle. Cette fois-ci, elle a l'impression que l'intensité du phénomène a été décuplée. Lisa n'a pas mangé depuis sa dernière visite. Elle a peut-être dormi un peu, mais rien de moins sûr. Elle essaye de lui parler, mais Lisa ne répond que par des grognements, des marmonnements incompréhensibles. Une sorte de chaos vocal qui ne s'adresse pas spécialement à elle. Elle est entièrement absorbée par sa peinture, qui progresse à grande vitesse. Toutefois, Ingrid, en observant la globalité de l'œuvre, éprouve une impression d'indécision. Comme s'il manquait encore des touches importantes qui scelleraient l'œuvre, qui la fixeraient à jamais.

Elle décide de sortir acheter à manger. Un petit tour au supermarché le plus proche et elle revient avec un sac de nourriture et un pack d'eau minérale. Elle dispose le tout le plus près de Lisa, en faisant toutefois attention de ne pas encombrer l'espace qu'elle parcourt entre ses palettes de couleur, ses pinceaux et la toile.

Alors qu'Ingrid et Tungdal s'apprêtent à quitter les lieux, Lisa interrompt son ouvrage. Elle fait plusieurs pas en arrière et se met à parler. D'une voix lente, fragile, d'un ton troublé. Une succession de phrases confuses qu'elle ne prononce que pour elle-même. Ou pour personne.

— Je sentais la colère je sentais l'espoir je sentais la douleur je sentais la peur. Je ne sens plus que la confusion. Il était là. Il n'était pas là. Il sera là. Il sera ailleurs. Le temps est proche. Le chaos est à venir et le chaos ne viendra pas le chaos est parmi nous le chaos est caché dans les certitudes il faut se méfier du chaos il faut se méfier du chaos il faut se méfier du chaos…

Puis elle s'interrompt, secoue la tête et se dirige vers le pack de bouteilles d'eau, en ouvre une, la vide à moitié et souffle.

— Ça va ? lui demande Ingrid.
— Ça va. Il faut que je finisse. Le temps est proche.

Et elle se remet à l'ouvrage, à nouveau étrangère au reste de l'univers.

Ingrid et Tungdal l'abandonnent. Ce dernier tente de rassurer Ingrid. Lisa sent l'approche du Jugement. Elle a compris que l'événement était d'une teneur… cosmique. Probablement sent-elle des forces antagonistes lutter. Ingrid l'écoute mais reste assez dubitative.

— J'espère juste que Lisa ne deviendra pas folle, comme tous ces types dans les nouvelles de Lovecraft.

— Si elle avait dû sombrer dans la folie, lui répond Tungdal, ce serait fait depuis bien longtemps.

Ingrid n'est pas convaincue.

— Il va falloir que l'emballement général s'emballe un peu plus et qu'on en finisse avec Cthulhu. Pas question que je me retrouve à passer mes soirées avec un légume.

En passant récupérer le pentacle, ils constatent que le scribe n'a pas repris sa rédaction effrénée. Il reste accroupi, imperturbable. Seul mouvement qu'il s'accorde : ses pupilles qui les suivent alors qu'ils pénètrent dans la pièce puis la quittent.

Ils s'installent dans le salon et attendent, jetant régulièrement un coup d'œil au téléphone haut de gamme qui repose au milieu de la table.

Et à vingt heures exactement, arrive un SMS. Juste une adresse et une heure de rendez-vous.

Ingrid glisse le pentacle dans un sac à dos et se rend au lieu indiqué en taxi. Tungdal a insisté pour l'accompagner, mais elle a catégoriquement refusé. Thurston l'avait souligné : elle est attendue seule, et les moines sont d'une méfiance absolue. Elle ne fera qu'un aller-retour et elle promet d'appeler si elle a l'impression d'être suivie, ou si quelque chose ne lui paraît pas normal.

Le taxi la dépose un peu plus tard devant une grille en fer forgé, qui ferme l'accès d'un petit parc au fond duquel s'élève une luxueuse maison dans la banlieue ouest parisienne. Elle n'en distingue que les étages supérieurs. Un toit en ardoises, deux tourelles, de larges et hautes cheminées.

Elle attend que le taxi ait tourné à l'angle de la rue, puis appuie sur la sonnette.

Plusieurs minutes plus tard, elle entend un bruit de pas sur le gravier. Une marche légère, mais lente. Enfin, la grille s'ouvre. Un homme grand, maigre, au visage décharné et aux yeux bridés, entrouvre la porte. Il a le crâne rasé et n'est vêtu que d'une longue toge, ou robe, d'un noir mat. Il fixe Ingrid dans les yeux, la parcourt du regard, tourne la tête à gauche, observe les environs avec insistance, opère les mêmes vérifications à droite, la détaille une nouvelle fois de la tête aux pieds. Enfin, il tire la porte vers l'intérieur et lui fait signe d'entrer. À peine a-t-elle passé le seuil qu'il la referme à clef. Puis, il s'adresse à elle dans une langue qu'elle ne comprend pas, d'une voix sifflante, excessivement aiguë et désagréable. Elle suppose que c'est du mongol, ce qui est un peu gênant vu qu'elle n'en connaît pas un mot.

Elle ne répond rien, affichant un air dubitatif. L'homme la questionne à nouveau, elle écarte les mains, ouvre grand les yeux, hausse les épaules, enchaîne toute la panoplie de gestes qui pourrait lui faire comprendre qu'elle ne comprend rien à son charabia. Mais rien n'y fait. Il répète le même sabir incompréhensible. Elle se saisit alors de son sac. Aussitôt, il fait un bond en arrière et lâche un sifflement strident, lèvres retroussées. Putain, se dit-elle, il ne va pas me mordre, non plus. Elle pose le sac à terre, le plus lentement possible, l'ouvre, en montre le contenu à l'homme qui s'est rapproché. Finalement, elle sort le pentacle et lui tend. À nouveau, il se recule. Il n'a clairement pas l'intention de toucher l'objet. Enfin, il part en direction de l'escalier de marbre qui s'élève vers la large entrée de la maison.

À l'intérieur, des meubles style Empire du plus mauvais goût. Le lustre de la grande salle de réception n'a rien d'original, si ce n'est sa taille excessive et la surcharge de pendeloques qui réfractent la maigre lumière dispensée par plusieurs chandeliers. Aux murs, des tableaux : portraits, scènes cynégétiques, imitations néo-classiques des plus grands moments de la mythologie grecque. Une villa de la haute bourgeoisie, comme il y en a pléthore dans le quartier.

L'homme fait comprendre à Ingrid qu'elle doit laisser son sac là. Son blouson aussi. Et qu'elle doit se déchausser. Ce qu'elle fait sans tergiverser. Il la guide ensuite jusqu'à un gigantesque escalier. Au premier étage, une énorme porte à double battant leur fait face. Fermée. L'homme montre le sol du doigt. Ingrid hoche de la tête. Elle a compris, elle doit rester là. Puis il se retourne et redescend l'escalier.

Les deux battants de la porte s'ouvrent, lentement, accompagnés de grincements. Face à elle, une large pièce dont on a repoussé tout le mobilier dans les coins et entassé, sans aucune délicatesse, la décoration sur le long balcon qui s'ouvre derrière les trois grandes portes-fenêtres au fond de la pièce. Tableaux, vases, tapis, bibelots, lustre, tout a été jeté là afin de dégager la place. Seules deux bougies, placées à terre, l'une près du mur de gauche, l'autre à l'opposé, empêchent l'obscurité d'avaler le lieu. Des hommes se tiennent en arc de cercle dans la salle. Sept. Habillés de longues robes noires brodées de motifs d'or. Des motifs qui n'évoquent rien à Ingrid, si n'est une pléiade de minuscules soleils incohérents. Les hommes sont grands, entre un mètre quatre-vingt-dix et deux mètres, et de corpulence impressionnante. Mais ce n'est pas la masse musculaire qui les rend imposants. Ils sont gras. Leur visage abominablement boursouflé de plis graisseux, imberbes, leurs crânes rasés et leurs yeux réduits à l'état de fentes qui séparent une chair adipeuse leur donnent une allure repoussante. Des bouddhas démoniaques, se dit Ingrid, tout en sachant que la comparaison est bien loin d'approcher la réalité. Ils la fixent, sans laisser apparaître la moindre expression, sans bien sûr s'adresser à elle – leur vœu de silence. Elle pénètre dans la pièce et prend place au centre où l'attend le triangle. Le cercle des hommes se referme autour d'elle, alors qu'elle saisit l'objet et le pose au-dessus d'un des deux espaces encore vides. Elle s'interroge. Le rituel peut-il fonctionner sans être énoncé ? Y a-t-il un magnétophone caché dans un coin de la salle qui va se mettre subitement en route ? Elle en est encore à chercher une solution quand elle prend conscience qu'elle perçoit un son. Un son qui n'existe pas dans l'espace physique. Un bourdonnement extrêmement grave, une vibration sortie d'une gorge monstrueuse, qui s'impose à elle. Qu'elle entend mais qui n'existe pas. Et qui se transforme progressivement en une litanie lourde, grave et entêtante, qui modèle les mots comme s'ils étaient extirpés d'une substance visqueuse et brûlante. Elle observe les visages tournés vers le sol. Les yeux sont clos, les lèvres immobiles.

Alors, le rituel commence.

— Par Nyarlathotep, chaos rampant, marcheur des étoiles, par l'abîme intensif des ténèbres où nous ne sommes que la beauté de son silence, par la piscine d'ombre où grouillent les millions de visages et d'entités qui ne sont que lui, nous, enfants de Nyarlathotep, nous porteurs de sa noirceur la plus noire, nous annonçons…

Le silence envahit soudainement la pièce, laissant un vide angoissant. Rien, un néant auditif complet. Pas une note qui traînerait, pas un soupir… Puis, la litanie conclut avec une puissance nouvelle.

— L'EXISTENCE !

Ingrid est emportée par un tourbillon de frissons. La salle fond, lourde et noire comme un bitume vivant. Elle vogue dans une nuit éternelle où de grands yeux inhumains et menaçants forment des mondes agressifs, où les mots des dieux s'empilent et s'agrègent pour créer une substance d'horreur éternelle. Et là, au milieu, autour, ailleurs, un être sans visage, à la forme à la fois définie et à jamais changeante, qui rit et vomit des nuées d'une folie physique, comme autant d'immenses galaxies dont les spirales insensées seraient guidées par sa passion pour l'aliénation. Elle s'approche, incapable de résister à cette attraction qui semble, cette fois-ci, différemment accueillante. Elle ne ressent pas ce partage, cette acceptation. Elle a l'impression de se mêler à une multitude, d'être assimilée sans qu'on lui porte une attention spéciale. Les tourbillons la brassent, elle est palpée par cette folie tangible, par cette nuit sans étoiles, elle effleure cet être plus noir que la noirceur dont le cœur est de la matière primordiale des univers. Ce n'est pas aussi agréable que les précédentes expériences, même si elle ne ressent aucune animosité. Juste une indifférence divine. Puis, le pentacle s'enrobe de lueurs noires et le triangle s'insère, accompagné de quelques reflets d'ébène.

Quand la vision se dissipe et que la géométrie rassurante de la salle s'offre à nouveau à sa vue, elle s'aperçoit qu'elle est seule. Les moines adipeux aux tuniques de petits soleils aberrants ont disparu. Le triangle, lui, s'est parfaitement inséré dans le pentacle. Elle sort de la pièce, descend l'escalier. Plus personne. Elle entend juste une série de bruits peu communs, comme si on battait l'air avec des grandes peaux en cuir.

Elle récupère son sac, renfile ses chaussures puis repart jusqu'au portail qu'on a laissé ouvert et s'engage dans la rue. Elle n'a pas fait cent mètres qu'un souffle brûlant balaye la chaussée. Elle se retourne pour voir une immense flamme englober la maison et monter vers le ciel nocturne, arrachant buissons, tuiles, emportant une partie de la décoration stockée sur le balcon. Le gigantesque incendie se tasse rapidement, s'évasant à sa base, et consume à une vitesse phénoménale la totalité de l'édifice.

Ingrid regarde le brasier en se demandant ce qui a pu provoquer un tel phénomène. Et une telle paranoïa chez les suivants de Nyarlathotep, dont il devient évident qu'ils ne souhaitaient pas laisser la moindre trace de leur passage…

Elle ne connaîtra rien des excentricités de cette faction, n'aura aucune idée sur ce qui motive leur vote. Peut-être leur amour du silence – une fois toute vie éradiquée de la terre, le silence ne trouvera plus d'ennemis qu'auprès du vent, du chant des vagues et de rares soubresauts de la terre.

Elle repart d'un pas décidé. Rester dans les parages ne servirait à rien, à part à paraître suspecte. Trouver un taxi, rejoindre le pavillon et, ensuite… Épiscopat quantique, à nous deux !

Tungdal attend patiemment jusqu'à minuit. Puis il commence à laisser des messages sur le répondeur d'Ingrid. Un, deux, trois, cinq, dix. À trois heures du matin, il appelle un taxi et se fait emmener à l'adresse du rendez-vous. Pour y découvrir une armada de camions de pompier qui bloque les rues.

Il tente d'approcher. C'est impossible. Il se joint aux badauds, tend l'oreille. Il apprend que la maison de la famille Carter s'est embrasée en fin de soirée. D'un coup d'un seul. Certains parlent d'une fuite de gaz, d'autres d'un objet incandescent tombé du ciel, d'autres encore de squatteurs ayant mis le feu en voulant vider la cuve de fioul. Beaucoup d'hypothèses, une seule conclusion : il ne reste que des cendres. Les soupçons de Tungdal se portent aussitôt sur les membres de l'Église Évangélique Quantique. La méthode leur correspond. Il se rapproche des véhicules de police, écoute les conversations, les communications. Rien de précis là non plus, sinon qu'on ne fait état, pour le moment, d'aucune victime. Il croise les doigts. Pourvu que cette attaque-surprise ait eu lieu avant l'arrivée ou après le départ d'Ingrid. Il téléphone à nouveau. Toujours le répondeur.

Il reste sur place jusqu'au petit matin, observant la ronde de voitures de pompier et de police qui s'amenuise à mesure que les dernières braises sont noyées par les jets des lances à incendie. Vers six heures, il hèle un taxi. Aucun corps n'a été découvert dans les gravats. Ingrid n'y était pas. Elle a peut-être perdu son téléphone lors de l'attaque, c'est une éventualité plausible.

Mais quand il arrive au pavillon, il n'y a personne.

33

Dans l'abîme du temple

33.01 Ingrid

Ingrid ouvre les yeux. Tout est flou. Elle est courbaturée. Elle sent sous elle un sol dur, froid. Elle avance à tâtons, à quatre pattes. Un lit sommaire au matelas inconfortable, pas d'autre meuble à part une chaise des plus rudimentaires. La pièce forme un petit rectangle ; trois murs et une vitre. On l'a privée de ses habits habituels et vêtue d'une robe. Et aucune trace de son sac, des deux téléphones portables qu'elle avait emportés. Quant au pentacle, il manque aussi à l'appel…

Elle se lève mais retombe immédiatement au sol. La nausée est trop violente. Elle rampe jusqu'à un coin de la pièce et s'y blottit. Ça va aller mieux. Elle va comprendre ce qu'elle fait ici. Elle va se rappeler pourquoi elle y est.

33.02 Tungdal

Tungdal est passé à l'atelier de Lisa, qu'il a trouvée roulée en boule au pied de sa toile. Sans la réveiller, il a fait le tour des lieux. Rien, même pas dans la pièce qui sert de chambre d'appoint. Chez Ingrid, même constat. Elle n'y a pas passé la nuit.

Vers dix heures, il doit se rendre à l'évidence. Ingrid a disparu. Et le pentacle avec elle. Pas très difficile de déduire ce qui s'est passé, et où elle été emmenée. De force, assurément.

Il vole un scooter – ce sera plus pratique que d'avoir à chaque fois à appeler un taxi – et file vers Meudon. Il fait un premier passage à vitesse normale devant l'entrée du grand immeuble de verre, puis un second plus lentement. Et une heure plus tard un dernier. Le bâtiment est sévèrement gardé. Devant l'entrée comme à l'intérieur du hall. On craint évidemment des représailles après les actions belliqueuses menées contre les autres factions.

Il va revenir cette nuit après s'être procuré des jumelles. Il y a plusieurs immeubles en face du bâtiment qui feront d'excellents points d'observation. Pas certain qu'il puisse découvrir où Ingrid est gardée prisonnière, mais c'est un début.

Les suivants de Yog-Sothoth sont des demeurés. Il le savait déjà. Ils viennent d'accrocher un nouveau galon à leur panoplie de débiles suprastellaires. Ils espèrent sans doute contraindre Ingrid à changer d'avis. Ce sera vain. D'abord, elle n'acceptera jamais de sacrifier l'humanité pour une bande de misogynes. Puis elle fait partie du pentacle, et ce dernier ne réagira pas à des mots. Elle pourrait annoncer n'importe quoi, seule sa conviction intime sera prise en compte. Les membres de l'Église Évangélique Quantique doivent l'ignorer.

33.03 Ingrid

Après s'être perdue dans un entremêlement de rêves incompréhensibles, Ingrid ouvre les yeux. Le monde ne tangue plus, les flous artistiques ont cessé de rendre la réalité si approximative. Elle peut constater qu'elle est dans une cellule dont un des murs est en plexiglas. Une fenêtre rectangulaire de taille réduite s'ouvre près du sol, sans doute pour permettre de lui délivrer ses repas. À hauteur de tête environ, un carré d'une trentaine de centimètres de côté, grillagé, s'ouvre dans la baie. En face, une autre cellule, identique mais vide. Entre les deux cellules, un passage de trois mètres qui se finit à gauche par un mur, à droite par une porte blindée. Porte blindée qui ne tarde pas à s'ouvrir pour laisser passer deux jeunes hommes habillés d'une toge vert clair. Ingrid reconnaît l'un d'eux, qui, comme son acolyte, baisse la tête alors qu'il approche de la baie. Jeremiah Boerh, le jeune diacre qu'elle avait manipulé lors de sa visite dans l'Église Évangélique Quantique. Au moins, elle est fixée sur un premier point : l'identité de ses ravisseurs.

Alors que le second diacre se baisse, glisse un plateau de nourriture et une bouteille d'eau dans la cellule par l'ouverture près du sol, Ingrid se lève et s'approche du parloir.

— Vous avez fait quoi du pentacle ?

Jeremiah ne relève pas la tête et reste muet. Aucune réponse de son collègue non plus.

— Vous pouvez me parler. Je ne vais pas vous corrompre ou avaler votre âme pure…

Silence.

— Vous attendez quoi de moi ?

Enfin, le deuxième diacre se relève et se place face à elle, le regard noir.

— Impie créature ! Impostrice ! La puissance quantique de la révélation sucera ton âme et éparpillera tes cendres dans le cosmos dégénéré des univers nés des excréments de Yog-Sothoth !

Ingrid agite la tête et soupire.

— Soit… En attendant que la puissance quantique se manifeste, j'aimerais savoir ce que je fous ici ? Et ce que vous avez fait du pentacle.

Le diacre lâche un rire méprisant et colle son visage contre le plexiglas.

— Tu n'es rien. Tu n'es qu'un néant nauséabond, corrompu. Tu ne mérites rien, même pas l'ombre du pardon de notre Seigneur Quantique. Traînée !

Ingrid souffle. Le jeune homme commence à l'énerver. Tant de bêtise, tant d'idolâtrie débile dans un seul corps, c'est surnaturel. Elle se retient de lui répondre en l'insultant. Cela ne servirait à rien. Plutôt utiliser la fragilité psychologique dont font preuve les jeunes diacres. Elle a obtenu des résultats intéressants avec ses précédents rôles de composition. On verra sur quoi ça débouchera. Au pire, ils la prendront pour une cinglée. Ce qui les rapprochera.

Elle se recule, fronce les sourcils, bave un peu, grogne et relève la tête en fixant le diacre du regard le plus démentiel qu'elle maîtrise. Puis elle bondit en avant.

— Je suis la Bête !

Le diacre recule précipitamment, ouvre grand les yeux, puis bafouille.

— Je… Euh…

— Triple sous-merde ! Tu ne comprends rien ! C'est Cthulhu qui te parle. Pas Ingrid Machin chose. Sa conscience a été absorbée. Il n'y a plus rien d'elle dans ce corps. Je suis le Centre du pentacle et l'ange déchu ! Je suis la Bête immonde qui annonce la venue de ton pleutre Christ ! Tu crois que tu vas pouvoir me détruire, toi et ton église corrompue ! Je sais tout ! Tes évangiles ne sont que luxure et mensonges. Je vous écraserai tous, je vous broierai, je balayerai la Terre et vous ramperez tels les serpents insidieux que vous êtes ! Yog-Sothoth est une pute ! Ta trinité suinte la soumission aveugle !

Aussitôt, le diacre se jette à terre, tandis que Jeremiah recule jusqu'à se coller contre la baie de l'autre cellule, le corps agité de frissons, les yeux béants.

— Ô maître des abominations, seigneur de l'infamie ! reprend le diacre d'une voix chevrotante. Je… Je…

Il relève le visage, affichant une expression de terreur absolue. Et détale vers le couloir, suivi dans l'instant par Jeremiah.

Ingrid ne pensait pas obtenir de tels résultats, juste effrayer un peu son interlocuteur dans le but de lui soutirer quelques informations. Elle se demande ce que va déclencher son rôle de composition. Sûrement rien de bon.

Effectivement, un quart d'heure plus tard, trois des sept prélats, accompagnés de l'homme à la soutane bleu foncé qui l'avait accueillie à l'entrée du bâtiment, passent la porte blindée.

Les trois prélats l'observent d'un œil plein de dédain. Puis leur subordonné s'approche, une expression tout aussi méprisante sur le visage.

— Silence, hurle l'homme à la soutane bleu foncé.

Ingrid se dit que le type est complètement débile, elle n'a pas murmuré le moindre mot…

— Silence, impostrice ! Nous avons trouvé le véritable Centre du pentacle.

Ingrid sourit. Puis, d'une voix calme, un peu sentencieuse, elle répond.

— Foutaises. Cthulhu me parle, il me dit que vous mentez… Il n'y a qu'un seul Centre du pentacle. Et il est occupé par Cthulhu. Vous le savez. Je suis Cthulhu. La femme n'est plus qu'une enveloppe vide.

Un des prélats s'avance alors, l'air furieux, les traits tendus par une colère qu'il n'arrive plus à maîtriser.

— Nous ne te croyons pas ! Tu es une femme. Nous ne croyons jamais les femmes !

Il sort une fiole de dessous sa soutane et asperge Ingrid à travers le parloir.

Ingrid recule pour tenter d'éviter le jet, ne sachant pas trop ce que contient la fiole. De l'eau bénite quantique, sûrement… Elle reçoit une partie du jet en pleine figure, grimace, puis s'essuie en soupirant.

— Salope ! reprend le prélat. Impie ! Fille de la luxure ! Traînée déterministe ! Faux pentacle !

— Faux pentacle ! reprennent les deux autres prélats alors que les quatre hommes quittent la pièce.

Ingrid secoue la tête. Les délires de ces dégénérés ne connaissent aucune limite.

Quelques minutes plus tard, la porte blindée s'ouvre une nouvelle fois. Jeremiah entre dans le couloir, l'air effarouché. Il fixe Ingrid du regard, n'osant pas s'approcher. Elle se dit qu'elle a dû le traumatiser. C'est dommage, c'est sûrement le seul membre de l'Église Évangélique Quantique pour lequel elle éprouve un peu de sympathie. Probablement à cause de sa fragilité et, parce que, bien qu'aveuglé par ces dogmes abrutissants, il semble avoir conservé une flammèche d'individualité. D'humanité. Ce qui se confirme dans la conversation qui suit.

— Approchez, je ne vais pas vous bouffer, lui dit Ingrid en souriant.

Il hésite encore, puis vient se placer en face d'elle, à distance respectable.

— Vous n'êtes pas possédée par la Bête...

Ce n'est pas vraiment une question. S'il avait vraiment eu un doute, il n'aurait jamais osé remettre les pieds ici.

— Non. J'essayais juste de vous manipuler.
— Je préfère ça.
— Que je vous manipule ?
— Non, que la Bête immonde, ce ne soit pas vous. Je vous aime mieux comme ça.

Moi aussi, pense Ingrid. Mais elle ne va pas insister, le sujet n'est pas très intéressant, et elle n'est quand même pas très fière de l'avoir pris, une fois de plus, pour un imbécile. Même si la situation le justifiait. Vu ce qu'elle en a tiré, elle aurait pu s'en passer.

— C'est quoi cette histoire de vrai Centre du pentacle ?
— Je ne sais pas grand-chose. Les prélats pensent qu'il y a eu une déviation temporelle cosmique, et que l'alignement astral n'a pas désigné la bonne personne. Je ne sais pas trop ce que ça veut dire.
— Qu'ils pensent qu'une femme ne peut pas être le Centre du pentacle, c'est tout.
— C'est vrai. Celui qu'ils ont trouvé est un homme.
— Ça doit les rassurer.
— Pas vraiment. Il n'y arrive pas.

— À mettre le dernier triangle, c'est ça.
— Oui, vous avez deviné.
— Et vous savez pourquoi ?
— Parce que le vrai, le seul, l'unique Centre du pentacle, c'est vous. Qu'importe si vous êtes une femme. Yog-Sothoth l'a décidé. Il a ses raisons.
— Vous les connaissez, ces raisons ?
— Non. Le Principe d'incertitude sacré ? Ou le saint Probabilisme ? Je n'ai pas accompli tous les stades de l'initiation. Et je me demande même si, avec une connaissance totale des évangiles et du dogme, j'y trouverais la solution. Yog-Sothoth nous guide, certes. Il ne nous apporte pas les solutions sur un plateau d'argent, entre deux grappes de raisins juteux et une odalisque évaporée…

Ingrid acquiesce. Joliment formulé. Décidément, le jeune diacre est bien moins crédule qu'elle ne l'avait cru. Et rien d'étonnant à ce que leur Centre du pentacle fantoche n'arrive pas à insérer le dernier triangle. Par contre, il est étonnant que les prélats aient été au courant du tour de passe-passe réalisé pour faire d'elle ce Centre du pentacle qu'elle n'aurait jamais dû être. Ils sont assurément bien renseignés. Et peut-être ont-ils vraiment trouvé celui à qui avait été réservé l'insigne honneur d'être transformé en pantin décérébré. Mais cela ne changera rien. Elle seule peut permettre l'insertion du triangle. Il va falloir qu'ils l'acceptent.

— J'ai lu les évangiles apocryphes, reprend le diacre. Enfin, c'est le nom qui leur a été donné. Ce sont juste des passages qu'on a supprimés.

Il est dit qu'elles ont été rajoutées par une scission hérétique du mouvement, au XVᵉ siècle. J'ai des doutes là-dessus.

Ingrid a aussi des doutes. Elle imagine mal qu'on ait pu trouver des explications quantiques à Jésus Christ au XVᵉ siècle. Qu'importe…

— Il y a des passages de peu d'intérêt, d'autres que je ne comprends pas car ils évoquent des concepts trop abscons pour que je les maîtrise. Il y a aussi ça… Je cite : « *Sois le gardien, toi Yog-Sothoth, fils des univers, univers des fils, toi qui avales les âmes et les purifies, tout en un et un en tout. Sois le gardien égal et même dans ton devoir, Azathoth le tout instable, Dagon le maître ichtyoïde des monolithes, Shub-Niggurath la lubrique engeance de la multitude, Nyarlathotep le chaos rampant. Sois le gardien comme ils le sont et sois le juge comme ils le sont, veille, protège, punis Cthulhu celui dont on ne doit pas prononcer le crime, Cthulhu l'abomination visqueuse douce comme un soleil de peaux de vierges. Sois gardien, soyez un, soyez tous. Yog-Sothoth nous t'adorons, l'Ailleurs fourmille de tes lumières, tes lumières sont nos âmes.* »

C'est étonnant, effectivement, se dit Ingrid. Ce doit être le seul passage de leurs évangiles où leur déité adorée n'est pas considérée comme le centre de l'univers, et qu'elle est placée sur un plan d'égalité avec ses autres camarades. De quoi effectivement provoquer une grave crise morale chez les adeptes de Yog-Sothoth.

— Oui, répond-elle. C'est plus proche de la vérité.

— Je m'en doute depuis mes premières lectures. Il y a trop d'évidences dans les évangiles. Quand je dis *évidences*, je ne veux pas dire des choses dont la vérité est incontestable, mais des enseignements qui m'ont paru plus relever d'une volonté orgueilleuse d'élaborer une foi. Des écrits qui ressemblent à une propagande faite pour s'assurer que des inventions de l'esprit soient acceptées comme des vérités dogmatiques. Je crois qu'on nous ment.

Ingrid se retient de lui crier que tout ce en quoi il croit est un mensonge. Que ce que nous croyons savoir sur ces entités cosmiques est sujet à caution. Les cinq factions ont saisi une part de vérité, qui flottait là, voletant dans le cosmos. Elles les ont modelées au fur et à mesure des années pour solidifier une foi qui n'a aucune légitimité. Les fois naissent parce que les hommes brûlent du désir inconscient de s'inventer des croyances puis de s'y soumettre, parce que rien d'autre ne peut justifier les lois contraignantes et absurdes qu'ils veulent imposer et qu'ils veulent s'imposer. Mais nous ne savons rien, nous ne comprenons rien. Nous interprétons tout.

Jeremiah continue.

— Il y a aussi d'autres passages. De terribles passages. Ça, par exemple : « *Cthulhu, engouffreur de mondes, coupable et accusateur, prononce la sentence avec les six. Six eux, cosmiques, prononcent la sentence. Six, eux, nuée de terre, prononcent le jugement. Cthulhu, recracheur d'univers, accusateur et coupable, prononce le jugement. Leurs voix une*

voix, la voix leur voix. » Et plus terrible encore :
« *Yog-Sothoth le racontait aux hommes, quand les hommes étaient ses fidèles guerriers, aux Fungis, quand ceux-ci œuvraient à ses côtés. Cthulhu a rompu un pacte, un pacte ne se rompt pas. Dans l'Ailleurs, dans les interstices qui séparent les univers et où sommeillent les vierges de néant moléculaire, dans les plans déjetés de l'existence, dans l'effervescence stellaire, Cthulhu a rompu un pacte. Les dieux ne rompent pas les pactes. Les dieux qui n'écoutent plus les dieux, qui se font juges sans écouter les dieux, sont jetés dans la Stase, pourrissent entre néant et existence. Cthulhu enfermé pour avoir rompu un pacte. Car, oui, il existe des pactes dans le chaos cosmique, et leur rareté est égale à leur importance.* »

Ingrid ne sait quoi répondre. Effectivement, tout cela n'est pas très raccord avec les évangiles quantiques dont on a bourré le crâne du jeune diacre.

— Pourquoi les autres déités, reprend ce dernier, si elles étaient sans importance, ou pire, si elles n'étaient que des faux dieux, seraient impliquées à parts égales avec Yog-Sothoth dans le processus du Jugement. Je n'ai pas perçu ce paradoxe parce que le dogme, quand il parle de Jugement, ne mentionne rien de tout ça. Nous sommes aveugles. Et les prélats, quand ils ne le sont plus, se réfugient derrière leurs fausses certitudes. C'est horrible. Cthulhu n'est pas la Bête. Et le Christ quantique est sans doute une invention. Il n'y aura pas de sauveur s'il se réveille. Nous ne sommes que nos propres bourreaux. Nous sommes pitoyables.

Jeremiah s'assoit sur le sol et se prend la tête entre les mains. Pas de doute, son monde de roc quantique est en train de s'émietter. Ingrid pourrait profiter de ce grand moment de faiblesse pour le manipuler une nouvelle fois. Mais elle n'en a plus envie. Elle éprouve même une pointe de pitié pour le jeune diacre.

— Il y a d'autres choses dans le monde que l'Église Évangélique Quantique…

— Il ne va plus y avoir grand-chose quand Cthulhu émergera du néant.

— Il sera détruit. Crois-moi. Je connais l'issue du Jugement. Le triangle de tes maîtres n'y changera rien. D'ailleurs, je te propose d'aller leur annoncer que, vu qu'ils n'arrivent à rien avec leur élu de pacotille, je suis prête à procéder à la cérémonie d'insertion du triangle. Je ne m'y opposerai pas, je collaborerai pleinement.

— Je ne sais pas si vous devriez.

— Pourquoi ?

— Parce qu'après, le rituel du Jugement se fera sans vous. Et ce n'est pas normal. C'est une trahison de la volonté des dieux.

— Il ne peut se faire sans moi.

— Je crains que le faux Centre du pentacle ait trouvé un moyen de se passer de vous.

— Celui qui ne sert à rien ?

— Oh, il sert à beaucoup de choses. Il connaît des savoirs impies. Jamais nous n'aurions dû l'écouter. Et pourtant, les prélats le traitent comme l'élu. Ce n'est qu'un élu sans pouvoir, sans étincelle divine. Un menteur. Un imposteur, un parasite. Mais il détient un livre à la puissance incommensurable. On dit qu'il contient le rituel.

— Le Livre des Ruines ?
— Je ne connais pas son nom…
— Vous ne devez pas vous inquiéter. La décision du Jugement revient aux dieux. Tous les six.

Et aussi à moi, se dit Ingrid, qui se sent un peu surcotée en ce moment. Certes, ce n'est qu'une conjecture, mais tout de même. S'arroger la voix de Cthulhu, c'est une façon de falsifier la volonté d'un dieu. Ça ne va pas plaire à tout le monde dans l'infini cosmique.

Alors que le jeune diacre quitte la pièce pour aller annoncer la proposition d'Ingrid, cette dernière s'assoit sur son lit et se met à réfléchir. Elle ne sait que penser sur cette histoire de livre aux grands pouvoirs. Si c'est effectivement le Livre des Ruines, il ne servira à rien au pseudo Centre du pentacle. Le type va seulement se rendre fou en essayant de le lire.

33.04 Tungdal

À son retour au pavillon, Tungdal a la désagréable surprise de constater que la porte d'entrée a été fracturée. Ce qui n'est pas possible. Il a protégé le lieu avec soin, les répulsifs auraient dû empêcher quiconque de passer la grille. Personne ne pouvait entrer dans la maison, à part Ingrid et lui. Mais cette dernière n'aurait pas défoncé la porte.

Il pénètre dans la villa et découvre qu'elle a été fouillée de fond en comble. Les meubles ont été retournés, les armoires renversées, les placards de la cuisine et le frigidaire vidés de leur contenu. Un petit chaos sans grande importance – il n'y avait rien d'intérêt dans cette maison.

— Le scribe ! lâche alors Tungdal en fonçant vers le couloir où se situe l'accès au sous-sol.

Mais là, il n'y a rien. Vraiment rien. La porte qui permettait d'accéder à l'escalier a tout simplement disparu, ne laissant que la surface crème, homogène du mur. Tungdal se concentre, plisse les yeux, passe la main sur la surface plane du mur. Il ne sent rien. Elle devrait être là mais elle n'y est pas…

Puis, il sourit.

Il frappe contre le plâtre, comme s'il toquait contre le battant d'une porte. Quelques secondes passent. Enfin, elle réapparaît et s'ouvre. Il avance, descend quelques marches. En bas de l'escalier, le scribe lui fait face. Debout, immobile. Et dès qu'il aperçoit Tungdal, il se tourne et rejoint sa place habituelle, où il s'assoit en tailleur.

Tungdal descend et s'accroupit face à lui. Il n'y a pas la moindre expression sur le visage du scribe, qui regarde droit devant lui, ne semblant rien fixer des yeux.

— Ingrid a disparu.

Le scribe n'a pas la moindre réaction.

Tungdal lui mime la coupe de cheveux d'Ingrid, puis montre du doigt un plat en terre cuite où il subsiste un peu de taboulé.

— Ingrid.

Rien.

Tungdal se saisit le menton, grimace. Il ne sait pas trop pourquoi il s'est mis à lui parler. Il est certain qu'il n'obtiendra aucune réponse. Il n'en attend aucune, d'ailleurs. Il trouve juste normal de le prévenir.

— Tu as vu qui est entré dans la maison ?

Rien.

— La maison était protégée. Personne, à part Ingrid, n'aurait pu dû pouvoir entrer.

Pas plus de réaction. Pas un cillement, pas un mouvement de lèvres, pas un frisson sur ses joues.

— Tu as entendu du bruit là-haut, ou tu as perçu une présence. Tu as protégé l'entrée de l'escalier. Tu t'es protégé ?

Toujours rien.

— Qui était là-haut ?

Le scribe cligne des yeux. Une fois, deux fois. Il tourne la tête vers le coin de la pièce où sont entassés ses écrits : les quelques rouleaux de parchemin et les dizaines de cahiers. Il se lève et, d'un pas lent, impassible, va jusqu'aux cahiers. Il en choisit un et revient vers Tungdal.

Une fois devant lui, il l'ouvre de manière à ce que les intitulés de rituels apparaissent dans le sens de la lecture pour Tungdal.

Puis, du doigt, il pointe une ligne.

— *Mots pour moduler la volonté des dieux*, lit Tungdal. Qu'est-ce que tu essaies de me dire ?

Le scribe tend doucement la main et vient la poser sur l'avant-bras de Tungdal.

Aussitôt, le salon en sous-sol disparaît. Tungdal se retrouve dans un désert, sous le soleil brûlant de midi. L'air sec lui frotte les joues et le sable ardent lui ronge les pieds. Il avance, s'enfonçant à chaque pas. Le vent, qui soulève un très léger nuage de poussière, chante un sifflement stérile. Loin devant lui, il peut voir une ville aux nombreuses maisons parallélépipédiques qui forment un amalgame géométrique de droites et d'angles. Les murs de torchis sont d'un blanc mat, semblant refuser de renvoyer l'intense lumière du jour. Il entre dans la ville. Elle est vide, abandonnée depuis assez longtemps pour que la chaux étrange qui recouvre les murs s'écaille à certains endroits, et que les rues ne soient plus que des ruisseaux statiques d'un sable poudroyant. Au bout de l'artère principale s'ouvre une bâtisse plus haute, dont le toit n'est pas plat cette fois mais légèrement convexe. Il n'y a plus de porte pour retenir le vent et empêcher le sable de pénétrer la seule et unique pièce. Au milieu de la salle, sur un autel, un objet d'une étrangeté indescriptible. Il a une forme géométrique mais elle n'est pas définissable, comme si les angles changeaient en permanence, les droites se recourbant, les surfaces existant puis n'existant plus. Il brille, pareil à un soleil. Tungdal prononce le mot *Trapézoèdre étincelant*, qui ne veut rien dire, qui veut tout dire. La vision s'efface alors.

Tungdal est à nouveau dans le salon au sous-sol du pavillon. Le scribe s'est rassis en tailleur. Il reste immobile, les yeux dans le vide.

— Tu veux me faire comprendre que les suivants de Nyarlathotep sont venus ici ? Que ce sont eux qui ont fouillé la maison ?

Le scribe ne réagit plus. Il s'est à nouveau réfugié dans ses pensées, ou dans ses souvenirs, ou dans le néant qu'il a côtoyé pendant des milliers d'années et dont il doit encore rester des bribes en lui.

Tungdal grimace. Il pressent qu'il n'a compris qu'une partie du message.

Il se dirige vers l'escalier, se retourne une dernière fois.

— Je reviens, je dois vérifier quelque chose, lâche-t-il, plus pour lui que pour le petit homme qui ne l'entend sûrement plus.

33.05 Ingrid

Ingrid n'a aucune notion de l'heure. Peut-être est-ce la fin de l'après-midi, peut-être le soir.

Elle en est à compter les minutes, espérant que la situation se débloque enfin, quand cinq hommes en robes bleu foncé entrent dans sa prison. L'un d'eux s'avance vers le parloir.

— Impie putain ! Nous avons ordre de t'amener au lieu de la cérémonie. Si tu refuses, nous disloquerons ton corps en atomes miséreux. Si tu luttes, nous te trancherons la gorge. Si tu…

— C'est bon, merci. Pas besoin de faire un discours, j'ai déjà dit que je voulais bien m'occuper du triangle.

L'homme la toise d'un regard méprisant. Le dégoût comme l'irritation se lisent sur son visage tendu. Il ouvre la porte de la cellule et lui attache les poignets avec des menottes en plastique. Elle se demande de quoi ils ont peur. Elle n'est certainement pas en position de fuir, encore moins de se mesurer à cinq types deux fois plus balaises qu'elle.

Elle passe la porte blindée et se retrouve dans un long couloir. Dans l'ascenseur qui la mène au sixième étage, elle peut voir que sa geôle se situe au deuxième sous-sol. Elle ne s'échappera pas par une fenêtre.

Elle est amenée dans la pièce en demi-cercle vitrée prolongée par une terrasse, celle à laquelle elle avait accédé en empruntant le passage réservé aux prélats. Elle peut voir le ciel noir de Paris, sans étoiles, qui s'ouvre au-dessus du balcon.

Les cinq hommes la placent au centre de la salle, face à la baie vitrée. Puis, avant de quitter les lieux, ils lui passent une cagoule sur la tête. Un tissu épais qui la laisse dans une obscurité totale. Est-ce pour l'empêcher de voir le déroulement de la cérémonie, ce qui est un peu ridicule puisqu'elle en est à sa cinquième ? Ou parce que les prélats ne peuvent supporter de voir son visage, elle, la femme, qui va réussir là où l'autre pseudo-élu échoue lamentablement depuis des heures ? Peu de doutes sur la réponse.

Au bout de quelques minutes, elle sent la présence du triangle. D'abord diffuse, mais qui s'amplifie alors qu'elle entend des bruits de pas se rapprocher. La porte s'ouvre, des personnes se déplacent dans la pièce. Très probablement les prélats qui forment un cercle autour d'elle. Un homme lui saisit les mains et les guide de manière à ce qu'elle puisse saisir un objet : le pentacle. L'opération n'est pas si aisée. Les menottes en plastique ne lui permettent pas de tenir fermement l'artefact. Elle sent ensuite un léger poids s'ajouter. On a placé le triangle sur la cavité. Elle frissonne un peu. Enfin, le dernier acte. Après toutes ces complications, toutes ces incertitudes.

Ses mains commencent à trembler. Ce n'est pas l'émotion.

— Je vais pas le tenir longtemps comme ça...

— Silence, être de tromperie !

Ingrid s'abstient de surenchérir. Ils vont comprendre dans une minute, quand tout va se retrouver sur le sol, pentacle, triangle... Elle entend des chuchotements. Puis on revient vers elle et on la libère de ses ridicules menottes.

— Tu sais ce que tu dois faire. Si l'idée saugrenue te venait de nous refaire croire que la Bête squameuse te possède, ou quoi que ce soit d'autre... Je reviens dans la pièce et je te...

— Tranche la gorge. Merci, j'ai compris.

— Silence, insidieuse prétentieuse ! Fille du démon glutineux !

Ingrid ne répond pas. Elle a d'autres choses à faire, plus importantes.

Dès que la porte se referme, les chants commencent. Plus complexes qu'à l'habitude, avec une utilisation du contrepoint très chaotique, voire probabiliste.

— Par Yog-Sothoth, tout en un et un en tout, maître de l'espace-temps, par les interstices séparant les plans de l'existence où passé, présent, futur sont tous en toi, par tes globes irisés qui nous portent de par les ténébreux soleils, nous, enfants de Yog-Sothoth, nous porteurs de l'essence motrice du maelström éternel des forces de vie, nous annonçons…

Le silence protocolaire d'usage…

— L'EXISTENCE !

Aussitôt, une douce chaleur envahit Ingrid, accompagnée des frissons habituels. À nouveau, la réalité se déforme, s'amenuise, et cède place à une autre réalité, plus évasive, plus gigantesque. Ingrid se sent brassée dans un vent irréel qui la transporte à travers l'espace comme le temps, passant les portes des univers et des dimensions. Elle se retrouve dans un indéfini absolu, ni ici ni ailleurs, ni maintenant ni jamais. Pourtant, elle a l'impression que tout se concentre en un point qui est à la fois matériel et infini. Elle perçoit une entité fourmillante, une masse fluctuante où s'activent des grappes et des chapelets de globes iridescents, et dont la danse et les frémissements ouvrent et ferment des portes dimensionnelles, inlassablement.

Elle se sent caressée par un déferlement d'énergie pure, un concentré de soleil et de galaxies, une quintessence sublimée du néant, et son âme est engloutie par une chaleur occulte. Il n'y a plus ni temps ni espace, les deux sont informes, liés éternellement dans un non-sens qu'elle ne sera jamais capable ni de nommer ni de décrire. Le pentacle s'est mis à luire, un jaune coruscant, fabuleusement lumineux. Le triangle s'y insère, délivrant une nuée poussiéreuse d'un or opalin magique. Et la réalité revient, comme à chaque fois. Cette fois-ci peut-être moins bienvenue que lors des cérémonies précédentes…

Ingrid secoue légèrement la tête puis lâche un petit rire.

— Alors, les bouseux quantiques ! C'est qui le Centre du pentacle ?

Pas de réponse. Seulement le bruit de pas qui quittent la salle. Puis, on lui enlève sa cagoule, on lui rattache les mains. Et d'une bourrade dans le dos, elle est renvoyée vers le couloir, direction sa cellule.

— Avance, chienne !

— Et le rituel du Jugement ? demande Ingrid, tout en comprenant bien qu'il n'est pas prévu dans l'immédiat, et qu'on va encore donner sa chance à l'imposteur mythomane avant de revenir la chercher dans sa prison.

— Le rituel du Jugement ? La résurrection n'est ni une affaire de femme ni celle d'une pustule trompeuse qui tente de se jouer de la trinité Quantique ! Avance et ferme-la !

Jolie conclusion, se dit Ingrid.

33.06 Tungdal

Tungdal a enfourché son scooter et s'est rendu à grande vitesse chez Lisa. Il va la déranger, il le sait, et il sait aussi qu'il va être difficile de l'arracher à sa transe. Mais c'est nécessaire. Il doit vérifier une chose essentielle.

Il se souvient bien des descriptions qu'Ingrid avait faites des cinq premières toiles, scellées aujourd'hui dans des coffrages. Il espère juste qu'elles sont stockées dans un lieu proche de la capitale. Convaincre Lisa d'en ouvrir une va déjà être un tour de force. S'il pouvait s'épargner un voyage à l'autre bout du pays...

Quand il entre dans l'atelier, il s'attend à voir cette dernière debout face à sa toile, peignant frénétiquement, son esprit happé par un au-delà artistique dont peu de choses au monde pourraient la faire revenir. Il lui parlera, il la secouera, il l'emmènera de force si c'est nécessaire.

Lisa est bien là, devant sa peinture démentielle. Mais elle est assise, un peu en retrait, la tête tournée vers le sol. Ses pinceaux sont répandus à terre. Il s'approche. Elle ne lui prête aucune attention. Elle marmonne, d'une voix chevrotante, dévastée.

— C'est... presque fini... il... manque... une chose... ou... il ne manque... rien... je ne sais pas... je ne sais plus... mais ce n'est pas fini... j'avais cru posséder toutes les pièces... j'avais cru savoir... j'avais cru que tout... tout était... clair... que tout... tout était là... la mort... j'avais dit... je le savais... je ne sais plus... la mort... l'existence... tout est possible... rien n'est possible... la mort... l'existence...

Elle cesse un instant son discours et frappe brutalement sa tempe de son index.

— Là... tout... compris... assimilé... être certaine... capable de le dire... capable de le peindre... je savais tout... je ne sais plus... je ne sais pas...

Tungdal lui saisit le visage et le redresse, de manière à pouvoir la fixer dans les yeux. Il craint un instant que les visions qu'elle a bien inconsciemment volées à Ingrid l'aient rendue folle, que son esprit, après avoir emmagasiné puis réussi à transcender ces bouffées horrifiques, ait lâché prise. Mais non, Lisa n'a pas ce regard possédé que l'on trouve chez ceux qui ont touché la vérité – cette vérité du moins – de trop près, qui ont perçu une réalité qui n'est pas faite pour être appréhendée par l'humanité. Elle est juste désespérée, perdue dans ses doutes, dévastée de savoir qu'elle vient de perdre cette certitude qui l'inspirait.

— Lisa, écoute-moi, c'est important. Tes cinq premières toiles, elles sont où ?

Elle ne répond pas. Elle agite doucement la tête et se met à pleurer.

— Lisa ! Reprends-toi. Ça va revenir. Je sais quel est ton problème. C'est notre problème à tous. L'avenir est indécis. Pas indécis comme il l'est naturellement. Là, il ne s'écrit plus, il est en suspens. Mais ça ne va pas durer, je te l'assure.

Lisa le regarde, les yeux un peu moins brouillés. Elle semble avoir compris ce qu'il lui racontait. Peut-être pas l'intégralité du propos, mais l'idée générale. Tungdal, l'ex-amant débile d'Ingrid, possède la clef qui mettra fin à ses incertitudes.

— Qu'est-ce que tu veux faire avec mes cinq premières toiles ?

— Je veux voir la première. Celle où la nuit paraît refléter une éternité d'agonie. Où les circonvolutions des étoiles créent une danse dans un désert de vie.

— Ça servira à quoi ?

— À m'assurer que je ne me trompe pas. Même si je préférerais que ce soit le cas. Tu peux faire, ça, me la montrer ? Je sais que tu t'es juré de ne pas la révéler au monde avant plusieurs années.

Lisa hausse les épaules.

— Je peux le faire.

Une heure plus tard, ils arrivent dans la maison des parents de Lisa, une demeure plutôt jolie dans les quartiers nord de Melun. Il n'y a personne en ce moment. Son père et sa mère sont en vadrouille dans le sud, ce qui va simplifier les choses. Dans le grand garage qui ne sert qu'à stocker les diverses toiles de Lisa, et plus spécialement les cinq très grands coffrages, ils dégagent la première peinture de ses œuvres cachées et l'exposent contre la large porte du garage, qu'elle couvre presque entièrement.

Tungdal ne connaissait cette toile que par les descriptions qu'Ingrid en avait faites. La voir est une expérience autrement plus impressionnante. Il la parcourt du regard, cherche les détails, considère la globalité. L'œuvre est supérieure, inhumaine, troublante par sa noirceur, exemplaire par la luminosité qui s'y tapit. Cela ne ressemble à rien de connu, ni par le style ni par la puissance qu'elle dégage. Pourtant, Tungdal ressent une impression de familiarité. Cette bribe d'une autre réalité que Lisa a captée, il la connaît.

— Ça t'aide ? demande finalement Lisa.
— Pas encore. J'ai besoin de toi pour voir ce que tu y as exactement fixé. Pour voir derrière la toile. Pour comprendre, non pas le concept, mais la réalité derrière l'illusion.

Lisa paraît un peu surprise par la remarque étrange de Tungdal. C'est vrai qu'elle est habituée à entendre tout et n'importe quoi quand elle expose dans des galeries. Mais Tungdal n'est pas là pour jouer à mettre en valeur son ego en réécrivant la banale réalité de frivolités linguistiques.

— Qu'est-ce que je dois faire ?
— Regarde bien. Laisse ton regard s'imprimer de la vision. Ne focalise sur aucun point. Laisse la peinture te pénétrer, accepte-la comme une autre réalité.

Lisa se concentre

— Qu'est-ce que tu vois ?
— Rien.
— Tu ne peux pas ne rien voir.
— Je vois la peinture. Rien d'autre.
— Laisse-toi aller, ne résiste à rien, ne cherche pas les détails, ne conçois plus le tableau comme la fixation d'une idée, d'une inspiration.
— Je vois la peinture…
— Essaie encore.
— Rien. Je ne sais pas ce que je dois voir ?
— Tu ne dois rien voir précisément, tu dois ressentir. Tu ne dois pas observer, mais participer, être dans cette réalité tordue que tu as retranscrite, que tu as créée. Donne-moi la main.

Lisa s'exécute. Peu à peu, elle se détend, se laisse imprégner par la peinture, tentant de retrouver la source de son inspiration, l'idée et la réalité qui l'avaient guidée lors de sa réalisation.

— Tu vois quoi ?
— Peinture… Chaos artistique… Réalité viciée… Chaos supérieur…
— Encore ?
— Le chaos… Le chaos cosmique.
— Laisse-toi aller, plus loin. Toujours plus loin.
— Une déité.
— Je la vois aussi. Tu ne sens pas qu'elle est vivante. Ici, ailleurs, que la peinture n'est pas juste une fixation mais un emprunt à une autre réalité.
— Oui je sens cela.
— Et maintenant ?

— Un être abominable qui semble ramper dans le chaos… Le chaos rampant.
— Continue.
— Nyarlathotep.
— Maintenant, extirpe-toi le plus lentement possible de cet univers. Reviens à la réalité naturellement, sans empressement.
— Un homme… Un visage…
Tungdal lâche subitement la main de Lisa.
— Plus rien… Plus que la peinture…
Tungdal a aussi vu le visage. Il sait, maintenant. Et il comprend que, dans un puzzle, il n'y a jamais de pièce superflue.
— On est tous morts…

Tungdal a ramené Lisa chez elle, l'a allongée dans son lit et a attendu qu'elle s'endorme. Elle ne s'est pas endormie. Elle continue à être agitée par l'indécision qui l'absorbe, embrouille son esprit, la détourne du chemin clair qu'elle s'est tracé. Tungdal lui a proposé des somnifères. Ou, à défaut, de quoi rouler un pétard ou deux. Elle a catégoriquement refusé. Si l'indécision disparaît, elle veut être pleinement lucide. Il ne manque quasiment rien à sa toile.

Tungdal en est certain, l'indécision va disparaître. D'ici très peu de temps. Mais il est incapable de dire si les derniers coups de pinceau valideront la mort ou la survie de l'humanité…

Car il a passé en revue les options qui s'offrent à lui. Il n'y en a pas beaucoup, et aucune n'est satisfaisante. Mais il sait que le sort ne dépend pas de lui. Il n'a jamais dépendu de lui.

Il est cinq heures du matin quand il regagne la villa. Et là, surprise, il découvre un jeune homme en soutane vert clair qui attend devant la grille d'entrée du jardin. Un membre de l'Église Évangélique Quantique. La couleur de sa robe indique qu'il se situe très bas dans la hiérarchie, mais il est important de l'écouter. Il a peut-être un message à délivrer.

Le jeune diacre s'appelle Jeremiah Boerh. Il a attendu quasiment toute la nuit devant la grille. Il a sonné d'abord puis essayé d'ouvrir. Mais sa main n'a jamais réussi à atteindre la poignée de la grille. Comme si quelque chose de magique protégeait cette maison. Tungdal lui a demandé d'attendre le temps de désactiver les répulsifs, et l'a accueilli dans le salon. Et là, le jeune diacre a pu raconter son histoire.

Elle confirme bien qu'Ingrid a été enlevée par l'Église Évangéliste Quantique. Tungdal n'en avait jamais douté. Mais ce dernier apprend l'existence d'un faux Centre du pentacle. Il sait qui il est. Celui-là même qui a réussi à pénétrer dans la villa malgré les protections.

La conversation dure une bonne heure. Au final, Tungdal conclut qu'il faut à tout prix empêcher le rituel du Jugement. Il a été battu à son propre jeu. Il pensait être le seul à manœuvrer dans l'ombre, il a trouvé son maître. Le souci, c'est qu'il n'entrevoit aucune solution. Voler le pentacle est impossible, arracher Ingrid des griffes de ses ravisseurs pour l'empêcher de prononcer le rituel ne semble pas plus réalisable. Mais il ne baissera pas les bras pour autant. Il doit exister une solution…

Au moment où il décide de congédier le diacre, il entend un grincement provenant du couloir. La porte qui mène au sous-sol vient de s'ouvrir.

Il s'approche. En bas de l'escalier, le scribe semble attendre.

Est-ce une invitation à faire descendre le jeune diacre ? Quoi d'autre ?

Tungdal demande à Jeremiah d'approcher, et dès qu'il se trouve dans l'embrasure de la porte, le scribe pointe le doigt vers lui, avant de disparaître dans ses appartements.

Tungdal invite le jeune diacre à le suivre, sans lui expliquer qui est le scribe, en lui intimant juste de ne pas poser de question. Pour l'instant.

Arrivés dans le salon, ils retrouvent le petit homme immobile à sa place de prédilection. Tungdal fait comprendre à Jeremiah qu'il doit s'asseoir en face de lui. Il ne sait pas ce qui va se passer, ce qu'il doit espérer de cet événement imprévu, mais il ne peut que souhaiter qu'il lui apporte une aide qu'il n'attendait de personne.

Le petit homme parcourt le diacre des yeux pendant au moins une minute, observant son visage, détaillant ses lèvres, ses yeux, ses mains. Puis, il se lève.

Alors, contre toute attente, dans un français limpide, il parle.

— Je suis le passé le présent le futur celui qui a vu qui voit et qui verra je suis celui qui a murmuré depuis sa prison de néant d'intangibles histoires aux oreilles des artistes des poètes des mages des prophètes je suis celui qui vola aux dieux le Livre des Ruines je suis celui qui inspira le Nécronomicon je suis celui qui trompa les dieux je suis celui qui offrit une chance aux hommes je suis celui qui a ouvert la page je suis celui qui voit la page se refermer je suis celui qui était qui est et qui sera je suis le scribe. Approche.

Jeremiah se lève à son tour et vient s'agenouiller devant le petit homme qui pose sa main contre son front. Les deux ferment les yeux quelques secondes. Tungdal les fixe d'un regard interrogateur, tentant de décrypter cet échange silencieux. Puis, le diacre se détend, et lâche un long soupir. Le scribe laisse lentement retomber sa main, pour ne plus bouger.

Une fois au rez-de-chaussée, Tungdal essaye d'en apprendre plus sur l'étrange échange qui vient de se dérouler. Et surtout de savoir s'il y a là matière à espérer.

— Qu'est-ce qui s'est passé ?

— Je crois que j'ai vu le futur. Celui que nous voulons.

— Et il s'y passe quoi ?

— Je ne sais plus. Tout est devenu flou quand j'ai rouvert les yeux. Mais je dois transmettre un message à Ingrid. C'est ainsi que ce futur sera.

— Tu vas pouvoir l'approcher d'assez près pour lui parler ?

— Je ne vais pas avoir besoin de parler.

34

Et pour conclure, le chaos

34.01 Dedans

Ingrid est réveillée depuis une heure environ quand des hommes en soutanes légèrement plus claires que celles des prélats débarquent dans sa prison. L'un d'eux, un type au visage de corbeau et au regard de vipère, se plante devant elle.

— Il est l'heure. Remets ton âme à l'infini cosmique et sois régénérée ailleurs, selon les probabilités, selon l'incertitude. Consacre ta petitesse à l'infini. Absorbe-toi dans l'atome. Que les saveurs du quark et la masse du champ de Higgs soient tes juges.

— OK, répond Ingrid, qui ne sait pas trop si c'est une forme de bénédiction avant de procéder au rituel ou une extrême-onction avant son exécution.

La logique pencherait pour la première solution, la bêtise et l'aveuglement de ses geôliers pour la seconde.

— Je dois faire quoi ?

— Te taire d'abord. Et prier Yog-Sothoth l'éternel, l'ubiquiste, le superposé, le tout en un et un en tout.

Ingrid ne répond pas cette fois-ci. Elle pressent qu'elle ne recevrait qu'une bordée d'insultes.

Un autre homme s'approche et glisse une grande feuille d'un papier épais et un stylo-plume par l'ouverture située au niveau du sol.

— Maintenant, rédige !
— Mon testament ?
— Ta langue de vipère est bien pendue, traînée ! Rédige !

Ingrid fixe l'homme dans les yeux, contenant son envie de l'envoyer paître.

— D'accord. Mais, langue de vipère et pute cosmique mises à part, j'écris quoi sur ce papier ?

L'homme lui crache dessus.

— Tu écris le rituel, lie d'humanité, monstre macroscopique !

Elle soupire. Puis elle saisit la feuille. Si ces cons veulent le rituel, elle leur donnera le rituel. Qu'ils essayent d'activer le pentacle, de prononcer la dernière sentence du Jugement…

Elle annote comme titre : *Mots pour activer le pentacle*.

Ce n'est peut-être pas le bon intitulé puisqu'il n'était jamais apparu dans listes du scribe et que ce dernier ne le lui avait pas communiqué. Mais qu'importe.

Elle rédige ensuite les cinq phrases qui composent le rituel. Et, dès les premiers mots, elle s'aperçoit qu'elle n'écrit pas en français. Elle peut se relire sans problème mais les signes qu'elle trace, de très étranges hiéroglyphes, n'appartiennent à aucune langue qu'elle connaît. Hum, se dit-elle. Ils vont croire que je me paye leur tronche. Je suis repartie pour une salve de sermons absurdes et une bordée d'insultes.

La rédaction terminée, elle glisse la feuille par l'ouverture. L'homme qui lui avait fourni le matériel d'écriture la saisit en détournant le regard. Un autre membre de la délégation est allé à la porte et a fait un signe vers le couloir. Entre alors un jeune diacre qu'elle n'a jamais croisé. On lui tend la feuille qu'il essaye de lire.

Le jeune homme parcourt la première ligne, concentré, fronce les sourcils. Une succession de contractions virulentes tend son visage.

— Je... Je... Je n'arrive pas à lire... Les signes dansent. Ils n'arrêtent pas de bouger... De changer de forme... Ils viennent en moi. Ils... Ils... sont en moi ! Le... vide... Le...

Il pousse un hurlement strident en lâchant la feuille et s'agenouille, les yeux exorbités. Il bave et sursaute, agité de spasmes violents, puis se recroqueville sur le sol et vomit.

— Je... Je... Je ne veux plus rien savoir !

Les cinq hommes sortent alors après avoir récupéré la feuille et l'avoir roulée puis nouée avec un ruban noir sans jamais diriger leur regard vers son contenu. Suivent peu après deux autres diacres qui pénètrent la prison, l'air effrayé, évitant tout contact oculaire avec Ingrid, et saisissent le pauvre jeune homme par les aisselles puis l'emmènent, alors qu'il délire, incapable d'avancer par ses propres moyens.

Pauvre garçon, se dit Ingrid… J'espère que le pseudo Centre du pentacle va douiller au moins autant que lui…

Elle se rassoit sur son lit. D'ici quelques heures, ils auront compris qu'il ne peut y avoir de Jugement sans elle, la catin persifleuse, l'inconvenante fille de la physique classique, alias le seul, le véritable, l'unique Centre du pentacle.

Effectivement, deux heures plus tard, la bande d'ecclésiastes quantiques qui l'avait amenée à la cérémonie du triangle passe le pas de la porte.

On lui attache les mains une nouvelle fois et on la sort de sa cellule, direction l'ascenseur. Sans une explication, sans un mot. Ingrid préfère finalement le silence aux insultes.

Alors qu'elle dépasse le deuxième étage, une sensation fugace l'envahit. Elle sent une présence, qui rapidement s'étiole alors qu'elle progresse vers les hauteurs du building. Une présence qui l'intrigue. Celle du jeune diacre qui avait, à lui seul, plus de cervelle et de lucidité que l'intégralité du conglomérat de demeurés qui fourmille dans cet immeuble. Elle a cru l'entendre. Non, pas l'entendre, le comprendre sans qu'il ait prononcé, même en pensée, le moindre mot. Il est plein d'espoir, plein de certitude. Une certitude qu'il est important qu'elle partage et qui lui susurre que le dénouement est proche. Elle a été parfaite, elle a rendu réel ce qui était possible, mais qui n'aurait été que néant sans elle. Le scribe a mis les pièces en place, Tungdal a amorcé la partie, elle a placé le coup final. Il ne faut plus lutter, juste se laisser porter, juste laisser la dynamique engagée faire son œuvre.

La sensation a disparu, remplacée par un frisson qui a rayonné dans tout son corps depuis un point intérieur situé sous le plexus. Pendant un instant, elle a eu l'impression d'apercevoir, fugacement, un autre monde. Une étendue où la chaleur torpide cuisait la peau, où le soleil déversait une pluie de lumière éblouissante. Il y avait du sable, beaucoup de sable. Un homme, petit, qui lisait dans un au-delà impossible à définir. Qui écrivait un livre, alors que dans le ciel, des yeux immenses, inhumains, observaient en s'interrogeant. Puis plus rien.

Elle ne sait qu'en penser. Tout cela est trop énigmatique. Et le jeune diacre n'a jamais joué un rôle important dans les événements récents. À peine un second rôle. Pourquoi serait-il maintenant impliqué dans la conclusion qui se profile ? Tout cela est assez déconcertant, en plus d'être abscons. Ne serait-ce pas là une manière de l'influencer ? Cthulhu aurait-il réussi à phagocyter l'esprit du jeune diacre ? Ou alors ce dernier cachait-il diaboliquement bien son jeu ? Pourtant, le jeune homme ne connaissait ni Tungdal ni le scribe. Il n'a pas pu les inventer. Alors ?

L'ascenseur s'arrête au sixième. La procession emprunte quelques couloirs et arrive à destination :

la pièce semi-circulaire et sa vaste terrasse qui domine une partie de la banlieue parisienne.

La pièce a été aménagée. Au centre, un large pupitre entouré des nombreuses chaises, rangées en demi-cercle. Près de la baie vitrée, un peu en retrait, deux immenses écrans encadrent le pupitre. Il n'y a personne dans la salle, si ce n'est un homme dont elle aperçoit la silhouette en contre-jour. Tourné vers la lumière, il est habillé d'un costume noir d'une rare élégance.

Même de dos, Ingrid le reconnaît.

34.02 Dehors

Il est midi et demi, la vie bat son plein dans l'avenue qui passe devant le siège de l'Église Évangélique Quantique. Des hommes et des femmes, vêtus d'une manière uniforme, sans l'ombre d'une touche de fantaisie, défilent sur les larges trottoirs. Un flux régulier, domestiqué, où chacun connaît sa place comme sa destination.

Dans une rue adjacente, à plusieurs centaines de mètres de l'immeuble, trois camionnettes se garent.

Progressivement, le flot de passants en costumes et tailleurs austères se teinte de petites taches colorées qui vont, insouciantes, libres, étrangères au défilement métronomique des hommes et des femmes.

Les trois camionnettes démarrent leur moteur.

34.03 Dedans

— Qu'est-ce vous foutez ici ? lâche Ingrid d'un ton rageur.

— Je crois que tu le sais.

— C'est vous, le faux Centre du pentacle ? Vous avez pété une durite ?

— Je ne suis pas le Centre du pentacle. Pas plus que toi.

— Hum… Peut-être, originellement. Mais dans l'état actuel des choses, je fonctionne très bien en Centre du pentacle. Vous voulez voir mes états de service ?

— Je sais ce que tu as fait. Tout.

Ingrid hausse les épaules. Elle va contenir sa rage. Ce couillon de Thurston l'a menée par le bout du nez depuis le début. Elle le croyait fantasque mais efficace, allumé mais inspiré. Ce n'est qu'un salopard manipulateur. Mythomane de surcroît.

— C'est quoi votre but ? M'utiliser pour vous faire mousser auprès de l'Église Évangélique Quantique ? Vous avez comme plan de reprendre en mains ce projet de cinglés ? Je ne comprends pas. Et, désolée de vous l'apprendre, vous n'avez pas choisi le bon camp !

— Il n'y a pas de camp. Il y a juste des joueurs.

— Si vous voulez. Mais vous êtes chez ceux qui ont misé sur le mauvais cheval. Et merci d'arrêter de me tutoyer…

Thurston se retourne. Une classe et une aisance nouvelle émanent de lui, ce qui transparaissait déjà dans sa voix devenue ferme et assurée.

— Tu as conscience que Thurston n'est pas mon vrai nom ?

— Vous me prenez pour une conne ?

— Tu ne devines pas qui je suis ?

— Je n'en ai pas la moindre idée.

— Je te pensais plus intelligente. Le Chaos rampant, ça te rappelle quelque chose ?

— Chaos, peut-être, vu le bordel que vous venez de foutre... Par contre, vous ne rampez pas beaucoup. C'est dommage.

— Détrompe-toi. Il est des univers et des temps cosmiques où je rampe beaucoup. Certainement pas de la manière dont tu l'entends, cependant. Mais j'ai bien des formes, et celle-ci est de toutes la plus méprisable.

— Je suis bien d'accord sur ce point...

Thurston lâche un petit pouffement suffisant.

— Je suis Nyarlathotep ! lance-t-il d'un ton sentencieux, menton relevé, son profil s'offrant au contre-jour pour accentuer un effet dramatique qu'il a dû répéter de longues heures dans la glace, entre deux séances d'ego trip mythomane.

— C'est ça. Et moi, je suis Yog-Niggurlu...

— Ton impertinence sera sans conséquence. J'ai encore besoin de toi. Pour une heure, pas plus.

— Je me doute bien que le pentacle ne va pas s'activer tout seul. Sans moi, rien. Essayez déjà de lire le rituel...

— Ça ?

Thurston s'approche du pupitre et en sort la grande feuille où Ingrid a consigné le rituel, et qui est toujours roulée et tenue par un ruban noir.

Il enlève le ruban, déplie la feuille. Et lit la première phrase, sans hésitation, sans cligner des yeux, sans baver ni se rouler au sol.

Merde, se dit, Ingrid. Il a dû trouver un antidote…

— Je continue ?

— Si vous voulez, répond-elle en tentant de conserver son ton désinvolte et de ne pas laisser transparaître sa surprise. De toute façon, que vous puissiez le lire ou non, ça ne change rien. Il n'y a qu'un Centre du pentacle et, même si je reconnais qu'à la base ça devait être un ou une autre, dans cette galaxie, dans ce présent, dans cette dimension, c'est moi. Et personne d'autre.

— Tu as raison sur ce point. Mais le reste t'échappe.

Il se dirige vers le pupitre et en sort un livre.

— Tu connais ce livre ?

— *J'apprends à faire marcher le pentacle pour les nuls* ?

— Je suppose que c'est de l'humour.

Ingrid hausse les épaules. Quand il faut expliquer que l'humour doit être drôle, l'effet se tasse.

Thurston s'approche d'elle et lève l'ouvrage à hauteur de ses yeux. C'est un volume imposant. Pas par son épaisseur, il ne doit pas contenir plus d'une cinquantaine de pages, mais par ses dimensions puisqu'il dépasse les cinquante centimètres de haut et les trente de large. Et surtout par la consistance de sa reliure, qui ne ressemble à rien de connu. Seule certitude, c'est ancien. Très ancien.

— Lis le titre.
— Le Livre des Ruines. Ah…
— C'est tout ce que ça te fait ? Décidément, je te savais insensible au psychisme cosmique, tu es dénuée de toute forme d'émotion. Même humaine…
— C'est un faux.
— Ce n'est pas un faux.
— Ah bon. Et pourquoi avez-vous eu besoin que je copie le rituel ?
— Parce que le rituel, pour une raison qui m'échappe, n'est pas dans le livre.

Fugacement, Ingrid se dit qu'il y a là un vice de forme. Si le rituel n'est pas dans le livre où tous pensent qu'il figure, et si le scribe le lui a murmuré à l'oreille, ce n'est pas fortuit. Il y a une raison. Impossible de s'interroger très longuement, malheureusement.

— C'est dommage. Et ce livre, vous l'avez trouvé où ?
— Le messager me l'a remis.
— Le messager ?
— Oui, le messager qui aurait aussi dû posséder le pentacle. Mais tu sais tout cela depuis longtemps…
— Hum…

Ingrid marque une pause. Elle réfrène une envie de se mordiller les lèvres. C'est que toute cette mise en scène commence à lui donner un mauvais pressentiment. Si Thurston le mythomane n'était pas si mythomane. S'il n'était même pas Ludovic Machinchose, le chercheur effréné, passionné de Cthulhu et consort ? Elle a rencontré des suivants fanatiques de dieux dont elle ignorait l'existence. Elle a vu des êtres monstrueux, mi-hommes mi-poissons, mi-hommes mi-chèvres, mi-écrevisses mi-champignons. Elle a vu une statuette de calcaire revenir à la vie après plus de quatre mille ans de néant. Et elle était convaincue qu'elle allait détruire Cthulhu, entité cosmique éternelle et multidimensionnelle. Alors, Nyarlathotep qui intrigue parmi les vivants ? Est-ce si incroyable ?

Elle se dit malheureusement que non.

— Admettons… reprend-elle. Quel est le programme maintenant ? Vous possédez le rituel, le pentacle. Je suppose que je dois me renier quand je prononcerai le verdict. Préférer l'existence au néant, l'annihilation de l'humanité plutôt que sa survie ? Trois voix pour, trois voix contre, ça ne suffira pas. Désolé, mais je ne peux pas faire plus…

— Je n'attends qu'une chose de toi. Que tu m'obéisses. C'est tout.

— Pourquoi ?

— Tu poses trop de questions.

— Venant de vous, la réponse a de quoi faire rire…

— Ris… ensuite tu m'obéiras.

— Et pourquoi je vous obéirais ?

— Parce que sinon, tu vas mourir.

— Je peux choisir de me sacrifier pour l'humanité. Ce serait une belle mort.

— Ce sera une mort excessivement douloureuse. Je t'en prie, sacrifie-toi. Et je te relève des morts dans la seconde qui suit. Et sacrifie-toi à nouveau, si tu aimes souffrir inutilement, et je recommencerai. Tu veux parier pour savoir lequel de nous deux supportera le plus longtemps ce petit jeu ?
— Ordure !
— Ce n'est pas un de mes surnoms.
— Fiente méphitique !
— Essaye encore…

Thurston (ou quelle que soit sa véritable identité) s'approche et plante son regard dans celui d'Ingrid. Elle y voit une profondeur noire, un abysse béant qui tente de l'entraîner, qui lui raconte des pléiades de visages et autant d'être sans visages, tous fourmillant de vie, tous agrégés en une démence tangible. Des frissons l'envahissent. Elle se sent attirée. Le néant tente de l'aspirer, la multitude de l'assimiler. Mais elle ne cède pas. Les ténèbres glissent sur elle, la folie ne l'effleure même pas.

Elle perçoit alors un léger frisson sur une des joues de Thurston, comme s'il s'agaçait de ne pas arriver facilement à la plier à sa volonté. N'importe qui aurait cédé, elle en est certaine.

Puis, il relève les lèvres et grogne.

— Tu m'as bien compris ?

Ingrid hausse les épaules.

— J'ai bien compris…
— Nous allons procéder au rituel. Normalement. Ou presque. Tu prononceras la première phrase. Et tu observeras le silence qu'il est nécessaire

d'observer. Alors, avant que tu ne prononces la deuxième phrase, je prononcerai ma première phrase. Celle d'un autre rituel. Qui lui est bien dans le Livre des Ruines. Puis tu formuleras ta seconde phrase. Pause. J'annoncerai ma seconde phrase. Et ainsi de suite. Si tu dévies du texte ne serait-ce que d'une virgule, je te promets souffrances et morts pour plusieurs éternités.

— Et après vous poserez votre main sur le Centre de pentacle, à ma place.

— Ah ! Tu n'es peut-être pas si idiote. Quand tu auras prononcé ta dernière phrase, le pentacle s'illuminera. Et les triangles et le centre auront des couleurs différentes, selon le verdict de chaque faction. Puis il prendra définitivement la couleur majoritaire, et le Jugement sera effectif au moment où tu poseras ta main. Que tu ne poseras jamais. Mon rituel me permettra de décider. Seul.

— Ce qui veut dire que Cthulhu sera libéré, et que l'humanité sera détruite.

— Ce qui veut dire que je déciderai, moi. Seulement moi.

— Je sais ce que vous voulez...

— Tu n'en sais rien. Personne n'en sait rien. Je décide. Ni toi ni mes suivants idiots. Ni les autres dieux. Il n'y a qu'une seule chose qui compte : que Nyarlathotep fasse ce que Nyarlathotep veut faire !

— Et l'humanité dans tout ça ?

— Qui se soucie de l'humanité ?

— C'est pourtant votre terrain de jeu, l'humanité. Si j'ai tout compris. Lovecraft ne s'était pas trompé sur ce point.

— L'humanité, mon terrain de jeu ?! Tu ne comprends rien. Tais-toi, tu m'exaspères.

Ingrid peut être fière. Ce n'est pas donné à tout le monde de réussir à exaspérer un dieu cosmique…

— D'ici une heure, je célèbre mon triomphe. Quant à toi, si tu te comportes bien, je pourrais t'épargner. Qui sait. Je vais avoir besoin de sous-fifres moins abrutis que les adorateurs de Yog-Sothoth.

Ingrid lâche un rire chargé de dédain.

— Plutôt crever mille fois…

Thurston Nyarlathotep ne répond rien. Son attention vient d'être détournée : on frappe avec virulence à la porte.

— Entrez !

Un des prélats entre, pose un genou à terre et, tête baissée, annonce d'une voix peu sûre :

— Véritable Centre du pentacle, nous sommes attaqués !

34.04 Dehors

De la foule émerge une vingtaine d'hommes et de femmes, au visage souriant, à l'air distrait. Ils sont habillés de longues robes à fleurs, de jeans rapiécés. Ils portent des colliers de pacotille ou de fleurs séchées, leurs poignets sont ornés de fins bracelets en métal ou en tissu torsadé et leurs longs cheveux flottent anarchiquement dans le vent ténu. Ils s'approchent tranquillement de l'immeuble de l'Église Évangélique Quantique, s'installent sans respecter aucun ordre sur le trottoir opposé et sortent quelques tambourins de facture artisanale ainsi que des flûtes à deux tuyaux qui paraissent appartenir à une autre époque. La garde prétorienne de l'immeuble se met aussitôt en alerte : le quartier n'est pas un haut lieu des manifestations hippies. Mais elle se contente d'observer. Que pourraient contre eux une vingtaine d'allumés munis de tambours et de pipeaux ?

Doucement, les flûtes commencent à égrener des mélodies joyeuses, sautillantes, rythmées avec une ferveur fertile par les tambourins. Les passants se détournent. Tant d'insouciance, si peu de discipline ! Que font ici ces gens qui n'ont rien compris à la marche en avant de la financiarisation globale ? Non, la puissance de l'amour, c'était dans les années soixante-dix. Ils sont descendus du train en marche et, aujourd'hui, ces derniers reliquats de cette horrible époque où être était plus important que paraître viennent embouteiller un trottoir qui ne connaît que mesure et obéissance.

Un trou s'est ouvert au milieu de la chaussée. Quelques dizaines de centimètres de diamètre, guère plus. Il s'en échappe une fumée violette, odorante. Le parfum est agréable, ce qui effraie aussitôt les passants. Rien ne doit être agréable ici. Tout est dédié au travail, à l'efficacité.

Le trou s'élargit. Son diamètre passe d'une cinquantaine de centimètres à un mètre puis à deux. Le nuage se densifie, laissant fuser d'affolantes turgescences qui ressemblent à des ballots organiques d'une laine violette et marron.

Dans l'immeuble de l'Église Évangélique Quantique, on commence à percevoir des mouvements. Derrière les hautes baies vitrées du rez-de-chaussée, les membres de la sécurité s'agitent. Ce qui se passe n'est pas normal, et leur rôle est d'assurer que la normalité soit respectée.

Soudain, les flûtes se font plus stridentes, le rythme des tambourins s'accélère. Le nuage se répand, mouvant, fourmillant de circonvolutions moutonnantes et de turbulences tentaculaires. Des formes y naissent et disparaissent en l'espace d'une seconde, et des appendices difformes tentent de s'en extirper.

Le service de sécurité s'est divisé en deux. Quelques hommes sont sortis de l'édifice et se rangent devant la porte en verre, qui vient d'être verrouillée. Les autres se répartissent selon un plan étudié à l'intérieur du hall.

Alors que la mélopée criante des flûtes est devenue quasiment insupportable et que le rythme paraît avoir atteint son paroxysme, d'un seul coup, le bruit cesse. Silence… Un silence qui se répand, balaie l'avenue, vient ricocher contre les façades des immeubles, absorbe les passants réfugiés à bonne distance. Le nuage se stabilise puis s'évapore. Sur la chaussée subsiste un trou d'environ cinq mètres de diamètre, sombre, dont ne voit pas le fond et qui semble s'ouvrir sur de lointains abysses. Derrière la baie vitrée de l'immeuble de l'Église Évangélique Quantique, la tension redescend d'un cran.

C'est alors que les Satanistes de l'amour passent à l'attaque.

Du trou jaillit une nuée de chèvres et de boucs à la morphologie pervertie, dotés de visages grotesques. Des visages d'hommes et de femmes d'une conformation démentielle, aux sourires convulsés par une folie pure et profonde qui excite leurs regards hallucinés. Leurs gueules bavent une mousse fangeuse, leurs langues frémissantes lèchent le vide avec une passion impudique, répugnante. Certaines de ces créatures possèdent des pattes surnuméraires sous le ventre, sur le dos, parfois même sur le haut de leur crâne où des cornes démesurées serpentent selon des trajectoires peu naturelles – courbes irrégulières, angles improbables, hélicoïdes imprécis… La puanteur qui accompagne le troupeau suffit à tirer des cris de dégoût et d'horreur à la foule qui déguerpit dans l'avenue, le plus loin, le plus vite possible. Une odeur d'urine mêlée au remugle de chèvreries abandonnées, d'humidité pourrissante mélangée à la pestilence d'anciens marécages, sans omettre une présence soutenue de soufre.

Dès qu'ils bondissent hors du trou, chèvres et boucs cavalent tête baissée vers la porte. Lancés à pleine vitesse, ils s'écrasent contre le verre, le cou brisé. Dans la seconde, ils se transforment en un virulent nuage d'une poussière puante qui tournoie un instant avant de revenir s'engouffrer dans le trou ouvert dans la chaussée, d'où continue à sortir un flot continu d'assaillants. La porte reçoit une première vague sans céder. Mais déjà des fissures apparaissent. En moins d'une minute, elle cède sous les assauts répétés, se fracassant en une myriade d'éclats de verre qui carillonnent sur le sol. Dans le hall, la panique saisit les membres de l'église, qui refluent vers l'arrière du bâtiment ou s'entassent dans les escaliers, abandonnant derrière eux le service d'ordre. Le temps est venu pour ces derniers de justifier leur salaire.

Une fois tombée la barrière que constituait la porte, le flot de caprins surexcités pénètre le bâtiment, dévastant, retournant ce qui peut être retourné, arrachant les plantes vertes, pulvérisant le comptoir. Les nervis du service d'ordre ont abandonné leur talkie-walkie après avoir beuglé leur désarroi pendant quelques secondes à leurs supérieurs, probablement réfugiés au deuxième ou au troisième étage. Ils ont sorti des matraques électriques et ils frappent sans compter, désintégrant les bêtes par dizaines. Mais l'afflux ne tarit pas et la plupart des hommes sont culbutés, catapultés vers les murs ou le sol, piétinés, couverts d'urine et d'excréments.

Le rideau défensif annihilé, le troupeau s'engouffre dans les escaliers et s'attaque au premier étage. Dans le bâtiment, la panique gagne.

Les trois camionnettes qui étaient stationnées en retrait dans des rues adjacentes font alors leur apparition. Elles viennent se garer au plus près de la porte pulvérisée. De chaque véhicule bondissent cinq hommes et femmes, habillés sobrement – costumes élégants, pantalons en velours côtelé et pull à col roulé, robes amples. Ils ouvrent les portes arrière et tirent deux grosses enceintes de chaque camionnette, qu'ils emportent ensuite à l'intérieur du hall. De retour à leurs véhicules, chacun coiffe un casque anti-bruit.

Et en avant la musique !

Si l'on peut appeler ça de la musique…

Les cinq enceintes crachent, à un volume assourdissant, un mélange insupportable de mélodies lentes, lancinantes, d'une qualité audio plus que discutable. Ce sont de courtes séquences, répétées inlassablement, lourdes, sans beauté et sans douceur. Une litanie atonale qui cherche à exciter des harmonies inconnues, étrangères, fouillant les fréquences de l'enregistrement de basse qualité pour en extirper des souffles et des articulations inhumaines. Le résultat est très loin d'approcher ce que l'original aurait accompli. Mais la répétition, conjuguée au volume sonore, commence à provoquer quelques vertiges. Au premier étage, où le service de sécurité s'est amassé en des points stratégiques pour juguler l'arrivée du troupeau, les esprits commencent à se faire légers, les réflexes se perdent, la concentration est devenue difficile.

Minute après minute, la horde infernale progresse, dévaste le premier étage, s'attaque sans méthode ni plan au second. Les défenses cèdent, aucune barricade ne résiste très longtemps. Les derniers membres de la sécurité, complètement désorientés, errent dans un néant dont seules les bêtes, quand elles les piétinent, parviennent à les extraire. Le deuxième étage s'incline à son tour. Le troisième ne résiste guère. Les membres de l'Église Évangélique Quantique, massivement réfugiés à ce niveau puisque l'accès aux étages supérieurs a été hermétiquement clos, se perdent dans une insouciance incontrôlable. Ils ne sont pas fous, loin de là. Les enregistrements de la Mélopée sont bien entendu trop partiels, trop limités dans le spectre pour arriver à une telle prouesse en si peu de temps. Mais tant que cette cacophonie entêtante résonnera dans l'immeuble, ils seront comme saouls, indifférents au monde, incapables de focaliser leur esprit sur quoi que ce soit.

Soudain, une vague de terreur s'abat depuis les étages supérieurs. Dense, violente, comme une vague d'un bitume abominable. Les membres de l'Église Évangélique Quantique lâchent un hurlement virulent et, les mains tenant leur tête comme s'ils redoutaient qu'elle vole en éclats, fuient d'un mouvement unanime vers le rez-de-chaussée, oubliant les bribes de Mélopée, ignorant la horde surexcitée de boucs et de chèvres et leurs cornes douloureuses. Heureusement pour eux, le déferlement d'effroi qui a balayé l'édifice a aussitôt rendu à la poussière tous les caprins invoqués. La voie est libre, ce qui n'empêche ni les chutes, ni les empilements, ni les bras cassés ou les nez encastrés dans les murs.

En quelques minutes, la quasi-totalité de l'Église Évangélique Quantique s'est déversée dans l'avenue.

Dans les camionnettes, les responsables de la sono coupent le son. Le silence revient. Lourd. Pesant.

La troupe des assaillants se range sur le trottoir faisant face à l'immeuble et attend, attend.

Et l'attente est aussi insupportable que le silence.

34.05 Dedans

— Et alors ! lâche Nyarlathotep d'un ton indifférent. Défendez-vous…

— Nous faisons cela. Mais ils sont nombreux. Et forcenés.

— Bien. Puisque la piétaille s'excite, procédons tout de suite au rituel. La petite a aiguisé mon envie de conclure en beauté. Appelez les prélats.

Thurston Nyarlathotep se dirige vers le pupitre et y place le livre, à côté de la feuille où Ingrid a consigné le rituel qu'elle a appris du scribe.

Il désigne les deux écrans placés derrière lui. Puis il lève le regard et fixe Ingrid.

Elle se demande ce qu'elle peut faire. Si le bâtiment est attaqué, c'est sûrement un bon signe. Ce doit être une opération commando pour la secourir. Malheureusement, Tungdal ou ceux qui mènent l'assaut n'ont certainement pas idée de l'adversaire qu'ils vont affronter. Leurs efforts vont être vains...

— Les écrans derrière moi. Ça va vous plaire, je pense. Deux bateaux sont postés dans le Pacifique, à quelques encablures des coordonnés que nous avions évoquées il y a quelques semaines. Ils sont placés à distance de sécurité. Du moins le croient-ils. Nous allons suivre en direct la libération, l'émergence de Cthulhu, puis... sa... sa... Suspense !

Les prélats, accompagnés de quelques autres membres importants de l'église, s'installent sur les chaises qui forment un demi-cercle autour du pupitre. Ingrid n'y prête guère attention. Elle vient de voir d'énormes silhouettes bouffies dotées d'ailes membraneuses démesurées se poser sur le balcon et se ranger en ligne, face tournée vers l'extérieur. Elle les a reconnues. Ce sont les moines qui lui ont remis le pentacle. Et qui ont, sans aucun doute, mis le feu à la maison après leur départ.

Thurston Nyarlathotep sourit. Il désigne du menton l'entrée de la salle. Ingrid se retourne pour découvrir une dizaine de ces horribles crevettes cosmiques, à la tête monstrueuse. Elle retient un frisson. Ces trucs sont encore plus abominables en pleine lumière.

— Ne te fais pas d'illusion. Ceux qui ont envahi le bâtiment n'arriveront jamais jusqu'ici.

La salle étant maintenant comble, la cérémonie peut commencer. Deux des hommes qui l'avaient trimballée depuis sa geôle la saisissent. Le premier la maintient droite, le second lui glisse une lame de rasoir sous la gorge.

C'est bien, se dit Ingrid. La couleur est annoncée d'entrée.

Thurston Nyarlathotep dresse les deux bras. La salle se lève.

— Le temps est venu. Nous avons déjoué bien des vils stratagèmes, nous avons capturé l'impie, nous l'avons lavée dans son péché, baignée dans ses erreurs. Enfin, elle se soumet à notre volonté, comprenant qu'il n'y a d'autre vérité que la nôtre. Elle récitera le rituel, car le rituel ouvre notre futur. Moi, Thurston, marcheur des contrées de chaos, vagabond illusoire des chemins quantiques qui sont sans être et vont sans aller, vous convie à célébrer le temps qui vient. Bête immonde tapie dans les abysses infernaux, tu émergeras, tu livreras ton combat, tu balayeras la terre et avaleras les âmes des hérétiques, des infidèles, des relapses et des incroyants. Moi, Thurston, véritable Centre du pentacle, par qui la superposition s'effondre, je guiderai l'Église Évangélique Quantique dans la mission que lui, Yog-Sothoth, l'unitaire multiplicité, tout en un et un en tout, lui a donnée. Par les couleurs du quark et les interactions du boson, nous combattrons, nous régnerons ! Que l'émergence de Cthulhu l'idole batracienne ramène à nous le Christ Quantique !

Les prélats lèvent à leur tour les bras, hurlant en un chœur affreusement désordonné.

— Gloire à toi, Yog-Sothoth, l'unique et triple ! Toi le probabiliste, toi l'esprit quantique de la matière.

Ingrid, qui n'a pas cessé de fixer Thurston Nyarlathotep, voit un léger sourire sarcastique étirer ses lèvres. Elle en est persuadée : il n'a cure de ces sectateurs, de leurs croyances, de leur rêve d'apocalypse. Peut-être s'amuse-t-il à les tromper, ou voulait-il que la cérémonie se déroule avec une certaine solennité. Ce qui est certain, c'est qu'ils ne jouent pas dans la même ligue.

— Que la cérémonie commence !

Les deux écrans s'allument. On y voit un océan bleu sombre éclairé par une pleine lune vigoureuse. Dans le bas des écrans, on distingue la proue de deux bateaux où sont amassées quelques dizaines de matelots. De gigantesques projecteurs y ont été installés et illuminent d'une lumière glauque la surface agitée de vagues régulières. Ingrid a le sentiment que les places au premier rang vont se payer chèrement.

Elle essaye d'afficher une expression stoïque, ce qui relève de la gageure. Elle voit déjà la Bête immonde surgir de l'océan, cracher ses marées pestilentes, fauchant par milliers les hommes de ses tentacules méphitiques. Elle voit les derniers restes de l'humanité se diluant dans un océan noir de sang miséreux. Elle voudrait résister, combattre, mais elle ne sait comment s'y prendre. Elle se dit qu'elle va se faire trancher la gorge. Une fois, pour voir ce que ça fait, parce qu'elle ne peut pas abdiquer sans avoir combattu, sans avoir souffert. Peut-être deux, trois fois. Pour gagner du temps. En espérant que Tungdal interviendra et réussira à inverser le cours des choses. Ce qui n'arrivera pas, elle le sait. Mais ce n'est pas le plus important. Résister à un dieu, même quelques minutes, c'est déjà une victoire.

Elle pense à Lisa, à ses toiles fabuleuses, prémonitoires, à sa capacité à faire éclore une vision sublime de l'horreur qu'elle-même repoussait. Elle pense à Tungdal, apparu d'on ne sait où, avec ses secrets, ses capacités à plier la réalité selon ses désirs. Elle pense au jeune diacre qu'elle avait utilisé, qu'elle avait méprisé comme ses supérieurs méprisent les femmes, et qui s'était ouvert, avait cru en elle. Elle pense au scribe. Le scribe qui avait écrit le Livre de Ruines… Le rituel qui n'y figurait pas… Les sables chauds, le soleil ruisselant de lumière aveuglante, la torpeur du désert, les yeux dans le ciel… Et soudainement, le message que le diacre lui a fait passer devient limpide. Elle comprend tout. Les dés sont déjà jetés, la partie est gagnée. Il suffit uniquement de se laisser porter par la vague. De ne s'opposer à rien. C'est une certitude. Nette. Sans appel.

Elle va prononcer le rituel. Sans se rebeller. C'est ce qu'il faut faire, elle n'a plus aucun doute !

La pièce est maintenant plongée dans le silence, si l'on excepte les très lointains bruits d'excitation qui filtrent à travers la porte. Sur les écrans, la mer vert bouteille ondule inlassablement, indifférente au drame qui se prépare et dont elle sera le premier témoin.

Nyarlathotep laisse filer un sourire mauvais.

— L'heure a sonné... Quarante siècles avec l'aurore sont écoulés !

C'est ça, se dit Ingrid. L'heure a sonné... Allons-y, finissons-en. Il est temps de montrer aux dieux prétentieux que l'humanité a passé les derniers millénaires à parfaire l'art de la ruse, de la fourberie et de la manipulation.

Elle sent une bourrade légère dans ses reins et l'acier glacial du rasoir se pressant contre sa peau.

— C'est bon les gars, j'ai compris le message...

Et elle prononce la première phrase du rituel.

— Que le temps nous absolve, nous, êtres oubliés du temps, incubateurs du temps, nés du temps et trépassés du temps.

Comme convenu, elle se tait, laissant la parole à Nyarlathotep. Celui-ci a suivi des yeux la feuille de papier déroulée à sa gauche. Il pose la main sur le Livre des Ruines et lit la première phrase de sa contre-cérémonie.

— Le temps est disloqué, le destin est maudit, le chaos difforme de belles apparences est d'une essence si subtile et nos divertissements sont l'ombre d'une ombre infinie.

Petit silence. Alors qu'Ingrid s'apprête à reprendre la parole, elle entend, venue des haut-parleurs, une voix un peu nasillarde qui déclame avec une emphase ampoulée.

— Les murs de R'lyeh tombent !

Nyarlathotep jette un rapide regard circulaire, cherchant parmi les prélats qui occupent le premier rang le responsable de cet effet imprévu.

Puis il se refocalise sur Ingrid, comme si l'agacement passager n'avait rien été de plus qu'un bruit de mouche traversant le silence.

— Vois, ici, le juge et le coupable, continue Ingrid, celui qui parle et écoute, celui qui vit et meurt, celui qui est, était et sera, sans forme et sans lieu, sans mort et sans vie.

— Nous engeance cosmique, nous néant sublimé, nous sommes de l'étoffe même dont les rêves sont faits, et notre éternité est cerclée d'un sommeil.

À nouveau, le commentaire de la radio vient s'inviter entre deux tirades, toujours aussi sentencieux. On peut juste percevoir une impatience grandissante, et une ferveur difficilement contenue.

— Cthulhu se libère de ses chaînes !

Nyarlathotep n'y prête cette fois-ci aucune attention. Dans la salle, la tension monte d'un cran. Les visages s'avancent, tendus vers les deux écrans géants où l'océan continue, dans une désinvolture provocante, à onduler calmement, laissant sa masse polymorphe gonfler et retomber au rythme de la houle.

— Vois, ici, celui qui a payé ou n'a pas encore payé, celui qui n'est plus qu'un alors qu'il était long comme le Cosmos, profond comme l'Ailleurs, éternel comme les dimensions qui portent les étoiles et bercent les univers.

— Nous infinis et limités, nous maîtres des ténèbres éblouissantes, nous savons ce que nous pouvons être, mais nous ne savons pas ce que nous sommes.

Un bref silence, et la voix du commentateur invisible reprend, chevrotante.

— Cthulhu quitte ses abysses !

Les visages frémissent, les yeux brillent. Sur les deux bateaux, les marins tendent le cou, scrutant l'océan pour y déceler les prémices de l'émergence, quelques bouillonnements, quelques immenses bulles qui viendraient éclater à la surface et répandre une odeur méphitique.

Mais la houle, tranquillement, berce l'océan.

— Vois, ici, le vide sans pensée, le chant volé au vide ; ce que nous semons dans l'éternité et que nous moissonnons dans la mort n'est que nos désirs faits du tissu de nos peurs.

— Nous essence motrice du maelström, nous naissance de la mort, quarante mille univers ne pourraient, avec tous leurs chaos réunis, parfaire la somme du néant.

Une vibration sourde secoue légèrement l'immeuble. Ce n'est sans doute qu'une déflagration dans les bas étages, d'une puissance limitée, mais cela suffit à faire bondir l'assistance qui lâche quelques cris puis se met à murmurer, les mains tremblantes, les lèvres frémissantes de nervosité. Loin, perdu dans le Pacifique, le commentateur n'a évidemment rien perçu de cette agitation. Ce qui n'empêche pas son ton enfiévré de gagner en intensité.

— Cthulhu émerge des flots !

Les membres de l'Église Évangélique Quantique se lèvent d'un coup de leur siège, ne portant plus le moindre intérêt à Ingrid et à Nyarlathotep. Leur attention est drainée par les deux écrans qui devraient maintenant leur dévoiler une mer agitée de rouleaux menaçants, gonflée de bouillonnements démesurés et hérissée des geysers d'eau viciée crachant les miasmes abyssaux que la Bête recracherait en fonçant vers la surface.

Mais la houle, tranquillement, berce l'océan.

— Comme la voix d'un seul, comme la voix de tous, il disait : je m'en remets à tous, je m'en remets à moi, et que, dans les interstices où se tapit la matière noire de l'infini, on annonce la sentence, et que je sois jugé !

Les yeux toujours rivés sur le livre, Nyarlathotep a levé la main, paume tournée vers Ingrid. Elle sent sa gorge se resserrer et son souffle se faire court. Elle sait que, si elle en avait eu l'intention, elle n'aurait pu articuler le moindre mot. Une sécurité supplémentaire pour l'empêcher de conclure son rituel en annonçant le sixième et ultime verdict.

— Émerge, juste Cthulhu, et tue le soleil envieux, qui est déjà malade et pâle de douleur !

Le commentateur hurle dans son micro, haletant, frisant l'hystérie.

— Cthulhu se dresse, prêt à dévaster, prêt à corrompre, prêt à punir, prêt à affronter le Christ Quantique dans un combat qui verra sa perte ultime, et l'avènement de la Jérusalem Quantique !

Silence.

La ferveur électrique qui tenait l'assistance sur le fil de l'explosion retombe, laissant place à une perplexité sans mesure. Tous les membres de l'Église Évangélique Quantique, les Fungis et les Moines ailés, qui n'ont pas résisté à l'envie d'abandonner leur poste pour venir admirer la sortie des eaux de cette Vénus des abominations, sont figés devant les deux écrans. Même les hommes qui tenaient fermement Ingrid ont relâché leur emprise. Et pour cause. Sur les deux moniteurs, la houle, tranquillement, berce l'océan.

Les conversations commencent à fuser. Les yeux, ronds d'excitation, se flétrissent sous l'ampleur du désœuvrement. Nyarlathotep, qui n'accordait plus aucune attention à la réalité des hommes, se retourne brusquement pour découvrir, lui aussi, qu'il ne se passe rien. Pas de remous, pas d'ébullition pestilentielle, pas d'horribles grappes de tentacules battant des eaux noires et glaireuses. Rien.

En un mot : pas de Cthulhu.

Il grimace, les yeux rougeoyant de rage, et se tourne vers Ingrid.

— Qu'est-ce que tu as fait !? Qu'est-ce que tu as dit !? Petite fiente humaine !

— Rien que le rituel ! répond Ingrid. Rien que le putain de rituel !

Aussitôt, une douleur abominable paralyse son corps. Elle sent des langues de souffrance la pénétrer, la remuer, bouillir en elle, déplacer ses organes, s'attaquer à son esprit. Elle se dit que là, on y est.

C'est la fin... Mais que la fin est jouissive. Que la fin est bonne !

Nyarlathotep lâche un hurlement de rage qui souffle la salle, secoue les écrans, fendille la baie vitrée et fait vaciller les corps. Puis il se retourne vers le pupitre, le bras dressé, comme s'il s'apprêtait à frapper de toutes ses forces le meuble pour le réduire en poussière. D'un geste violent, il plaque sa main sur le centre du pentacle.

— Émerge ! Cthulhu ! Revis ! J'annonce : LA RÉSURRECTION !

Le pentacle s'illumine. Rouge feu. Ingrid a juste le temps de constater qu'une seule couleur est visible. Les triangles des factions n'ont pas pris une teinte différente en fonction des verdicts. Mais c'est une constatation fugace, qui ne permet aucune réflexion, aucune interrogation. Car, aussitôt, une lumière agressive et crue se propage dans la salle. Un déferlement de nuances de rouge, un feu de braise et de lave tournoyant fait de circonvolutions aveuglantes. Nyarlathotep hurle une fois de plus. Mais cette fois, la rage n'en est pas la raison. C'est un cri de dépit qui vrombit à en faire tanguer l'espace-temps. Qui se grave dans les os, qui délie la chair et submerge les esprits. Qui, loin, ailleurs, fait vibrer les cordes des univers, des non-univers, des univers interstitiels, du néant, de l'incréé. Et Nyarlathotep est aspiré dans le pentacle, emporté avec le déferlement de couleurs cramoisies et de volutes nébuleuses qui méandraient dans l'espace et le temps, ne laissant de lui qu'une rémanence ténébreuse d'une profondeur affolante qui se résorbe progressivement. Le pentacle se consume alors, libérant une lumière d'un rouge incandescent d'une telle intensité qu'il faut se cacher les yeux de peur d'être aveuglé. Il n'en reste bientôt qu'une cendre incandescente qui perd rapidement son éclat.

Pendant une fraction de seconde, celle qui a précédé la disparition du dieu, Ingrid a pu percevoir sa réelle nature. Un enchevêtrement horrible de formes qui coexistaient, d'une substance constituée de folie pure et d'abomination incarnée. Un être à la fois gigantesque et filiforme, aux bras étendus sur des parsecs et des parsecs, et réduit à un soupir au cœur du chaos nucléaire. Une créature à la peau d'un noir abyssal, aux milliers de formes. Nyarlathotep !

Et, alors qu'il disparaissait, le dieu a relâché une vague de terreur brute, inhumaine, qui a déferlé dans l'immeuble. Les prélats et leurs subordonnés ont été percutés de plein fouet. Quelques-uns sont encore debout, hagards, les yeux vides, bavant comme des chiens enragés. La plupart sont prostrés au sol, marmonnant un incompréhensible babil halluciné, agités de spasmes, les yeux révulsés, s'arrachant les cheveux, s'enfonçant les doigts dans les orbites, se déchirant la peau. Seule Ingrid a été épargnée par la nuée d'horreur – elle l'a ressentie, dans son corps, dans son âme, mais elle y est restée insensible. Même les moines ailés et les créatures infâmes de la planète Yuggoth semblent complètement désorientés.

Ingrid parcourt la pièce du regard, s'approche du pupitre à moitié calciné où seul subsiste le Livre des Ruines. Le reste est parti en fumée. Elle va pour s'en saisir quand elle entend la voix du commentateur qui se remet à brailler, d'un ton hystérique.

— Elle arrive ! Elle arrive ! Ça y est ! La Bête immonde sort des flots !

Ingrid se retourne vers les écrans, dont un seul fonctionne encore, et découvre l'océan qui commence à se boursoufler, lâchant d'immenses bulles verdâtres qui enflent en tendant la surface des flots jusqu'à la transparence, et éclatent en relâchant des nuages de flétrissures spongieuses.

— Et merde ! lâche-t-elle.

Elle pensait avoir réussi à déjouer les manœuvres de Nyarlathotep. Elle en était même certaine. Tout semblait si évident. Elle ne comprend pas.

Il n'existe aucun moyen d'empêcher l'émergence de la chose qui remonte à la surface, et qui doit être gigantesque vu l'ampleur du bouillonnement. Elle peut toujours annoncer le dernier vote – le sien – à haute voix, beugler le verdict final. Il n'y a plus de pentacle…

Elle n'a pas le temps de s'interroger plus longuement. Déjà, des tentacules percent les flots et viennent battre l'océan.

La voix de commentateur se mue en un beuglement incompréhensible. À la poupe du bateau, les hommes se tiennent la tête à deux mains. Certains se roulent à terre les yeux exorbités, tentant de régurgiter leur langue. D'autres ont basculé par-dessus bord et s'agitent hystériquement avant d'être avalés par les flots.

L'océan est entré en fusion. Des gerbes d'une eau méphitique jaillissent, les bulles explosent, répandant un brouillard dense d'un vert ténébreux où s'agitent quelques créatures des profondeurs, le corps à moitié déchiqueté.

Progressivement, les murs et la baie vitrée disparaissent. Ingrid flotte dans les airs, au-dessus d'un des bateaux. Elle sent le fort vent provoqué par les remous battre son corps, agiter ses vêtements et soulever ses cheveux. Une odeur immonde, de pourriture, de sanie, d'huile mille fois bouillie, de sang corrompu, de cuir putride, la frappe de plein fouet et l'oblige à se masquer le nez de ses deux mains, de peur de tourner l'œil.

Une vague de terreur se répand, contaminant l'espace au-dessus et en dessous des flots, mais Ingrid n'y est pas sensible. Elle la sait présente, comme si l'effroi généré par la libération de la Bête était visible. Mais la terreur glisse sur elle, la contourne, l'accepte.

Une immense dépression se crée, avalant l'océan par cataractes mousseuses et suppurantes, emportant des débris de chairs arrachés aux poissons, crachant les filaments et pseudopodes de créatures douteuses, vomissant les bras déchirés des calamars géants qui avaient dû trouver refuge aux abords de la prison engloutie.

Alors, depuis les abysses grouillant d'êtres immondes, depuis sa prison dans laquelle il croupit depuis près de quatre mille cinq cents ans, depuis la noirceur sans jour des profondeurs qui n'ont jamais saisi le moindre éclat des lointains univers fourmillant de galaxies, Cthulhu émerge !

Une forêt de tentacules visqueux, aux ventouses hérissées de cils acérés, s'élance tel un bouquet de fleurs maudites. Emportés par une danse féroce, les pétales de chair infecte fouettent la brume puante qui monte de la dépression marine, excitant le tumulte titanesque de l'eau devenue pâteuse. Dans l'océan glaireux où les nuances de vert glauque tourbillonnent autour d'îlots cramoisis, des milliers de poissons de toutes tailles sont brassés dans le maelström, recrachés violemment dans les airs, déchiquetés par la puissance des tourbillons ou ciselés par les appendices monumentaux qui les transforment en nuages de sang et de poussière de chair.

Une tête gigantesque émerge, comme tirée par l'amas tentaculaire. Plus ovoïde que sphérique, d'une consistance qui rappelle autant le cuir que la mousse, elle est parcourue de bubons qui gonflent et éclatent, suintant une humeur noire à la brillance irréelle, et le cuir tavelé qu'est la peau du crâne est parcouru de veinules grossières qui redéfinissent en permanence leur trajet sous-cutané.

Les derniers marins encore conscients hurlent à s'en déchirer les cordes vocales, à se déchiqueter les poumons, à s'écarteler la cage thoracique.

Un à un, ils s'écroulent dans les mares de sang et d'humeur qu'ils ont vomies, agités quelques instants encore par de convulsions maladives. Seuls ceux qui ont eu la chance d'entrer dans un état de catalepsie, lors de l'apparition de la créature, échappent pour le moment à une mort atroce, coupés du monde, protégés derrière les murailles que la folie leur a construites, et qu'ils ne feront jamais tomber.

Dans un vacarme hallucinogène, drainant avec lui des trombes d'une eau putride qui retombent en une pluie nauséabonde, déversant des coulées d'une vase gluante mêlée d'algues monstrueuses, Cthulhu s'extirpe des flots.

Son corps immense, parsemé d'une multitude de pédoncules frétillants et d'organes nécrosés, apparaît à la suite de la corolle de tentacules qui semble dressée vers le cosmos, comme s'il planifiait de s'y accrocher. Il s'élève progressivement, sans difficulté, comme si toute force gravitationnelle était abolie.

Sous la créature gigantesque, l'océan bouillonne des derniers remugles arrachés aux abîmes et crépite sous les cataractes de déchets qui ruissellent de son corps.

La terrible dépression, engendrée par l'effet de succion qui a emporté une masse d'eau phénoménale lors de l'émergence, attire à elle la mer de résidus répugnants, les ingurgitant en un tourbillon cyclopéen. Les deux bateaux n'y résistent pas. Ils sont happés par le maelström et rejoignent la quantité indescriptible d'immondices qui vont aller mourir sur les lointains fonds abyssaux.

Cthulhu s'est immobilisé à environ cent mètres au-dessus des eaux. L'ascension est terminée. Ses grappes de tentacules gigantesques, qui pointaient vers le ciel étoilé, retombent anarchiquement, claquant à la manière d'un million de fouets contre son corps squameux.

Et, baigné par le clair de lune, le visage de la déité apparaît enfin.

Ingrid, qui lui fait face, découvre sa figure massive, tendue d'une peau de cartilages mobiles où se dessinent des aberrations charnelles, et où quelques appendices fourmillent et sondent l'air avec frénésie. La vision est chargée d'une horreur pure, suprême. Aucun mot n'est assez fort pour décrire une telle abomination. Et pourtant, au-delà de cette monstruosité absolue, Ingrid devine une véritable beauté. Il lui est difficile de la définir. Une sorte de majesté somptueuse qui déshabille l'entité cosmique de son éternelle hideur et laisse filtrer une lumière à ce point étrange qu'elle initie dans la conscience d'Ingrid une succession d'images peu définissables, mais toutes empreintes d'une magnificence sereine, étrangement exotique. Peut-être voit-elle à travers l'image divine qui n'est faite que pour imposer un respect majestueux, une peur déférente et une soumission éternelle. Au-delà de l'horreur, au-delà de la menace, elle distingue une vérité céleste qui ne peut que susciter son émoi et son adhésion. Une harmonie qui naît du chaos mêlé à l'ordre, de la laideur alliée à la perfection, du néant épousant l'existence.

Comme pour confirmer ce sentiment, elle perçoit dans les miasmes de putréfaction une odeur de violette, simple, irrécusable et si capiteuse. Comme une odeur de sainteté.

L'océan, jonché de détritus, rouge des saignées sanieuses, continue à bouillonner très docilement. Mais il s'est aplani. À tel point qu'il n'est plus qu'une surface régulière, presque lisse si l'on excepte les derniers ruissellements qui cascadent depuis la créature et quelques effervescences lointaines venues des profondeurs. Mais la chose la plus inattendue, c'est le silence. Un silence complet, qui n'autorise même plus les facéties de l'eau ni le babil sifflant du vent.

Le silence. Comme une éternité.

Ingrid est parcourue de frissons. Elle fixe les yeux géants de la créature, deux immenses globes d'une matière cristalline qui paraît aussi mouvante qu'une eau de source. Elle croit y déceler des mouvements, des explosions étoilées, et une danse spiralée, comme si des galaxies entières s'y étaient tapies et la regardait, elle, Ingrid, simple mortelle, néant comparé à l'infinité cosmique.

Alors, les grappes de tentacules qui reposaient inertes sous ses deux yeux se soulèvent lentement, d'un mouvement cérémonieux, calculé.

Peu à peu, ils s'alignent sur un même plan horizontal et s'immobilisent. Tendus vers elle.

Ingrid sait que Cthulhu la regarde. Plus encore, il la sonde, il la pénètre. Il la partage. Il se partage. Car Ingrid aussi entre en lui et perçoit une myriade de sensations incompréhensibles, une quantité astronomique de réalités et de concepts trop étrangers pour qu'elle puisse s'y accrocher. Il y a tout ce qui est autre, ailleurs, des dimensions sans géométrie, des éternités sans temps, des cosmos interstitiels, des dieux, des entités, des mondes et des néants. Mais il y a aussi des choses plus concrètes et plus familières. Le temps, l'espace, la beauté, la laideur, la création, la destruction, la vie, la mort, et tout ce qui se trouve entre et après, et n'a pas de nom… Il y a tout ce qu'Ingrid connaît de l'humanité, tout ce qu'elle ne connaît pas mais présupposait. Il y a aussi les règles cosmiques que les dieux ne doivent pas transgresser mais que les hommes peuvent, eux, tordre, manipuler, trahir sans crainte, car ils ne sont que des hommes et leur nature leur permet tous les abus, tous les mensonges, toutes les déloyautés. Il y a les raisons de l'emprisonnement de Cthulhu, incompréhensibles car trop complexes, que l'on résumera à un pacte rompu, c'est ce que nous en percevons, et c'est mieux pour nous. Il y a le scribe dans son lointain désert de sable, plusieurs millénaires dans le passé, et sa fabuleuse capacité à extraire la magie des astres qu'il étudie, qui découvre le futur, qui vole à tous les dieux ce qu'eux ne connaissaient que sous forme fractionnée, qui crée le pentacle pour donner aux hommes la possibilité future d'imposer leurs voix lors d'un

Jugement qui n'a même pas encore été prévu par les dieux. Il y a le Livre des Ruines, le vrai, que le scribe a caché nul ne sait où, et le faux qui n'est qu'un leurre destiné à s'insérer dans le jeu, à tenter celui qui ne respecte pas les règles. Il y a les dieux qui jouent ce jeu en laissant leur faible rémanence inspirer les hommes, sans jamais les priver de leur libre arbitre, leur permettant de décider inconsciemment de leur sort. Il y a la prétentieuse assurance de Nyarlathotep qui pensait pouvoir plier les règles, dépouiller l'humanité de ce droit que le scribe avait imposé aux dieux. Il y a mille autres choses, mille autres histoires. Il y a tout et rien, toutes les réponses et aucune des questions.

Ingrid lutte pour ne pas être emportée par ce maelström rugissant. Elle se concentre sur ce qu'elle peut identifier, sur ce qu'il la ramènera à la surface de cette conscience infinie. Le scribe, Tungdal, Lisa. Paris, son studio, sa vie, le monde, l'humanité. Lentement, elle se retire, abandonnant la créature qui la fixe toujours aussi intensément. Et alors, elle réussit à isoler une sensation parmi ce fourmillement insensé. Elle le sent. Elle le sait. Cthulhu a l'air… amusé.

Une seconde ou une éternité passe.

Ingrid attend. Elle sait ce qui va advenir maintenant. Elle comprend mieux. Pas tout, ce serait une impossibilité pour elle.

Une seconde ou une éternité…

Puis une lueur d'un vert éclatant irradie du corps gigantesque de Cthulhu, semblant prendre source dans les profondeurs de son être. L'air autour de lui se gonfle d'une nuée de turbulences émeraude dans laquelle danse une myriade d'étincelles, qui virevoltent, explosent et se coagulent en grosses gouttes qui s'écoulent jusqu'à l'océan, teintant ce dernier de lueurs stellaires. Dans son dos, une magnifique paire d'ailes membraneuses se déploie, noire comme le charbon de la nuit, et siffle en découpant l'air. Alors, l'entité cosmique se met à palpiter comme un soleil ombreux, aspirant les ténèbres de la nuit et l'obscurité qui se tapissaient dans les profondeurs marines. Le ciel comme la mer paraissent alors scintiller de cette absence de nuit, vibrant d'une aura artificielle. L'eau devient translucide. Des spirales monumentales se répandent, parcourant l'espace de leurs langues tentaculaires, fouillant le monde figé, alors que les yeux de la créature s'allument d'un vermillon cristallin, deux demi-sphères parfaites qui se détachent de la masse émeraude.

Un grondement sourd d'une puissance hallucinante, et qui ne semble avoir aucune source précise, emplit l'espace sonore.

Alors, accompagné par un sifflement démentiel qui unit les fréquences les plus basses aux plus élevées, Cthulhu fuse vers les cieux, le vide sidéral, les autres univers, les autres dimensions, l'Ailleurs, disparaissant après avoir illuminé la nuit du Pacifique d'un soleil aveuglant, une étoile qui perce la trame de l'espace-temps, cerclée d'une multitude de courtes spirales nébuleuses violacées qui tournoient à une vitesse insensée.

À la place où se tenait la forme gigantesque, il ne subsiste rien de plus qu'une rémanence nébuleuse qui s'efface aussitôt, alors que les chants du vent et de l'océan se réapproprient timidement l'espace et que les effluves marins s'essayent à chasser la puanteur.

Face à Ingrid, sous la lumière blafarde de la lune, un océan d'un vert gluant parsemé de carcasses de poissons éventrés et de bouillie de créatures énigmatiques. Une mer dont la surface veinulée d'un réseau de torrents vaseux refuse encore à la houle le droit de reprendre sa lourde valse.

Cthulhu n'est plus.

Ingrid sait que ce n'est ni une résurrection ni une mort. On ne tue pas une entité cosmique. On ne la ramène pas à la vie. Ce dont elle est certaine, c'est que Cthulhu n'est plus ici, sur cette planète, dans cette proximité astrale. Et qu'il ne reviendra pas de sitôt – il n'a plus rien à y faire.

Doucement, le Pacifique s'efface, laissant place à la salle en demi-cercle où l'écran qui fonctionne encore ne montre plus qu'une nuée de neige.

Elle se retourne. Plus personne ici n'est en mesure de lui demander des comptes… Les Fungis et les moines ailés ont disparu, repartis sur leur planète au nom fantasque ou dans leur monastère baigné d'un silence éternel. Les prélats et leurs suivants ne sont plus que pantins décérébrés, sans volonté, sans conscience.

Elle regarde le pupitre, à moitié rongé par la chaleur qui s'est dégagée du pentacle. Le Livre des Ruines est toujours là, ouvert.

Elle s'approche et lit l'intitulé du rituel qui aurait dû bouleverser le verdict final, et sceller le sort de l'humanité.

Mots pour moduler la volonté des dieux.

Elle hausse les épaules.

Elle referme énergiquement le livre. Comme pour le punir d'avoir prétendu posséder des pouvoirs incommensurables. Mais elle le sait maintenant, ce livre est un faux, un leurre destiné à tenter les dieux qui auraient voulu faire obstacle au déroulement naturel du Jugement. On a laissé aux hommes le droit de décider entre leur perte et leur survie. Il n'y avait pas de règle pour eux. Il y en avait pour les dieux. Et celui qui ne les respectait pas ne valait pas mieux que Cthulhu lorsqu'il fut condamné.

Elle quitte la salle, abandonnant les hauts membres de ce clergé dégénéré qui n'a plus à sa tête qu'une brochette de décérébrés qui continuent à baver, hagards, avançant à quatre pattes sur un chemin qui ne peut avoir de destination.

Elle remonte le couloir jusqu'aux escaliers. À chaque étage, elle constate que le calme est revenu. Quelques membres de l'Église Évangélique Quantique déambulent, désorientés, étourdis. Ils s'en remettront. Ils n'ont pas été atteints de plein fouet par l'onde de terreur qu'a crachée Nyarlathotep alors qu'il était aspiré par le pentacle.

Au rez-de-chaussée, c'est le chaos. Les rares meubles ont été pulvérisés, les portes ne subsistent plus qu'à l'état de dormant déchiqueté, de poussière de bois et de métal tordu. Ici encore, quelques adorateurs de Yog-Sothoth errent les yeux cillant d'hébétude, regardant leur hall dévasté, conscients que ce qui s'est joué là-haut et dont ils ne sont pas certains de pouvoir comprendre la nature, est mille fois plus dévastateur que l'invasion délirante des chèvres de Shub-Niggurath. Ils balayeront les décombres, ils remplaceront le mobilier, ils panseront leurs plaies. Mais il en est une qui ne peut être guérie : celle qui a lacéré leur foi si éprouvée. La Bête n'est pas, la Bête n'est plus. Jésus Higgs ne sauvera pas le monde, la Jérusalem Quantique restera cachée dans un lointain ailleurs, qui n'est que celui de leurs phantasmes et de leur aveuglement.

34.05 Dehors

De l'autre côté du boulevard, Ingrid découvre une petite foule remuante qui lâche de nombreux cris de joie alors qu'elle sort du bâtiment. Sur la gauche, une vingtaine de hippies dansent lentement, levant haut les pieds et balançant la tête, affichant un sourire excessif qui rend leur visage aussi grotesque qu'un personnage d'une toile de Bruegel. Sur la droite, une quinzaine d'hommes et femmes en tenues bien plus sobres, droits comme des piquets, chantent des yodels contrapuntiques, ce qui est la forme la plus pure de la félicité pour les Viennois de l'espace. Et, au milieu, trois hommes, alignés par ordre décroissant. Tungdal, le jeune diacre et le scribe.

Elle traverse la rue sous les hourras des hippies et les vivats ordonnés des amoureux de l'art viennois, et s'arrête face à Tungdal. Pour découvrir que, comme le scribe, il paraît moins présent. Comme s'il commençait à perdre consistance.

— Il vous arrive quoi, là ?
— Rien de grave. Nous repartons...

Elle acquiesce d'un simple geste de la tête, comme si cette réponse était attendue.

— C'est fini... lâche-t-elle. Cthulhu est reparti... Ni mort, ni vivant... Ailleurs.

Tungdal sourit. Il n'y a rien à répondre. C'est l'évidence même.

— Et maintenant ? demande Ingrid.

Tungdal pose sa main sur la tête du scribe qui n'a pas lâché le moindre mot depuis sa conversation avec le diacre. C'est à peine s'il a cligné des yeux alors que le chaos se déchaînait et que l'humanité attendait fébrilement le verdict du Jugement. Pas un frisson, pas une expression faciale.

Ingrid cherche son regard mais ne trouve que du vide. Elle en conclut que son long séjour chez les morts l'a définitivement privé de sa capacité à exprimer la moindre sensation. Ce qui est dommage, parce qu'elle aurait bien aimé un simple signe avant qu'il retourne dans son passé inaccessible.

— D'abord, je le raccompagne, répond Tungdal. Et ensuite, je rentre chez moi.
— C'est où chez toi ?
— C'est il y a très longtemps.

Ingrid tend le Livre des Ruines au scribe. Le petit homme la fixe un instant d'un regard neutre, puis il saisit l'ouvrage qu'il glisse sous son bras. Puis, il lève sa main libre et l'avance vers Ingrid, paume en avant. Elle lève la sienne, instinctivement, et vient l'apposer contre celle du petit homme. Il ne se passe rien d'extraordinaire. Juste quelques frissons et, ce qui, peut-être, pourrait s'apparenter tout de même à un miracle, le visage du scribe qui s'illumine d'un large sourire, intense, plein d'un soleil renaissant, comme s'il l'avait retenu depuis son retour des empires de la mort.

Ingrid n'en saura pas plus sur les mystères qui entourent le petit homme, sur son passé, sur ses démêlés avec les dieux et son rôle exact dans les événements qui viennent de survenir. Alors qu'elle s'avance pour les étreindre, lui et Tungdal, elle ne rencontre que du vide. Il ne subsiste qu'une rémanence lumineuse des deux hommes, puis plus rien.

Elle se retourne vers les adorateurs lascifs du bouc et les adulateurs du Beau Danube Bleu version interstellaire, et leur adresse un mouvement de la tête, traduisant ainsi sa gratitude pour l'aide apportée.

Puis elle saisit le jeune diacre par le bras. Ils viennent de sauver l'humanité. Ils vont aller fêter ça dignement, loin des sectateurs illuminés et des dieux cosmiques qui n'y connaissent rien, il est sûr, au simple plaisir de se mettre minable dans un vulgaire bar, en oubliant le monde et tous ceux qui œuvrent à le détruire.

Épilogue

Et, tandis que Cthulhu se resolidarise dans le lointain Ailleurs, un lieu et non-lieu que l'on ne pourrait décrire car il ne ressemble à rien de ce que, nous, humains, aujourd'hui comme éternellement, connaissons et pouvons concevoir, accepter même...

Tandis qu'à Innsmouth, la réunion des membres de la faction historique et de ceux de la dissidence tourne au pugilat aquatique...

Tandis que, dans la Crète lointaine, les Satanistes de l'amour dansent une farandole endiablée dans les ruines de leur domaine...

Tandis qu'à Vienne, les membres de la DUMF dressent une oreille attentive et triomphale vers les confins du cosmos...

Tandis que, dans le temple perdu de Leng, les moines ailés et bouffis hurlent comme des déments leur désespoir...

Tandis que les membres de l'Église Évangélique Quantique se lamentent dans les ruines de leur abrutissement idolâtre...

Tandis que Jeremiah Boerh, le jeune diacre, jette sa soutane, reniant ses années d'embrigadement et s'ouvrant une nouvelle vie, vraie cette fois, loin des dogmes et des croyances aberrantes…

Tandis que le scribe marche à nouveau dans les sables chauds qui entourent la pyramide de Gizeh, avec tous les secrets qu'il a emportés avec lui et qu'il ne livrera sans doute jamais à personne…

Tandis que Tungdal regagne son passé où une mort atroce l'attend irrémédiablement sur le marché d'une douce ville…

Tandis que Lisa appose la dernière touche de couleur à son œuvre, magistrale, finale, suspendue éternellement entre néant et existence…

Tandis qu'Ingrid, qui vient de réintégrer son studio et compte ses billets, se dit qu'il faudrait qu'elle ait une petite conversation avec l'humanité à propos de son manque de reconnaissance…

Alors, dans les profondeurs noires de l'océan Pacifique, aux exactes coordonnées 47° 9' S 126° 43' O, *ph'nglui mglw'nafh Nyarlathotep R'lyeh wgah'nagl fhtagn.*

12716

Composition
NORD COMPO

*Achevé d'imprimer en Slovaquie
par* NOVOPRINT SLK
le 4 août 2019

Dépôt légal : septembre 2019

EAN 9782290172919
OTP L21EPGN000670N001

ÉDITIONS J'AI LU
87, quai Panhard-et-Levassor, 75013 Paris

Diffusion France et étranger : Flammarion